© Daniel Mordzinski

PABLO DE SANTIS nació en Buenos Aires en 1963. Estudió Letras en la Universidad de Buenos Aires, y trabajó como periodista y guionista de historietas. Ha publicado más de diez libros para adolescentes, por los que ganó en 2004 el premio Konex de platino. También es autor de las novelas *La traducción*, *Filosofía y Letras*, *El teatro de la memoria*, *El calígrafo de Voltaire* y *La sexta lámpara* traducidas al francés, italiano, portugués, alemán, checo, griego, holandés y ruso. Con *El enigma de París* ganó el Premio Iberoamericano Planeta-Casa América de Narrativa 2007. Actualmente vive en Argentina.

El enigma de París

El enigma de París

Pablo De Santis

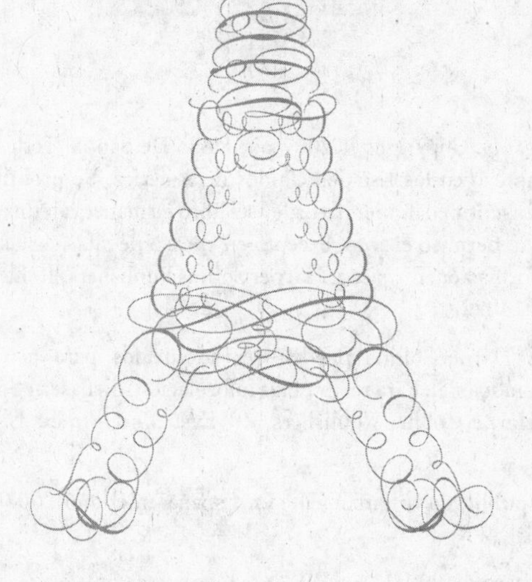

www.harpercollins.com

Los libros de HarperCollins pueden ser adquiridos para uso educacional, comercial o promocional. Para recibir más información, diríjase a: Special Markets Department, HarperCollins Publishers, 10 East 53rd Street, New York, NY 10022.

Este libro fue publicado originalmente en España en el año 2007 por Editorial Planeta, S.A.

PRIMERA EDICIÓN RAYO, 2008

Library of Congress ha catalogado la edición en inglés.

ISBN: 978-0-06-162660-9

08 09 10 11 12 OFF/RRD 10 9 8 7 6 5 4 3 2 1

A Ivana

CONTENIDO

El enigma de París

PRIMERA PARTE

El último caso del detective Craig

1

Me llamo Sigmundo Salvatrio. Mi padre llegó a Buenos Aires desde un pueblo que está al norte de Génova y sobrevivió gracias al oficio de zapatero. Cuando se casó con mi madre, ya tenía su propia zapatería, especializada en calzado de hombre: no se daba maña con los zapatos de mujer. Muchas veces lo ayudé en sus tareas, y si hoy en nuestra profesión se habla de mi método para clasificar las huellas halladas en la escena del crimen (el método Salvatrio), debo esa invención a las horas que pasé con las hormas y las suelas. Investigadores y zapateros ven el mundo desde abajo, y unos y otros se ocupan de los pasos humanos en el momento en que estos se desvían del camino.

Mi padre no era afecto a los gastos excesivos: cada vez que mi madre reclamaba un dinero extra, Renzo Salvatrio anunciaba que íbamos a terminar por hervir las suelas de las botas, como según él habían hecho los soldados de Napoleón durante su campaña en Rusia. Pero a pesar de ese rasgo de su carácter o de su experiencia, hacía una vez por año un gasto extraordinario: en mi cumpleaños, me regalaba un rompecabezas. Comenzó con rompecabezas de cien piezas, pero luego fue aumentando la complejidad del juego hasta llegar a las 1500. Los rompecabezas, fabricados en Trieste, venían en cajas de madera, y cuando uno terminaba de armarlos descubría una acuarela del Domo de Milán, o del Partenón, o un antiguo plano con monstruos acechando los confines del mundo. A mi padre le parecía que los rompecabezas entrenaban la inteligencia y grababan imágenes imborrables. Yo tardaba muchos días en armarlos; él me ayudaba con entusiasmo pero en general se equivocaba de sitio, más atento a los colores que a la forma de la pieza. Yo lo dejaba hacer, pero corregía la posición cuando él estaba distraído.

"En nada se parece una investigación a un rompecabezas", aseguraba el que habría de ser mi maestro, Renato Craig. Y sin embargo fue este juego lo que me llevó a responder el aviso que el mismo Craig publicó en los diarios en febrero de 1888. Renato Craig, el famoso detective, el único de la ciudad, por primera vez expondría su saber ante un grupo de jóvenes. Durante un año, los elegidos aprenderían las artes de la investigación y estarían en condiciones de ser ayudantes de cualquier detective. Todavía conservo el recorte del diario; en la misma página donde estaba el aviso se anunciaba la llegada al país de un mago hindú llamado Kalidán.

El mensaje del detective me impresionó no solo por la convocatoria, sino porque sugería el hecho de que Craig, el solitario Craig, por fin estaba dispuesto a hablar con otros seres humanos sobre su experiencia. Craig era integrante de Los Doce Detectives, la asociación que reunía a los grandes detectives del mundo; cada miembro del club tenía su adlátere[1], menos Craig. En la revista *La Clave del Crimen*, Craig había defendido a menudo su posición: los adláteres no eran imprescindibles, la soledad correspondía mejor al carácter del detective. Otro miembro del grupo, Viktor Arzaky, que era además su gran amigo, había sido el principal crítico de sus ideas. Que ahora Craig aceptara formar asistentes significaba una derrota para su concepción del oficio.

[1] Fue el mismo Craig el que introdujo en Los Doce Detectives el término "adlátere", para señalar a los asistentes. Durante una de las primeras reuniones de la asociación, en 1872, justificó su elección presentando una definición del *Diccionario Salas de Latinismos: Adlátere:* dícese de aquel que sigue a otro como si fuera su sombra.

2

Para ser aceptado había que enviar una carta de puño y letra donde se explicara la razón por la que se estaba escribiendo esa carta. Una regla rigurosa: "No anote antecedentes: nada de lo que haya hecho significa ningún mérito en la investigación." Le pedí a mi padre algunas de las hojas que usaba para su correspondencia comercial, con el membrete que decía *Zapatería Salvatrio*, y el dibujo de una bota de charol. Corté la parte superior de la hoja: no quería que Craig supiera que era hijo de un zapatero.

En mi primera versión de la carta, escribí que quería aprender el arte de la investigación porque siempre me habían interesado los casos de grandes crímenes que aparecían en el periódico. Pero rompí el papel y decidí empezar de nuevo. En realidad no me interesaban los crímenes sangrientos, sino los otros: los enigmas perfectos, a primera vista inexplicables. Me gustaba sentir como en un mundo desordenado pero previsible se abría paso un razonamiento ordenado, pero del todo imprevisible.

Yo no podía aspirar a ser un detective: ser asistente ya era una meta inalcanzable. Pero a la noche, solo en mi cuarto, me soñaba distante, irónico, puro, mientras me abría paso, como Craig, como el polaco Arzaky, como el portugués Zagala, como el romano Magrelli, por entre el mundo de las apariencias, para descubrir la verdad enterrada bajo las pistas falsas, las distracciones, la mirada ciega de la costumbre.

No sé cuantos fuimos los que escribimos, nerviosos y esperanzados, a la casa del detective Craig en la calle De la Merced 171, pero debimos ser muchos, porque meses más tarde, ya alumno aventajado de la academia, encontré en una habitación un montón de sobres polvorientos. Muchos estaban sin abrir, como si a Craig le hubiera bastado una mirada a la caligrafía para saber si convenía un postulante u otro. Craig sostenía que la grafología era una ciencia exacta. Entre las cartas encontré la que yo le había enviado: también estaba cerrada, lo que me dejó perplejo. Cuando Craig me ordenó quemar la correspondencia, lo hice con alivio.

El 15 de marzo de 1888, a las diez de la mañana, llegué hasta la puerta del edificio de la calle De la Merced. Había preferido ir caminando en vez de tomar el tranvía, pero tuve tiempo de arrepentirme porque una lluvia helada, que anticipaba el otoño, cayó durante todo el camino. En la puerta encontré a otros veinte muchachos, todos tan nerviosos como yo; al principio me pareció que eran aristócratas, y que yo era el único que llegaba sin reputación ni apellido o fortuna familiar. Todos lucían nerviosos, pero intentaban grabar sobre sus caras el gesto despectivo con que Craig salía retratado en la portada de los periódicos y en las portadas amarillas de *La Clave del Crimen*, folletín quincenal que se vendía a 25 centavos.

Craig en persona abrió la puerta, y nos sorprendimos, porque esperábamos alguna clase de mayordomo que se interpusiera entre el detective y el mundo. Esa sorpresa hizo que todos, en lugar de entrar, comenzáramos a cedernos el paso, con desmesurada cortesía, y hubiéramos seguido por horas con la comedia si Craig no hubiera aferrado el primer brazo que encontró para tirarlo hacia dentro. Como si hubiésemos estado atados por una soga, entramos todos a la vez.

Había leído sobre aquella casa en *La Clave del Crimen*, versión local de la revista *Traces*, órgano oficial de Los Doce

Detectives. Como Craig no tenía asistente, escribía él mismo sus aventuras, y la vanidad del detective transformaba la casa en un templo dedicado al conocimiento. Los diálogos que cada detective debía sostener con su adlátere, encargado de representar el sentido común, Craig los tenía consigo mismo. Esta conversación en la que él mismo preguntaba y respondía causaba la impresión de que se estaba ante un loco. En sus escritos Craig se retrataba a sí mismo en la soledad de su estudio, admirando su colección de acuarelas flamencas o limpiando sus armas secretas: puñales escondidos en abanicos, pistolas en biblias, estoques en paraguas. Su arma secreta favorita era, por supuesto, su bastón, que había aparecido en muchas de sus historias: su empuñadura con forma de león había abierto más de una cabeza, su estilete retráctil se había apoyado, amenazante, en la carótida de los sospechosos, y su disparo estruendoso había perforado la noche, más para amedrentar que para herir. Al entrar, recorríamos las habitaciones buscando en las altas paredes, en muebles y en repisas algunas de aquellas armas e instrumentos, que eran para nosotros como el cáliz sagrado, la espada Excalibur, el yelmo de Mambrino de la investigación.

Entrar en esa casa era para mí entrar en un edificio espiritual. Cuando uno toca aquello con lo que ha soñado, lo que le sorprende no son los detalles sino el hecho de que se trate de algo real, compacto, cerrado sobre sí mismo, sin esa urgencia por cambiar de forma que tienen las personas y las cosas en los sueños; es un deleite y una decepción a la vez, porque significa que la fantasía tenía una base real, pero también que la fantasía ha terminado.

Craig vivía con su esposa, Margarita Rivera de Craig, pero la casa tenía ese frío húmedo de las casas deshabitadas, alimentado por cuartos sin muebles y paredes sin cuadros. En el tercer piso estaban los dormitorios de los Craig; en el primero su estudio, alfombrado, con un escritorio inmenso donde descansaba una máquina de escribir Hammond, que en aquel momento era una novedad. Fuera de su estudio se repetían los cuartos deshabitados y los salones vacíos, y por un momento tuve la impresión de que Craig había decidido armar la academia solo para vencer la húmeda soledad de aquella casa. La casa era demasiado grande para las dos personas de servicio con las que contaban: Ángela, una gallega que se ocupaba de la cocina, y una criada. Ángela casi no se hablaba con Craig, pero le preparaba dos veces por semana arroz con leche con canela, el postre favorito del detective, y siempre se quedaba esperando la aprobación de Craig.

—Ni en el Club del Progreso lo preparan mejor. No sé qué haría sin usted —decía el detective. Y era el único comentario que le hacía.

La cocinera acusaba bruscos cambios de ánimo, como si el poder que la casa ejercía sobre ella fuera intermitente. A veces mientras pasaba el plumero cantaba a los gritos viejas canciones españolas, tan fuerte que la señora Craig la chistaba, pero ella no la oía o simulaba no oírla. Otras veces adoptaba una actitud de derrota y resignación. Cuando a la mañana me abría la puerta yo hacía algún comentario sobre el clima; hiciera el tiempo que hiciese, ella lo veía como un mal augurio.

—Mucho calor. Esto que está pasando no es bueno.

O, si hacía frío:

—Demasiado frío. Esto no puede ser bueno.

O, si no hacía ni frío ni calor:

—Una no sabe cómo salir a la calle. Mala señal.

La llovizna, la lluvia, la falta de lluvia, las tormentas, los largos períodos sin tormentas, todo episodio climático recibía de Ángela idéntica condena.

—Hasta ayer, sequía. Ahora, el diluvio.

Los Craig habían perdido, quince años atrás, a un hijo de pocos meses, y no habían vuelto a tener niños; por eso cuando entramos, a pesar de nuestro intento de respetar el silencio inhumano, la casa pareció acusar un alboroto al que no estaba acostumbrada.

Ese día, uno de los más felices de mi vida, Craig nos habló del método de la investigación; pero su charla parecía pensada para desanimarnos, para que nos fuéramos a casa y no volviéramos, y desembarazarse así de quienes no estábamos realmente destinados a aquel oficio hecho de demora y paciencia. Enumeraba obstáculos y describía derrotas. Pero ninguno de nosotros conocía el idioma de la derrota, porque cualquier cosa que sucediera durante el aprendizaje, aun las malas, formaba parte de una experiencia que ansiábamos tener, de manera que solo se nos podía amenazar con el curso normal de la vida, con el ejercicio del derecho, con la paternidad responsable, con ir a la cama temprano. Los veintiuno que llegamos el primer día volvimos al día siguiente, y comenzamos a recibir sus clases. La casa, vacía hasta entonces, se empezó a llenar: continuamente llegaban las cosas que Craig había encargado. El hecho de que aquella acumulación irracional debiera contribuir al culto de la razón es una contradicción que aún me persigue. Desde un primer momento la enseñanza de Craig estuvo destinada a alertarme sobre esa ambigüedad: es en el instante en que pensamos con más claridad cuando más cerca estamos de la locura.

3

Entraron a la casa, en canastos incesantes, legajos judiciales, lupas y microscopios, maniquíes destinados a representar a suicidas y asesinados, estetoscopios que permitían escuchar detrás de las paredes, lentes para ver en la oscuridad, cráneos humanos cosechados en el campo del crimen. Por ese entonces en la Facultad de Medicina se frustró el intento de organizar un museo forense, y Craig se preocupó por comprar los grandes frascos de formol y las fotografías fúnebres y hasta camillas en desuso. La señora Craig, que vivía en el último piso, de vez en cuando bajaba para comprobar cómo proseguían los planes de su marido. Hermosa, lívida, siempre vestida de azul, se detenía a mirar los puñales y dagas de famosos crímenes, los maniquíes ahorcados o desmembrados y los insectos necrófagos encerrados en sus celdas de cristal. Estudiaba las cosas como si sospechara que en la acumulación se escondía la revelación del enigma en que se había convertido su marido. Tenía el aspecto de una visitante perdida en un museo a la que por distracción los guardias han dejado encerrada en el edificio.

Solamente Ángela, la cocinera, se animaba a enfrentar a Craig, reprochándole por los canastos llenos de mugre, y por las cosas horribles que entraban en la casa. Como Craig no le prestaba atención, la cocinera lo desafiaba:

—Estoy esperando una carta de mis primos de Lugo. Cuando me escriban, me voy. Y adiós arroz con leche.

Craig nos daba sus clases a la mañana; a esa hora su voz sonaba llena de una seguridad que el resto del día corregía o atemperaba. A veces prefería llevarnos de excursión, siempre de noche, para entrar a una casa de mala fama donde habían degollado a una mujer, o a la habitación de hotel del último suicida.

—El suicidio es el gran misterio, aun más que los asesinatos —nos decía Craig—. En todas las ciudades, la estadística de suicidios es fija, y no responde ni a cuestiones económicas ni a hechos históricos, es una enfermedad de la ciudad misma, no de los individuos. En el campo nadie se suicida; son nuestros edificios los que trasmiten el horrible contagio y son nuestros irresponsables poetas quienes lo celebran.

La primera vez que entramos al cuarto de un suicida nos quedamos pegados a las paredes, dejando que Craig y el muerto se adueñaran de la escena. El muerto estaba vestido con ropa de domingo, y había ordenado el cuarto antes de beber el líquido que contenía un frasquito de vidrio azul.

En el centro del cuarto, Craig nos invitaba a mirar de cerca:

—Vean la expresión de este hombre, vean cómo arregló su cuarto con cuidado, cómo metió todo en la valija antes de tomar el veneno. Cuartos de hotel, pensiones, la soledad nunca ha sido tan perfecta. Los suicidas se enteran de todo, están comunicados; si hay un suicidio en un hotel ese edificio queda marcado, y otro suicida lo seguirá el mes siguiente. Pronto habrá hoteles destinados solo a estos pasajeros impacientes.

Aprendíamos a recorrer los rincones; la clave de nuestra aventura no estaba en los grandes espacios sino en la simetría de las gotas de sangre, en los cabellos retenidos entre las tablas del piso, en cigarrillos aplastados, o en las uñas de los muertos. Buscábamos con lupa, y la lupa agrandaba los sitios diminutos y distorsionaba el resto de la vida.

También cumplían su labor como maestros viejos amigos de Craig; entre ellos, Aquiles Greco, el gran frenólogo; un médico diminuto de modales nerviosos, cuyas manos temblaban, como si tuvieran vida propia: animales ansiosos por lanzarse sobre el rostro del prójimo para palpar los pómulos o los arcos superciliares o ensayar —sin cinta métrica, solo con el tacto— la medición de la circunferencia craneal. Siempre recordaba los años en que había trabajado en la Universidad de París con Prospère Despines, el ilustre y olvidado maestro de Cesare Lombroso. Greco nos hacía pasar de mano en mano los cráneos, para que palpáramos las protuberancias y notar las sinuosidades frontales, el prognatismo, los mandibulares salientes y la frente deprimida de los asesinos. Con los ojos cerrados y los dedos en movimiento debíamos responder la pregunta: "¿Ladrón, asesino, estafador?". "Asesino", grité una vez y Greco me respondió:

—Algo peor, es el cráneo de un jesuita.

Menos agradables eran las visitas a la morgue. El doctor Reverter, alto, con el carácter parsimonioso y melancólico de los nacidos bajo el signo de Saturno, cortaba la tapa craneal y nos mostraba la masa encefálica, y nos enseñaba a advertir la abundancia de callosidades y marcas en los cerebros de los asesinos.

—Aquí están escritos desde el nacimiento los crímenes futuros; si existiera un aparato para ver los cerebros, podríamos detener a los portadores de marcas antes de que cometan sus crímenes, y el asesinato desaparecería de las grandes ciudades.

La fisiología criminal estaba entonces en el centro de la criminalística, y médicos y policías soñaban con una ciencia que separara justos y réprobos. Hoy todo eso ha perdido valor científico, y basta evocar el nombre de Lombroso en un auditorio —y yo lo he hecho a menudo— para que se oigan risas mal disimuladas. Tan irresponsable era la fe absoluta en el sistema como hoy la burla impiadosa. Después de perseguir asesinos durante más de veinte años, mi experiencia me indica que las señales del destino sí aparecen en nuestras caras: el problema es que no existe un sistema de interpretación único. Lombroso no había elegido mal su campo de estudio: su error consistía en que creyó que todas esas letras escondidas en rostros y manos admitían solo su lectura.

¿Creía Craig en 1888 en la fisionómica, o en alguna otra variante de la fisiología criminal? Difícil responder, porque era evidente que los asesinatos que le interesaban eran aquellos que solo dejaban señales en la escena del crimen, no en el cuerpo de los sospechosos:

—Para los criminales reconocibles, para los de orejas salientes y arcos oculares marcados y manos enormes está la policía. Para el asesino invisible, el asesino que puede confundirse entre nosotros, para ese estoy yo.

4

A veces Craig mencionaba al pasar a alguno de Los Doce Detectives, y entonces nos animábamos a interrogarlo sobre los orígenes de la asociación, sobre sus reglamentos nunca escritos, sobre las pocas ocasiones en las que algunos miembros del grupo habían logrado reunirse. Craig respondía con fastidio a las preguntas y debíamos completar nuestro saber entre nosotros. Repetíamos los nombres como si alguien nos obligara, como si se tratara de una lección difícil. Los más conocidos en Buenos Aires —*La Clave del Crimen* publicaba siempre sus aventuras— eran Magrelli, llamado el Ojo de Roma, el inglés Caleb Lawson y el alemán Tobías Hatter, natural de Nuremberg. La revista a menudo narraba los conflictos entre los dos hombres que pedían para sí el título de Detective de París: el veterano Louis Darbon, que se consideraba el heredero de Vidocq, y Viktor Arzaky, investigador polaco radicado en Francia, que era gran amigo de Craig. Aunque sus casos se publicaban muy de vez en cuando, Madorakis, detective de Atenas, era uno de mis favoritos: resolvía el caso de tal manera que no parecía estar hablando solo de ese criminal en particular, sino de la especie humana.

La colectividad española de Buenos Aires seguía con afán las andanzas de Fermín Rojo, detective toledano, a quien le ocurrían percances tan extraordinarios que el crimen perdía toda importancia. Zagala, detective portugués, estaba siempre cerca del mar: interrogaba a feroces tripulantes en barcos perdidos en la niebla, buscaba en la playa restos de inexplicables naufragios, resolvía casos de "camarote cerrado".

Los Doce Detectives se completaban con los nombres de Novarius, Castelvetia y Sakawa. Jack Novarius, investigador norteamericano, se confundía en nuestra imaginación con cowboys y pistoleros de leyenda. El minucioso Anders Castelvetia, holandés, se arrastraba por los rincones sin ensuciar jamás su atuendo blanco. De Sakawa, detective de Tokio, no sabíamos nada.

Pero estos nombres los repetíamos a espaldas de Craig. Esa difusa materia llamada Los Doce Detectives no estaba en su programa. Prefería otras: la enseñanza de las leyes estaba a cargo del doctor Ansaldi, que había sido compañero de Craig en el Colegio San Carlos. Ansaldi nos explicaba que el derecho era un arte de la narración; los abogados intentaban imponer una historia —historia de una inocencia o una culpa— sobre otras posibles, aprovechando las convenciones del género y la credibilidad humana, tan predispuesta a aceptar aquello que confirma sus prejuicios. Nuestros compañeros Clausen y Miranda, hijos de abogados, eran los únicos que no se dormían en las clases de derecho, y acabaron por ser abogados. A los demás nos disgustaba ese mundo de encierro y de libros ilegibles, al que veíamos como la contracara de los peligros y la excitación intelectual que prometía la investigación. El mismo Craig detestaba el derecho:

—Los detectives somos los artistas, y los abogados y jueces son nuestros críticos.

Trivak, el único del que me había hecho amigo, y que había leído a De Quincey en la colección de *La Gaceta de Edimburgo* que guardaba su padre, se animó a corregirlo:

—Los asesinos son los artistas, y los detectives sus críticos.

Craig no le respondió, prefirió guardarse la respuesta para más adelante. Trivak era el más audaz del grupo, y cuando Craig escondía pistas por la casa, para condenarnos a uno de sus interminables ejercicios, Trivak llegaba más lejos que ninguno; se rumoreaba que en su búsqueda minuciosa no se había detenido ni ante el dormitorio de la señora Craig, y que había buscado entre sus prendas. Trivak no confirmaba el rumor, ni tampoco lo desmentía:

—La investigación no debe tener límites.

Yo sospechaba que el mismo Trivak había sido el autor de ese rumor, y también de aquel otro, más insistente, que suponía que toda aquella academia no tenía otro propósito que el de hallar un ayudante para Craig. La falta de un adlátere que asistiera al espectáculo de sus razonamientos y que pasara por escrito sus aventuras era algo que a menudo criticaban los periódicos. La habilidad de Craig no era inferior a la de los otros doce detectives; por el contrario, se suponía que junto con Arzaky y con Magrelli, eran los más hábiles y prudentes. Y sin embargo la falta de asistente lo ponía en una situación de inferioridad con respecto a sus colegas. Zagala, el portugués, tenía a Benito, un negro brasileño de agilidad prodigiosa; Caleb Lawson, Caballero de la Reina y el más famoso colaborador de Scotland Yard, contaba con el hindú Dandavi, que lo seguía a sol y sombra y que a veces ponía en su camino pistas falsas y peligros verdaderos solo para tener algo para contar. Arzaky, que se disputaba con Louis Darbon el título de Detective de París, tenía por ayudante al viejo Tanner. Tantas aventuras habían amenazado la salud de Tanner que, tísico, encorvado y con las horas contadas, se dedicaba a su jardín de tulipanes y a colaborar con su señor por correo.

La idea de que Craig hubiera armado toda aquella academia solo para buscar un adlátere no era descabellada y nos llenaba de un entusiasmo que no nos atrevíamos a comentar a los demás. Para ese entonces varios estudiantes habían abandonado la investigación, atemorizados por el mundo desconocido que se les abría. Las visitas al penal para conocer a los más célebres asesinos, y la asistencia al fusilamiento del anarquista Carpatti, que aun destrozado por las balas seguía insultando a sus verdugos, habían desmoralizado a quienes esperaban de la investigación un juego intelectual, un rompecabezas del espíritu. Desde luego, ninguno de los que abandonaba la academia confesaba el miedo o el desencanto; todos simulaban que su cambio de rumbo se debía a que una súbita madurez había rozado sus cabezas y les había señalado el camino: querían ser abogados y médicos, hombres de familia, esperaban repetir el camino de esos padres siempre encerrados en salones llenos de humo, siempre alejados de la casa por razones urgentes. Y cuantos más eran los que se iban, mayores eran las esperanzas de los que quedábamos de terminar por ser los elegidos, el elegido.

Sin embargo, en el fondo sabíamos que si Craig había armado todo para encontrar un ayudante, ya lo había encontrado. Por más que Trivak se esforzara en posponer sus ironías para agradar a su maestro, era Alarcón el favorito. Gabriel Alarcón, cuya piel era tan blanca que se le veían las venas. Gabriel Alarcón, a quien importunábamos preguntando por hermanas o primas, porque aquella belleza convenía mejor a una muchacha que a un hombre. Craig era feliz cuando decidía mostrarse más astuto que nosotros, cuando nos acusaba de fallar en el ejercicio de la razón y nos demostraba su superioridad absoluta. Ansiaba vencernos, pero con más fuerza deseaba ser derrotado por Alarcón, y cuando de la boca de mujer de su discípulo salía la frase que lo derrotaba, entonces sonreía con duplicado orgullo.

Odiábamos a Alarcón por este favoritismo, y lo odiábamos también porque provenía de la familia más rica de todas, fabricantes de barcos que cruzaban el océano. Podía aspirar a una embajada o a dedicar su vida a los viajes y a las mujeres, y, sin embargo, había elegido competir con nosotros y derrotarnos. Pero así como lo odiábamos (Trivak y yo más que ninguno: yo, hijo del zapatero y él, hijo de uno de los pocos abogados judíos que había entonces en la ciudad), también reconocíamos sus méritos (que lejos de aligerar nuestro odio lo perfeccionaban). Alarcón parecía elegir siempre un camino inesperado y solitario para resolver todo; jamás pedía permiso, avanzaba por el mundo como si todas las puertas estuvieran preparadas para abrirse a su paso. Su familiaridad con los Craig era alarmante: visitaba cada tarde a la señora Margarita y tomaba el té con ella. Cuando el detective estaba de viaje, pasaba horas en su compañía. Era un sustituto —por supuesto, solo en la ceremonia del té— del marido.

Recuerdo que cuando Craig expuso el caso del cuarto cerrado, que tanto obsesionaba a los detectives, Alarcón le respondió:

—Caratular un asesinato como "crimen en cuarto cerrado" es encarar mal la investigación, es creer que la cerrajería es un arte insuperable. No hay cuartos verdaderamente cerrados. Llamarlo así es presuponer una imposibilidad que no existe. Para resolver un problema, hay que postularlo correctamente, y no confundir la dificultad con la que manejamos las palabras con la dificultad con las cosas que las palabras nombran.

Lo odiábamos, pero competíamos entre nosotros, no con él. Luchábamos por un segundo puesto, en una carrera donde solo el primero importaba. Durante los días en que Craig viajaba para resolver algún caso, el orden se relajaba y nos íbamos antes de lo acostumbrado. Trivak, perplejo, se quedaba mirando desde la puerta cómo Alarcón; en lugar de irse, subía las escaleras, con sus pasos lentos pero a la vez ingrávidos, para aceptar la excesiva hospitalidad de la señora Craig.

5

Había en la academia, en el primer piso, un salón de reuniones que no se usaba nunca; tenía en el centro una mesa ovalada y sillas a su alrededor, y tanto las mesas como las sillas eran pesadas, inamovibles, como si la madera hubiese entrado en un proceso de fosilización. Lo llamábamos el Salón Verde, porque había ramas y enredaderas pintadas en el techo por la mano de un pintor que había comenzado con paciencia y empeño y había terminado por hartarse de la botánica. La exacta caligrafía de tallos y nervaduras se convertía, a medida que el techo se alejaba de la ventana, en ramajes confusos borrados por la tormenta. Las paredes estaban revestidas en madera oscura, de la que colgaban espadas, arcabuces y escudos de armas; todo tenía un aire vagamente falso, como en las casas de los anticuarios. La sala parecía la ruina de algún proyecto dejado de lado: sede de un cónclave masónico, o un comedor que la señora Craig había ideado para visitantes ilustres que nunca se habían presentado. Nos sentamos en torno a la mesa, vacía de todo, excepto de polvo, y Craig habló.

—Señores: en los últimos años ustedes han aprendido todo lo que se puede enseñar en materia criminal. Quiero decir, lo que se puede enseñar en un aula, porque la vida es una maestra constante, más aún cuando su materia es la muerte. El conocimiento teórico tiene un límite; después de ese límite está la intuición, que no tiene un carácter sobrenatural, como insiste nuestro amigo Trivak, futuro miembro de la cofradía espiritista, sino que consiste en la relación brusca que establecemos con otros mundos del saber, menos visibles, menos centrales. Intuir es recordar; por eso la experiencia es la maestra de la intuición; esta no es sino una forma especializada del recuerdo. Su meta es encontrar en los distintos bordes de esta vida caótica un patrón común.

Distraído, dejé que mi dedo dibujara mi nombre en la capa de polvo que cubría la mesa.

—Hace tiempo que esperaba que se presentase un caso apto para la investigación teórica; ahora lo tengo aquí.

Craig extendió sobre la mesa una página de periódico. Buscamos un gran titular que hablara de un honesto sastre asesinado a tiros o de una mujer que flotaba en el río, pero no había otra cosa que el anuncio de las funciones del mago Kalidán; el mismo mago que había desembarcado en la ciudad cuando Craig anunció la creación de su academia. La visita de grandes magos, que ahora ha decrecido, era muy común en ese entonces. Las diversas formas de la fantasmagoría estaban de moda en Europa y el público llenaba los teatros para ver batallas de esqueletos, fantasmas luminosos, decapitados que hablaban y otras maravillas construidas con lámparas y espejos.

—Hace tiempo que he notado que los viajes del mago coinciden con asesinatos y desapariciones. Las víctimas son siempre mujeres: en Nueva York desapareció una corista, en Budapest una vendedora de flores, en Montevideo apareció desangrada una vendedora de cigarrillos. La policía de Berlín lo detuvo por la muerte de una enfermera, pero nada pudieron probarle. Los pocos cuerpos que se encontraron (porque nuestro asesino intenta siempre esconder o destruir los cuerpos) revelan que él desangra a sus víctimas y luego las lava con lejía. Repite siempre una especie de ritual de purificación.

Craig exponía su caso con frialdad; seis de nosotros hacíamos crujir nuestros dedos, encendida nuestra ira por el crimen; solo Alarcón parecía responder a su maestro con idéntica apatía. Los dos iban a la lucha desprovistos de odio.

—El mago se quedará quince días más en la ciudad. Cuando haya continuado su viaje rumbo al Brasil, ya no tendremos nada que investigar. Ahora seguiré hablando, seguiré explicando el caso, hablaré de la importancia de distinguir la coincidencia de la necesidad, pero si son realmente buenos me dejarán hablando solo, dejarán al detective Craig desvariando en la soledad de este salón polvoriento.

Los seis nos apuramos a la salida, pero para entonces Alarcón ya había desaparecido.

6

Sacamos entradas para la función y nos instalamos en las destartaladas butacas del teatro Victoria. Primero, el espectáculo: queríamos encontrar alguna semejanza entre aquellos juegos con espadas y guillotinas y los asesinatos de verdad. Pero el mago ejecutaba sus trucos entre bromas, lejos de la seriedad que, en nuestra inexperiencia, esperábamos de los asesinos. En lugar de exagerar el aire misterioso de su nombre y de sus maniobras, Kalidán bromeaba con su fingido exotismo.

Después de ese primer encuentro con el mago y sus ardides, cada uno ejecutó su propia estrategia: Trivak se hizo pasar por periodista de *La Nación* y fue a entrevistarlo en su camarín; Miranda sedujo a una acomodadora y pudo revisar a su gusto los biombos chinos, las cajas con perforaciones para hospedar las espadas, y aun el baúl con la mano cortada de Edgar Poe, que sobre la escena escribía, incansable, el estribillo de "El cuervo". Federico Lemos Paz, cuyo tío era dueño del hotel Ancona, donde se alojaba el mago, se hizo contratar como botones del hotel y buscó pistas en la habitación. A la hora del crepúsculo nos encontrábamos en el café que estaba en la esquina del teatro para intercambiar noticias de nuestros progresos, que eran siempre retrocesos; solo Alarcón faltaba a nuestros encuentros. Celosos y apesadumbrados, imaginábamos que Craig lo había enviado a una misión más importante, mientras que a nosotros nos distraía con los juegos de un mago. Como desconfiábamos los unos de los otros, siempre callábamos aquello que considerábamos esencial. Con aire de secreto y revelación, enumerábamos detalles irrelevantes. A mí me tocó el trabajo de archivo.

Cuanto más avanzábamos, más nos convencíamos de que nuestro falso hindú, de nacionalidad belga, era culpable, y si no lo habían atrapado era porque había elegido siempre víctimas sin importancia, hijas de inmigrantes, muchachas solas a las que nadie reclamaba.

Al cabo de una semana, nos reunimos en el Salón Verde para presentar nuestros informes: sobre la mesa polvorienta estaban las huellas de nuestras manos, como recuerdo de la reunión anterior. Leímos los hechos comprobados, comentamos, jactanciosos, los diversos ardides para entrar en la vida del mago y espiar su pasado. Craig, aburrido, simulaba escucharnos; de vez en cuando felicitaba a alguno por su inventiva —le gustó que Lemos Paz se hubiera hecho pasar por botones del hotel, admitió que mi búsqueda en los archivos había sido metódica y responsable—, pero esa felicitación era tan desganada, tan insípida, que hubiéramos preferido un grito, una reprimenda, una señal de desprecio.

Solo cuando empezó a hablar pareció salir de su melancolía. Escuchaba el sonido que más le agradaba: su propia voz.

—La investigación es un acto de pensamiento, el último rincón donde la filosofía busca su refugio. La filosofía académica se ha convertido en historia de la filosofía o en mera filología. Somos la última esperanza del pensamiento organizado. Por eso les pido que den a las pistas su lugar correcto, sin exagerar su importancia. La interpretación correcta del pétalo de una flor puede tener más valor que el hallazgo de un cuchillo bañado en sangre.

Mientras hablaba y nos confundía, Craig miraba hacia la puerta; esperaba a Alarcón, esperaba que su promesa hiciera su entrada y lo relevara a él de su vigilancia, a nosotros de nuestros torpes intentos. Que Alarcón entregara la prueba definitiva. Era tarde y empezamos a marcharnos; al final quedamos solos Trivak, Craig y yo. Para distender el ambiente, Trivak dijo que seguramente Craig había enviado a Alarcón tras un caso de los buenos, un crimen de "cuarto cerrado", que se consideraba entonces el non plus ultra de la investigación criminal, mientras a nosotros nos distraía con el falso mago hindú. Sin sacar la mirada de la puerta, Craig respondió:

—Un asesinato siempre es un caso de "cuarto cerrado". Ese cuarto cerrado es la mente del criminal.

7

Después de una gira por las ciudades de Tucumán y de Córdoba, el mago Kalidán volvió al teatro Victoria para dar cuatro funciones de despedida. Ahí estuvimos, y vimos cómo la ayudanta del mago —una muchacha alta y extraordinariamente delgada, que parecía ella misma un artificio más de la magia catóptrica— había sido reemplazada por un joven vestido con el uniforme azul de un ejército imaginario. El ayudante, que era Alarcón, operaba la maquinaria, movía los biombos, se ofrecía de blanco humano para el juego de los puñales y dejaba conectar su cráneo a unos cables unidos a una máquina negra. Esa máquina supuestamente proyectaba los pensamientos del ayudante sobre una pantalla blanca: vimos unos peces, unas monedas que caían y se perdían, la silueta desnuda de una mujer que me pareció que replicaba con exactitud —pero no me animé a comentarlo con nadie— la de la señora Craig. Alarcón había llegado más lejos que ninguno; estaba junto al mago, y ahora nuestras torpes aproximaciones parecían juegos de niños al lado de esa cercanía. La rutina que le había tocado en suerte conservaba los restos de la presencia femenina, que en algunos pasajes del espectáculo daba lugar a equívocos. El aire sombrío de la representación le impedía al público festejar con risas esos malentendidos.

Nos seguimos reuniendo en los salones de la academia, pero ya con desaliento; esperábamos que Craig nos liberara por fin del curso, de la obligación, de la esperanza. Craig tenía su asistente y no había motivo para seguir. Pero el detective continuaba dándonos consejos, sin hacer nunca mención a su necesidad de un adlátere.

Tampoco en los días siguientes Alarcón apareció por la Academia y Craig empezó a preguntarnos si sabíamos algo del muchacho. Su pregunta nos sorprendió, porque era Craig y no nosotros quien tenía contacto con Alarcón. Las funciones en el teatro Victoria habían terminado y los diarios anunciaban que el mago viajaría a Montevideo.

Una tarde, después de una de las clases, Craig me entregó un fajo de billetes y me dijo que viajara a Montevideo esa misma noche.

—Alarcón no ha dado ninguna noticia, y su familia ya empieza a preocuparse —me dijo en voz baja.

—Estoy seguro de que lo sorprenderá con sus resultados.

—Si algo he aprendido, es a detestar las sorpresas.

Crucé el río en el vapor de la noche; el barco se movió y no pude dormir. Compré una platea para la función de ese mismo día en el teatro Marconi. Primero tocó un pianista, en un piano que sonaba a latón, y después hubo una especie de duelo de recitadores, con dos actores vestidos de gauchos que representaban a cada una de las orillas del Plata; ahí me quedé dormido y me desperté cuando el espectáculo de Kalidán ya estaba por terminar. Vi poco, pero lo suficiente para saber que Gabriel Alarcón había sido reemplazado por una muchacha negra, con la piel untada con algún aceite que le daba por momentos la apariencia de una estatua.

Telegrafié a Craig para contarle las novedades; al día siguiente llegó hasta la ciudad y se hospedó en el hotel Regencia, que tenía unas mesas de billar en el fondo: el juego era entonces una novedad, y se lo jugaba a la manera italiana. Craig asistió en silencio al relato de mis pesquisas, mientras tomaba un brandy tras otro.

Al final de la función entramos en el camarín del mago. Kalidán nos recibió envuelto en una bata dorada, mientras fumaba un cigarrillo egipcio. Craig entró con timidez e irresolución; yo no sabía si se trataba de una actuación genial o si el detective se sentía intimidado por el mago.

—Soy detective privado; me envía la familia Alarcón.

—Sé muy bien quién es; uno de los fundadores de Los Doce Detectives. Siempre me acuerdo de aquel crimen de la mano cortada, y cómo, a partir de los restos de vino en una copa…

Craig no lo dejó seguir:

—El hijo menor de esta familia, Gabriel Alarcón, que usted contrató como ayudante, ha desaparecido.

Kalidán no parecía intimidado por nuestra presencia; pero sin embargo demoraba el momento de quitarse el maquillaje, como si no quisiera mostrarnos su verdadero rostro. Habló con el afable sentido común que es tan habitual entre los asesinos, al menos según las páginas de *La Clave del Crimen*:

—Contraté a un muchacho por cinco funciones, pero no se llamaba Alarcón. Dijo llamarse Natalio Girac. Yo no pregunto demasiado: en el espectáculo, todos los nombres son falsos. Yo, como se imaginarán, no me llamo Kalidán ni soy hindú. Estoy acostumbrado a hacer los trucos con mujeres, pero se enfermó la asistente que tenía y Girac la reemplazó muy bien. Le di una buena propina. Hubiera querido traerlo conmigo, pero aquí en Montevideo me esperaba Sayana, la chica negra, con la que ya trabajé otras veces. El público viene a verla a ella, más que a mí, y no los puedo defraudar.

Durante años yo había leído el relato de los casos de Craig, que acosaba a los sospechosos con preguntas que parecían sencillas, hasta que el asesino cometía, distraído, un error fatal; en la página impresa de *La Clave del Crimen*, Craig era dueño absoluto de la situación. Pero aquí, frente al mago, parecía más bien un policía torpe y asustado que se deja convencer por la primera mentira. No hizo más preguntas, pidió disculpas y abandonamos el camarín. Ni siquiera me permitió que acecháramos al mago, para llegar a ver su verdadero rostro. Dejamos Montevideo al amanecer. Apoyados en la barandilla del vapor, estuvimos callados largo tiempo, hasta que Craig habló:

—Mire qué nombre inventó Alarcón: Natalio Girac.

—¿Qué tiene de notable?

—Girac es anagrama de Craig. Y Natalio es el nombre del único hijo que perdimos, y que murió antes del año.

Durante los días siguientes Craig siguió sin hacer nada, a pesar de la presión de la familia. Si tenía algún plan secreto para saber la verdad, no lo dijo. No eran raros los casos en los que el detective adoptaba una especie de somnolencia, o se ausentaba, o actuaba como un loco durante cierto tiempo: pero después se revelaba que lo que parecía desidia o desvarío había sido en realidad la aplicación paciente de un plan genial. Pero en el caso de Craig, la revelación se demoraba.

Gabriel Alarcón había nacido en una familia de fabricantes de barcos; los astilleros Alarcón proveían de naves a la marina mercante de varios países. Era una familia poderosa, y emisarios de toda clase visitaron a Craig en los días siguientes, para reclamarle por el muchacho. Craig recibió a todos, y a todos pidió tiempo para trabajar. La policía se anticipó y el mago Kalidán fue arrestado apenas bajó del vapor que lo traía de Montevideo.

En la portada de los diarios apareció el mago, arrestado: había viajado disfrazado de hindú, con su turbante y su piel abetunada y su túnica amarilla. Craig aportó a la policía todos los informes que habíamos reunido, pero en ellos no había indicios del paradero del muchacho ni tampoco pruebas de los crímenes de Kalidán. La policía lo interrogó durante quince días y quince noches; el mago, a pesar de estar enloquecido por los golpes, el frío y la falta de sueño, no dijo una palabra que lo inculpara. Cuando ya era evidente que no podía armarse caso alguno contra el mago, dejaron a Kalidán abandonar el penal. Se le impusieron ciertas restricciones: no podía abandonar el país, y cada cuatro días debía presentarse en la policía para confirmar su residencia.

La desaparición de Gabriel Alarcón marcó el fin de la Academia. Los diarios, que tanto habían celebrado en el pasado las hazañas del detective, lo atacaron sin pausa: había enviado a un destino incierto a un novato, a un inocente. Los otros estudiantes, presionados por sus familias, dejaron de venir; con Trivak decidimos permanecer en el edificio vacío, como una señal de confianza en Craig. Ayudamos a clasificar las piezas del museo forense, limpiamos y aceitamos los microscopios, esperamos en vano que las clases se reanudaran. Al final Trivak también se fue.

—¿Tu familia? —le pregunté.

—No. El aburrimiento.

Yo tenía una buena excusa para quedarme: la organización del archivo, que Craig me había encargado meses atrás. Llegaba temprano, y me iba a la cocina: Ángela me servía mate cocido y torrejas. Las hacía con pan del día anterior: pasaba el pan por huevo batido, después por azúcar y al final las freía. De vez en cuando tomaba el té con la señora Craig, que continuaba conmigo conversaciones comenzadas con Alarcón. Yo trataba de animarla, pero ella parecía cada vez más pálida, apagada por la desaparición de Alarcón y la caída de su marido.

8

Cansado del ataque de los periodistas, Craig prometió que resolvería el caso. Lo llamaba "mi último caso"; así parecía admitir que algo había fallado, que no había modo de continuar. Creía que eso tenía un efecto dramático (y era cierto): "Mi último caso" decía, y a veces en tercera persona "El último caso del detective Craig" y se hacía un silencio respetuoso. Quienes lo habían atacado antes ahora callaban, no porque Craig impusiera respeto, sino porque los finales imponen respeto.

De día se quedaba en la Academia, temeroso de que los periodistas y los curiosos y los agentes enviados por los padres de Alarcón lo siguieran o lo importunaran. No había modo de hablar con él, se quedaba encerrado en su estudio, tomando notas en libretas de tapas negras. Su letra era un sendero de hormigas que no sabían hacia dónde ir.

Yo creía para ese entonces que Craig estaba vencido; pero él no dejaba de proclamar ante los periodistas, cada vez menos interesados, ante su esposa, que había dejado de salir de su casa, y ante mí, que era el único que lo escuchaba, que faltaba poco para la solución. Una noche me apartó de mi trabajo —mientras clasificaba sus viejos papeles, no cesaba de crecer mi admiración por su pasado y mi compasión por su presente— y me pidió que lo acompañara al Salón Verde.

Sin énfasis, como si comunicara una decisión tomada por

otro, o por la simple inercia de la vida, me dijo que yo sería de ahí en adelante su adlátere.

—Pero usted dijo que nunca tendría asistente.

—La palabra *nunca* no debería existir; así estaríamos menos inclinados a las promesas y a pecar de palabra. Este nombramiento, a pesar de nuestra situación, tendrá todas las formalidades del caso y será comunicado a Los Doce Detectives.

En ese momento, la mención a Los Doce Detectives me pareció incongruente y a la vez portadora de esperanza: era como si Craig invocara de nuevo, para salvarnos, el poder del asombro y de la fábula, todo aquello en lo que yo había creído y que la derrota de Craig había borrado. Durante unos segundos tuve la visión de mi nombre en la sección "En voz baja" de *La Clave del Crimen*[2]. El detective se frotó los ojos como para despejarse de un sueño de días y continuó:

—Usted sabe que este cargo no puede durar mucho. Este es mi último caso.

Mi cuerpo se puso firme, sin mi voluntad, y mi voz segura acompañó el aire marcial de la ceremonia:

—Espero que no sea su último caso; espero que se trate de un nuevo comienzo. Pero, si fuera así, si ha llegado el día en que los asesinos de la ciudad pueden dormir tranquilos, entonces no habrá mayor honor que tener un pequeño papel en su despedida.

[2] *La Clave del Crimen* aparecía cada quince días, y era una versión local de *Traces*, la revista que el periodista Adrien Grimas publicaba en París y que era el órgano oficial de Los Doce Detectives. Pero *La Clave del Crimen* era una publicación económica, de 36 páginas, mientras que *Traces* tenía el formato de una revista académica. Dos o tres casos llenaban las páginas de *La Clave del Crimen*. La portada era amarilla, con un dibujo a pluma que mostraba o bien la estampa de uno de los detectives, o bien la escena más escalofriante del relato. En la última página había una columna titulada "En voz baja", donde aparecían noticias breves que daban cuenta de la vida de los detectives. Yo a veces me quejaba del carácter un poco frívolo de esta sección (informaba a los lectores que el detective Castelvetia era aficionado al rapé, que Rojo dedicaba mucho tiempo a investigar los burdeles de cierto barrio de Madrid, o que Caleb Lawson finalmente había roto su promesa de matrimonio), pero disfrutaba mucho de su lectura.

Craig asintió a mis palabras sin interés.

Ese mismo día me puse a trabajar. Para ese entonces el mago había violado su obligación de presentarse en la comisaría y había desaparecido de la ciudad. Empecé a recorrer los hoteles que podían albergarlo. De vez en cuando Craig me acompañaba: yo esperaba que se estableciera entre nosotros el diálogo clásico entre el detective y su adlátere. El hindú Dandavi, que servía a Caleb Lawson, simulaba no entender nada a causa de su condición de extranjero, y lo obligaba a explicarse con todo detalle; el alsaciano Tanner hablaba casi en un susurro, y solo levantaba la voz cuando Arzaky lo sorprendía con una revelación genial; Fritz Linker, el asistente de Tobías Hatter, el detective de Nuremberg, hacía preguntas tan obvias que se lo podía tomar fácilmente por un idiota. Todos los detectives hablaban con sus asistentes, pero nosotros íbamos en silencio. Yo ensayaba frases tontas, me dejaba ganar por las ideas obvias, por el resplandor de la apariencia, y tenía siempre en la punta de la lengua un lugar común que permitiera a Craig deslumbrarme con la lógica secreta de su pensamiento; pero el detective nunca hablaba, y caminábamos por la noche en silencio los dos, como si la razón hubiera quedado reducida a esa ausencia de sistema y aun de predicado: nada podía decirse de nada.

El dueño del teatro Victoria, un hombre tremendamente gordo que había sido tenor en su juventud, nos dejó revisar la sala, temeroso de que la fama criminal de su artista le trajera problemas con la ley. El teatro era un laberinto que ni él mismo conocía muy bien; los sótanos y las bambalinas guardaban decorados de viejos espectáculos, y nos chocábamos en la semipenumbra con puentes venecianos, cigüeñas de yeso y palacios chinos. Se escuchaban susurros en el fondo del sótano sin límites, como si no solo se hubieran guardado las escenografías, sino elencos enteros de obras olvidadas.

Renato Craig se puso a buscar pistas, pero era evidente que su abatimiento le impedía realizar una investigación a fondo. No era un secreto que Craig detestaba los teatros, disgusto cuya explicación era bien conocida por todos los estudiantes de la Academia, y aun por cualquier lector de *La Clave del Crimen.*[3] El trabajo pesado quedó entonces para mí. Con mi lupa recorrí las maderas del piso del camarín en busca de un papel, un cabello, una carta. Bajo un baúl de dimensiones tan enormes que no hubiera pasado por la puerta, encontré un recibo por la compra de un pasaje en barco. Se lo mostré a Craig.

—Se ha ido del país, señor. Aquí tengo el recibo de un boleto para el *Goliardo*, que dejó el puerto hace una semana.

Craig sostuvo el recibo y lo estudió bajo la lupa.

—Parece ser auténtico, pero me temo que Kalidán compró el pasaje a propósito para despistarnos. Estoy seguro de que si visitamos la compañía naviera nos dirán que la litera del camarote permaneció vacía.

[3] Aunque se lo recuerda como el primer detective de Buenos Aires, Renato Craig fue en realidad el segundo. El primero se llamaba Jacinto Vieytes, y fue un rastreador que luego de algunos éxitos resonantes en localizar criminales se fue a vivir a la ciudad. Vieytes consiguió aplicar los métodos del baqueano al crimen urbano; y si bien su habilidad, ejercida en cuartos de hotel, en salones de sociedad, en estaciones de ferrocarril, no resultó tan espectacular como cuando estudiaba huellas de jinetes, señales en el pasto o los restos de una fogata, consiguió que la policía lo llamara a menudo para estudiar la escena del crimen. Le gustaba tener gente alrededor para deslumbrarlos con sus razonamientos, que eran mitad lógica, mitad dichos camperos. Un empresario teatral italiano se dio cuenta de que había que aprovechar al baqueano y le organizó un espectáculo en el Teatro Argentino. Vieytes llegó a compartir cartel con el payaso Frank Brown. La escenificación de sus habilidades lo llevó a perder toda credibilidad; el público pensó que siempre había sido un actor. Aunque sabía que Vieytes había tenido auténticos dones de detective, Craig consideraba que había degradado el arte de la investigación. El detective detestaba los teatros, porque le recordaban ese origen, pero también el peligro de terminar por convertir en espectáculo vacío la soledad del razonamiento. Mientras trabajó como detective, Vieytes nunca tuvo adlátere, pero cuando entró en el mundo del teatro, creyó conveniente tener un actor que representaba al hombre simple, al paisano, y que expresaba juicios disparatados para dar pie a las deducciones del protagonista.

Craig dio vuelta el papel. Estudió la huella de un zapato que se dibujaba en el borde.

—Kalidán empujó el papel bajo el baúl con el pie. Aquí está la marca. Usted es zapatero.

Me sorprendió que Craig supiera eso de mí. Yo nunca se lo había dicho.

—Hijo de zapatero.

—Pero podrá decirme qué clase de calzado es.

No me llevó más que unos segundos decidir la respuesta.

—Es la huella del zapato de un marino.

—¿Seguro?

Señalé las pálidas líneas que se dibujaban sobre el papel. Estaba feliz de poder enseñarle algo a Craig, aunque no estaba seguro de si no sabía ya la verdad.

—Es un calzado de horma ancha, y con surcos para poder aferrarse a la superficie resbalosa de la cubierta. Creo que se disfrazó de marinero para poder mezclarse con la tripulación y no ser descubierto. —No creí que eso fuera cierto, pero me pareció un comentario apropiado para un asistente.

Craig aceptó mi esfuerzo y su voz sonó victoriosa.

—Nada de eso. Se disfrazó de marinero para alojarse en el puerto y esperar hasta que las cosas se tranquilizaran y poder entonces abandonar la ciudad. Su habilidad con los juegos de naipes le permitirá mantenerse sin problemas.

Craig era una cara conocida en la ciudad, y no le gustaban los disfraces, de manera que me tocó a mí, un desconocido, recorrer los tugurios de la zona del puerto. En locales de aire siempre encerrado, bajo una luz mortecina, los marineros procuraban escapar del tedio de los viajes con el tedio de la tierra firme; simulaban escuchar a acordeonistas demasiado lentos, o a pianistas demasiado apurados; simulaban conversar con mujeres cuyos rostros, a la luz del día y de la lucidez, los hubieran espantado. En cuartos diminutos, traficaban chucherías, moneda extranjera, palabras equívocas, opio, enfermedades infecciosas.

Yo entraba en los locales tratando de ver sin ser visto; buscaba la cara de Kalidán a través de un ejercicio de imaginación: debía despojarla de su tez hindú y del aura brillante de quienes están acostumbrados a llamar la atención sobre un escenario, y agregarle barba y gorras y capotes y el gesto furtivo de quien se quiere invisible. Procuré entablar conversación con los hombres que me parecían más inofensivos pero era difícil fiarse. Un portugués que no hacía otra cosa que hablar de su pobre madre tendió de una puñalada a un infeliz que se animó a corregirlo porque pronunciaba mal el nombre de un barco; un enano tímido y pacífico, con una cicatriz que le cruzaba la frente, le desgarró el vientre a un borracho que se burló de su condición. Nadie castigaba esos crímenes: seguí viendo al portugués y también al enano, lo que me llevó a pensar que todos los demás también debían unas cuantas muertes, pero como estaban en una especie de territorio internacional, a nadie le interesaba.

Me costaba librarme de la conversación incomprensible de los marineros, de la codicia de las mujeres que hurgaban mis bolsillos, y de los espías de la policía que me miraban con sospecha; pero a las dos semanas, ya acostumbrado a emborracharme todas las noches, oí el rumor de un capitán francés que ganaba fortunas a los naipes.

Jugaba en un garito que estaba en los altos de un almacén de ultramarinos; a través de los vidrios sucios se veía el movimiento, pero no había modo de entrar, porque dos rufianes de aspecto temible custodiaban la entrada. Esperé bajo la llovizna a que el falso capitán francés terminara de conseguir los triunfos que le correspondían e iniciara el regreso al hogar. Por fin salió, hundido en su capote y sin barba; lo que lo diferenciaba del mago Kalidán no era el disfraz, sino una especie de certeza interior de que nadie lo veía, como si le hubiera bastado concentrarse para volverse invisible. Lo seguí de lejos, con cuidado; imité el zigzag de los borrachos; él no se dio vuelta a mirarme, caminaba con el paso seguro, inmune a los efectos del alcohol o del miedo. Solo lo detuvo un gato negro, con el que no se quiso cruzar; después entró en una casa que parecía a punto de desmoronarse.

A la mañana, tan temprano que mi padre todavía no había entrado a su taller, fui a visitar a Craig. No importaba a qué hora lo visitara, él siempre estaba despierto. Le conté mi descubrimiento, describí el lento derrumbe de la casa; le advertí que en el mundo del puerto nada duraba mucho.

—Ha hecho un buen trabajo. Pero ahora me toca a mí. Ya he enviado a un muchacho a la muerte. No quiero enviar a otro.

Antes de que la puerta se cerrara del todo, me pareció ver que Craig, por primera vez en semanas, sonreía.

9

Cinco días más tarde Craig citó a los periodistas que lo habían difamado en el Salón Verde. Había un enviado de *La Nación*, pálido y pecoso, que no abandonaba por nada del mundo el lápiz y el papel, como si en cualquier momento lo pudiera sorprender la palabra clave; el cronista de *La Tribuna* era un hombre de unos treinta años, aindiado, que afectaba modales de caballero; se decía que, cuando conseguía buena información, la vendía al mejor postor. Otro periodista, tan alto que vivía inclinado como un signo de interrogación, trabajaba para un diario de Montevideo, donde se había seguido con interés el caso. Había también tres desconocidos que imaginé enviados por la familia Alarcón.

—Como les había prometido, el caso ha sido resuelto. Ocurrió lo que temíamos: Gabriel Alarcón está muerto. El cadáver está en los sótanos del teatro Victoria. En este momento la policía lo está retirando. El cuerpo estaba cubierto de cal, para acelerar el proceso de descomposición.

—¿Cómo lo encontró?

—No puedo explicar métodos que alertarían a los criminales y les enseñarían cómo proceder en el futuro para no dejar pistas. Pero puedo decirles que Kalidán, como ustedes lo conocen, o Jean Baptiste Cral, tal su nombre verdadero, era un criminal epileptoide que sufría accesos morbosos, con un temor patológico a la decrepitud. Creía que beber sangre humana lo mantendría joven para siempre. Estaba tan seguro de que sus crímenes no serían castigados que guardaba un objeto de cada una de sus víctimas.

Craig abrió una caja cuadrada, grande, de las que usan las mujeres para guardar sus sombreros.

—Alarcón estaba dispuesto a detener sus crímenes y contra mi consejo se empleó como su ayudante. No sé qué ardid usó para ser aceptado, pero se dejó deslumbrar por las habilidades del mago. Aprovechó la cercanía para buscar pruebas de los asesinatos; encontró una colección de recuerdos que el mago guardaba de sus víctimas —Craig sacó de la caja una medalla opaca, un escapulario, un trozo de encaje, un mechón de cabellos atado con una cinta amarilla—. Estos macabros tesoros le dieron a Alarcón la ilusión de que había resuelto el caso; pero el mago, que era observado pero también observaba, lo descubrió y lo asesinó. Bebió su sangre como antes había hecho con las mujeres. Después hizo desaparecer el cuerpo.

Los periodistas tomaban notas a toda velocidad; Craig había tenido la astucia de llamarlos a última hora, de manera de no darles tiempo de hacer demasiadas preguntas, porque ya debían correr rumbo a las redacciones. Cuando hubieron partido, el detective pareció perder en un instante todas sus fuerzas, y se desplomó en una silla con la cabeza entre sus manos.

Era mejor dejarlo tranquilo, pero tenía mil preguntas por hacer. ¿No merecía yo, su asistente, la revelación del método que había permitido la reconstrucción de la historia? Como no respondía a mis preguntas, puse mi mano sobre su hombro. El contacto físico era algo que Craig no toleraba, pero sentía esa curiosidad todopoderosa que hace que los más terribles asesinatos se vean como bendiciones del cielo.

—Es verdad —dijo él, incorporándose, con una mueca de disgusto—. El método. La perspectiva. El seguimiento de pistas. Amigo Salvatrio, voy a darle una lección sobre el método que ninguno de Los Doce Detectives podrá igualar.

Ganado por esa energía oscura que ahora lo dominaba, me arrastró fuera de la casa. Echamos a caminar a toda marcha; delante iba Craig, el insomne, con una lámpara encendida. A la hora de caminata y silencio lamenté que no hubiéramos llamado un coche, porque el paseo continuaba sin pausa. Dije alguna vaguedad y me respondió:

—Adonde vamos no llegan los coches de alquiler.

Yo no conocía aquellos rincones donde la ciudad aceptaba la oscuridad y la desintegración. Pasamos junto a un árbol caído y luego junto a un caballo muerto. Los huesos brillaban a la luz de la luna. Vi luego, esa misma noche, algo peor, pero las pesadillas son caprichosas, y fueron los ojos ciegos del caballo los que me persiguieron en las noches siguientes. Más allá había un galpón, que era nuestra meta. Craig abrió el portón, sin llave ni candado. Había en lo alto unos vidrios rotos, y por allí entraba la luz blanca de la luna. Me pareció escuchar un susurro, pero era el zumbido de las moscas.

En el centro del galpón colgaba cabeza abajo el cadáver de un hombre. Una soga ataba sus pies a una viga. Craig levantó su lámpara para que tuviera ocasión de verlo bien. Estaba desnudo y cubierto de coágulos de sangre. Los brazos inertes, abiertos, parecían conservar algo del gesto con el cual en noches repetidas, en teatros lejanos, había autorizado el asombro. Bajo el cuerpo, un lago de sangre que el suelo de tierra se había empeñado en tragar.

—Tardó en decirme dónde estaba el cuerpo de Alarcón; hasta el último momento pareció confiar en que algún truco lo salvaría.

—¿Qué va a hacer con… esto?

—Apenas aclare voy al departamento de policía. Ya pensé mi explicación: vine hasta aquí siguiendo las pistas de los jugadores de cartas. Los policías conocen los medios feroces con que se castiga a los tramposos. Y así termina el último caso del detective Craig.

Salí del galpón con la sensación de que las moscas azules me seguían. No podía volver solo en medio de la noche, y tuve que esperar a Craig y luego seguirlo. No quería caminar a su lado. Treinta pasos adelante, Craig, con la lámpara levantada, me señalaba el camino; y hasta me parecía que aquella luz, por el solo hecho de haber iluminado el espectáculo del mago, brillaba con la incandescencia de la corrupción.

10

Volví a ayudar a mi padre en el taller, y a aplicarme sobre todo al corte de las suelas, que era mi especialidad. No sé si lo he dicho ya, pero la zapatería Salvatrio fabricaba solo zapatos de hombre; mi padre se negaba a tocar los pies de las mujeres. Como me veía con el ánimo sombrío, trataba de arrancarme alguna palabra. Para tranquilizar a mi padre, dejé entrever que era un problema de amores. Sonrió aliviado:

—Una vez que uno toca los pies de una mujer, ya está perdido.

Mi madre, en los días que siguieron, insistió en que comiera bien. Me preparaba guisos con fideos largos, zapallo y ternera; yo no podía probar la carne.

Una tarde entró a la zapatería un chico de unos doce años, bajito, que llevaba una gorra azul demasiado grande para su cabeza. Preguntó por el señor Sigmundo Salvatrio y tardé en decir que era yo, porque nunca antes me habían llamado señor. Me tendió un sobre escrito por una caligrafía femenina, redonda y cuidada.

Mi esposo está en el hospital, atacado por un mal desconocido. Necesito encargarle una última misión. Estaré en mi casa toda la tarde.

No había encabezamiento ni firma, como si la señora Craig temiese que el papel fuera a caer en manos extrañas, enemigas. Lustré mis zapatos con la pomada negra que mi propio padre fabricaba —y que, según decía, servía de ungüento para quemaduras y heridas— y salí del taller.

La criada abrió la puerta; mientras subía, di una mirada a los salones, donde se acumulaban los papeles y el polvo. En el último piso, sentada en una silla blanca, me esperaba la señora Craig. La mesa para tomar el té estaba en una especie de jardín de invierno; todas las plantas que la rodeaban eran oscuras y abundaban las espinas; las flores eran enormes y carnosas. La criada se apuró a traer té y una azucarera; y cuando la abrí y vi que estaba vacía, temí que la señora Craig estuviera pasando privaciones a causa de la enfermedad de su esposo.

—Sírvase por favor —me dijo, y yo simulé servirme. Sobre el té caliente cayeron dos o tres granos blancos.

—¿Cómo está su marido?

—Los médicos no encuentran nada. Tiene el espíritu enfermo.

—¿Puedo visitarlo?

—No todavía. Pero puede hacer algo por él. En los últimos días no me ha hablado de otra cosa. ¿Está atento?

—Claro, señora.

—En mayo se inaugurará en París la Exposición Universal. Imagino que habrá visto en los diarios las imágenes de los pabellones en construcción y de la torre de hierro. Los Doce Detectives han sido invitados a participar.

—¿Todos juntos?

—Todos juntos, por primera vez.

Mi mano tembló y estuve a punto de dejar caer la taza de té. Los diarios argentinos seguían con detalle los preparativos de esta nueva exposición, como si fuera algo que nos perteneciera. Se sabía que el pabellón argentino superaba en tamaño y en esplendor a los del resto de Sudamérica. Las reservas de pasajes estaban agotadas desde largo tiempo atrás. Pero que los detectives se reunieran era para mí más importante que todos los tesoros de los países, que las obras expuestas en el Palacio de las Artes y las invenciones de la Galería de las Máquinas. Creía que las cosas que me entusiasmaban debían entusiasmarle a todo el mundo, y que la misma torre resultaría opacada por la reunión de los detectives.

—¿Tendrán los detectives su propio pabellón? —pregunté. Por un momento llegué a imaginar a Los Doce expuestos en vitrinas y tarimas, como estatuas de cera.

—No, van a hacer sus reuniones en el hotel Numancia y allí mismo, en un salón, expondrán sus instrumentos de investigación. Hasta ahora se han reunido de a tres, de a seis como mucho, pero esta vez estarán los doce. Bueno, los once, sin mi marido.

¿Qué era lo que estaba oyendo? ¿Craig faltaría a la única reunión en la historia de Los Doce Detectives?

—Tiene que viajar, aunque sea enfermo. Usted podría acompañarlo. Usted y una enfermera.

—Mi marido fue el impulsor de esta reunión, junto con Viktor Arzaky. Los dos querían que el arte de la deducción estuviera presente entre tantos otros oficios y artes. Para su entusiasmo juvenil, mi querido Salvatrio, nada es imposible, pero sé que mi marido no soportaría el viaje en barco. Por eso usted debe ir en su lugar.

—Yo no puedo ocupar su lugar. Soy un asistente sin experiencia.

—Arzaky, el Polaco, como lo llama mi marido, se ha quedado sin asistente. El viejo Tanner está enfermo: juega al ajedrez, manda cartas, cultiva tulipanes. Y Arzaky tiene que preparar la exposición de los instrumentos de los detectives. Mi marido pensó que usted puede ayudarlo en esa empresa.

—No tengo dinero.

—Tendrá todo pago. El Comité Organizador de la Exposición se va a ocupar de los gastos de Los Doce Detectives y también de sus ayudantes. Además, mi marido no aceptará un no.

Yo nunca había viajado a ninguna parte. La invitación me entusiasmaba y me intimidaba. Hice una pausa, y después dije, casi sin voz:

—Sé que su marido hubiera preferido enviar a Alarcón. Hoy es su funeral. ¿Va a ir, señora Craig?

—No, Salvatrio. No voy a ir.

Tomé un sorbo del té amargo.

—Le voy a confesar algo. Nosotros lo envidiábamos.

—¿A Alarcón? ¿Por qué?

La señora Craig se incorporó en su silla. Una especie de vago rubor le dio vitalidad a su cara. Yo no iba darle la respuesta que esperaba.

—Porque era el favorito de su marido. Porque lo consideraba más capaz que a nosotros.

La señora Craig se puso de pie. Era hora de salir.

—Usted está vivo y él está muerto. Nunca envidie a nadie, señor Salvatrio. El que envidia, desea a ciegas.

SEGUNDA PARTE

El simposio

1

A pesar de la guerra, la comisión encargada de redactar el catálogo completo de la Exposición Universal de 1889 continúa trabajando. Tenía en su origen tres miembros, Deambrés, Arnaud y Pontoriero; Arnaud murió tres años después del fin de la exposición, pero Pontoriero y Deambrés siguen con el trabajo. La idea original era que el catálogo estuviera listo *antes* de la exposición, luego *durante* y finalmente *después*; pero que el catálogo, transcurrido un cuarto de siglo, no esté todavía listo, es algo que ni los más lóbregos pesimistas ni los más encendidos optimistas hubieran imaginado. Y hablo también de los optimistas, porque este trabajo no se convirtió en interminable debido a la ineficacia de los catalogadores, sino al esplendor de la exposición.

Tantos años después, Pontoriero y Deambrés aún siguen recibiendo correspondencia desde países distantes; a veces se trata de solícitos y ociosos funcionarios gubernamentales, pero en su mayoría son colaboradores espontáneos que se preocupan por corregir imprecisiones. Se trata en general de señores maduros, ya retirados, cuya mayor afición, además de corregir el catálogo, es escribir indignadas cartas a los periódicos. El gran problema del catálogo es cómo hacer convivir distintos modos de clasificación: si se hace por países, por mero orden alfabético, por una división entre objetos de lo cotidiano y objetos extraordinarios o por rubro (instrumentos marinos, astronómicos, médicos, gastronómicos, etc.). Deambrés y Pontoriero han venido publicando cada dos o tres años catálogos parciales, adelantos del catálogo final, quizás con la intención de dar señales de vida y desautorizar a la vez los catálogos falsos, hechos con fines puramente comerciales. Uno de estos catálogos parciales, el dedicado a los juguetes, sirvió de base y estímulo para la *Gran enciclopedia del juguete*, primera en su género, que publicó la editorial Scarletti en 1903.

—Todo nuestro trabajo consiste en evitar la palabra que nos liberaría de tantas obligaciones —declaró Pontoriero a un periodista en 1895.

—¿Y qué palabra es esa?

—Etcétera.

Es cierto que las innovaciones de 1889, que tanto nos deslumbraban y que prometían hacer de las ciudades verticales países del vértigo, hoy son antigüedades; la mayoría de las invenciones reunidas en la Galería de las Máquinas (el submarino de Vaupatrin, la excavadora de Grolid, el corazón artificial del doctor Sprague, que resultó ser un fraude, el androide organizador de archivo de Mendes) deben estar arrumbados en algún depósito si es que no han sido desmantelados, o si su mal funcionamiento (como el ascensor horizontal de Rudinsky) no terminó en tragedia. A la vez la guerra ha demostrado que ella es la verdadera exposición universal de toda la técnica humana y que las trincheras del Somme o de Verdún son los verdaderos pabellones donde la técnica deja ver sus alcances materiales y filosóficos.

Ninguna de estas consideraciones desalienta a Pontoriero y a Deambrés, que en el tercer piso de una dependencia del Ministerio de Asuntos Extranjeros prosiguen su tarea; y han prometido continuarla aun después de su retiro.

En el segundo de sus catálogos parciales, dedicado a los objetos que cumplían una función doble o, mejor, una obvia y una secreta, encontré con agrado una mención al bastón de Renato Craig, que podía convertirse en catalejo, en lupa, en estoque —llevaba escondida una hoja de acero toledano—, y que disponía de compartimentos con polvos para detectar pisadas y celdillas de cristal para guardar insectos hallados en el lugar del crimen; también podía utilizarse como arma de fuego, aunque solo en ocasiones excepcionales y a muy corta distancia, porque la bala escapaba en cualquier dirección. Esta multitud de usos singulares hacía que el bastón requiriera un gran cuidado para su uso como simple bastón; un tropiezo podía tener consecuencias mortales. Era de madera de guindo, y tenía una empuñadura de bronce con forma de cabeza de león.

Yo mismo fui el encargado de llevar al salón del hotel Numancia el bastón del detective. Luego de la entrevista con la señora Craig y de mi aceptación a su pedido, se me permitió visitar en el hospital a mi maestro. Recuerdo el olor a lejía y los pisos en damero, recién baldeados, en los que era difícil no resbalar. La habitación estaba en penumbras porque uno de los síntomas de la enfermedad de Craig era la aversión a la luz. Era verano y hacía calor; Craig tenía un paño húmedo sobre la cara.

Se corrió el paño de la boca para hablar, pero permaneció con los ojos velados.

—Cuando vea al detective Arzaky, tenga en cuenta que hemos sido amigos, hemos sido como hermanos; entre los dos manejamos a Los Doce Detectives todos estos años. Los otros creen haber ejercido su derecho de voto, pero no se trató nunca de una democracia sino de una monarquía compartida entre el polaco y yo. Tomamos las decisiones que había que tomar, porque ninguno de los otros reflexionó tanto como nosotros sobre esta profesión; a veces lo hicimos con desaliento, y otras envalentonándonos mutuamente, tratando de reponer en el otro la fe en el método. Arzaky es el encargado de la exposición de nuestro oficio, en el salón del hotel Numancia; más importante que la exposición serán los coloquios de los detectives; y más importante aún serán las palabras susurradas en los pasillos, las risas secretas, los gestos entre detective y detective, entre maestro y asistente. Cada detective llevará un objeto que concentre el concepto de lo que para él es la investigación: algunos enviarán máquinas complejas y otros una simple lupa. Yo enviaré mi bastón. Abra el armario, sáquelo de ahí.

Abrí un mueble metálico, blanco, y saqué con cuidado el bastón de Craig. A causa de los mecanismos que encerraba, era prodigiosamente pesado. También estaba colgada la ropa del detective, y al ver la ropa vacía, sin cuerpo que la habitara, sentí una profunda tristeza, como si la enfermedad de Craig estuviera ahí, en el armario, en su modo de ausentarse de sus prendas.

—Este bastón me lo regaló un vendedor de muebles y de armas que tenía su tienda cerca de la plaza Victoria. En realidad no me lo regaló: lo compré por una moneda. Le había hecho un favor al hombre; había recuperado una vieja Biblia que le habían robado. No quise aceptar ningún pago, entonces él me trajo este bastón y me dijo: es un cuchillo disfrazado de bastón, quiero que sea suyo, pero no se lo puedo regalar. Si un cuchillo es regalado, el destino del viejo dueño pasa al nuevo. ¿Y quién quiere el destino de otro? Deme la moneda más chica que tenga. Yo le di una moneda de diez centavos. Desde entonces el bastón y yo no nos hemos separado.

Apoyé con cuidado el pesado bastón contra una silla.

—Usted será el encargado de llevar a Arzaky otra cosa también. Quiero que le cuente mi último caso. Solo a él.

—¿El caso de la mordedura de la cobra?

En esa ocasión, Craig había probado que la cobra era del todo inocente: una mujer había matado a su esposo con un destilado de curare, y luego había fingido que se trataba de una de las serpientes que criaba su marido.

—No sea idiota. Mi último caso. El caso al que no hemos puesto otro nombre que no sea ese: último caso. Con todo detalle. La versión verdadera. Él sabrá entenderlo.

Pensé en el cuerpo de Kalidán, desnudo, colgando boca abajo. Lo había visto quieto, envuelto en una nube de moscas, pero en mi imaginación oscilaba levemente.

—No puedo contar eso. Pídame cualquier otra cosa.

—¿Quiere que vaya a la iglesia y me confiese? ¿Cree que los detectives nos rebajamos a hablar con sacerdotes? No existe para nosotros el arrepentimiento, la reconciliación ni el perdón. Somos filósofos de la acción, y solo nos miramos en el espejo de nuestros actos. Ahora haga lo que le digo. Cuéntele al polaco toda la verdad. Ese es mi mensaje para Viktor Arzaky.

2

Era la primera vez que salía de mi país, la primera vez que abordaba un barco. Y sin embargo el verdadero viaje había sido otro, porque fue en el momento en que entré en la casa de Craig cuando abandoné mi mundo (mi casa, la zapatería de mi padre), y a partir de allí todo fue por igual el extranjero. París era una continuación de la casa de Craig; y más de una vez desperté en la habitación del hotel con la sensación de que me había quedado dormido en uno de los helados salones de la Academia.

Siguiendo instrucciones de mi maestro, tomé una habitación en el hotel Nécart. Sabía que allí se alojarían los otros asistentes. Mientras la señora Nécart anotaba mi nombre en un grueso cuaderno de contabilidad, yo intentaba adivinar quiénes, entre aquellos caballeros que fumaban en el salón, eran mis colegas. Debían ser lo más discretos, los más observadores, capaces de colaborar con la investigación sin molestar: sombras.

Acostumbrado a las grandes habitaciones de Buenos Aires, el cuarto me pareció de casa de muñecas. Era una de esas habitaciones que visitamos en sueños y que concentran diversos lugares reales en un solo espacio: la falsa alfombra persa, los cuadros con motivos mitológicos, la mesita endeble, el falso escritorio chino, todo era incongruente, teatral. En los teatros, nunca se deja espacio entre los muebles, porque en la escena solo da sensación de vida lo abigarrado, la saturación de detalles; pero en el mundo real se necesitan los espacios vacíos para respirar.

Apenas estaba desempacando cuando golpearon a mi puerta. Había un napolitano de bigotes exagerados, que juntaba los tacos con aire marcial.

—Soy Mario Baldone, asistente de Magrelli, el Ojo de Roma.

Le tendí la mano, que sacudió con fuerza.

—Conozco todos los casos de su detective. Recuerdo en especial aquel que comenzó con una monja flotando en el río, con una carta prendida a su cofia con un alfiler de oro.

—"El caso de las cartas de tarot". Tuve el honor de asistir a Magrelli en ese asunto. Fue uno de los casos más bellos. Había tanta simetría, tanto equilibrio en esos crímenes... Eran elegantes, claros, sin una gota de sangre de más. El asesino era el doctor Bernardi, el director del hospital San Giorgio; de vez en cuando le escribe a Magrelli desde la prisión.

—¿Quiere pasar?

—No, solo quería invitarlo a la reunión de esta noche. Ya hemos llegado unos cuantos.

—¿Aquí mismo?

—En el salón, a las siete.

Seguí desempacando con la sensación de que desarmaba mi vieja vida, y que aquellos elementos —mi ropa sin estrenar, que mi madre había insistido en comprar, el bastón de Craig, mi libreta de anotaciones, con todas las páginas en blanco— eran las piezas para armar la nueva.

El cansancio del viaje —nunca pude dormir a bordo una noche entera— hizo que mi siesta se prolongara y despertase a las siete y media. Bajé las escaleras somnoliento y atolondrado. En el salón estaban reunidos siete de los asistentes. Baldone, que no mostró ninguna alarma por mi demora, me los presentó. El primero fue Klaus Linker, asistente del detective berlinés Tobías Hatter, que me tendió una mano enorme y blanda: era un gigante de aspecto estúpido y sus ropas de tirolés acentuaban la impresión de tontería de sus ojos claros. Yo sabía muy bien, sin embargo, que sus preguntas obvias, su insistencia en hablar del tiempo, y sus chistes idiotas, que tanto exasperaban al detective, no eran más que simulación.

Benito, el único negro, o más bien mulato, era el asistente del portugués Zagala, famoso por resolver misterios en alta mar. Su caso más famoso había sido el enigma de la desaparición de la tripulación completa del *Colossus*. El caso había alimentado durante meses las páginas de los periódicos. Se decía que la habilidad de Benito con las cerraduras era proverbial y que usaba sus talentos no solo para colaborar con la verdad sino también para conseguir ganancias adicionales, ya que Zagala tenía fama de avaro.

Sentado en uno de los cuatro sillones verdes, sin hablar con nadie, había un indio que parecía concentrado en la telaraña que crecía en un rincón. Baldone me lo señaló, pero el indio ni siquiera giró la cabeza. Era Tamayak, de antepasados sioux, asistente del detective Jack Novarius, un norteamericano que había trabajado en su juventud con la agencia Pinkerton, para fundar luego su propia oficina. Tamayak llevaba su largo pelo negro tirante hacia atrás, y vestía una chaqueta con flecos; era vistosa, pero me extrañó no encontrar en su atuendo una pluma o un hacha o una pipa de la paz o esas cosas que suelen llevar los indios en las ilustraciones de las revistas. Novarius era criticado a menudo por los otros detectives porque prefería usar los puños al razonamiento, pero tenía entre sus grandes méritos haber dado con el llamado "estrangulador de Baltimore" que había matado a siete mujeres entre 1882 y 1885. En esa ocasión Tamayak había sido de ayuda fundamental, aunque su relato, lleno de metáforas que solo los lectores sioux pueden entender, había malogrado el efecto.

—Este es Manuel Araujo, sevillano —dijo Baldone, mientras se adelantaba hacia nosotros un hombre bajito con una sonrisa llena de dientes.

—Torero fracasado, y asistente del detective toledano Fermín Rojo, cuyas hazañas superan en mucho las de los otros once detectives —dijo Araujo, y ya empezaba a recordar algún episodio, cuando el napolitano lo interrumpió.

—Seguro que el argentino las conoce —dijo Baldone. Y era cierto; también sabía que Araujo exageraba hasta tal punto las aventuras de su detective que había perjudicado grandemente su fama, contagiando de sospecha aun los hechos probados; pero los más avezados seguidores del toledano decían que Rojo dejaba a su asistente llevar sus aventuras hasta más allá de lo creíble para poder mantener en secreto el verdadero contenido de sus investigaciones. Algunas de sus aventuras, que yo había leído en *La Clave del Crimen,* me habían llenado de inquietud. En "El caso de la gallina dorada", Rojo bajaba a un volcán; en "El círculo de ceniza", peleaba con un pulpo gigante en el acuario municipal de Zaragoza.

Hundido en un sillón, y con aspecto de estar a punto de dormirse, Garganus, asistente del detective griego Madorakis, me tendió una mano desganada. Sabía que Madorakis se había enfrentado en los aspectos téoricos de la investigación con Arzaky; Craig me había hablado a veces de esta rivalidad:

—Todos los detectives somos o platónicos o aristotélicos. Pero no siempre somos lo que creemos ser. Madorakis se tiene por platónico, pero es aristotélico; Arzaky se cree aristotélico, pero es un platónico sin cura.

Yo no había entendido entonces las palabras de mi maestro. Sabía que el otro rival de Arzaky —el verdadero rival, porque la competencia con el griego no pasaba de veleidades intelectuales— era Louis Darbon, con quien se enfrentaba por el dominio de París. Darbon siempre había considerado que Arzaky era un extranjero que no tenía derecho a ejercer la profesión en su ciudad. Arthur Neska, su asistente, enteramente vestido de negro, estaba de pie en un rincón, con el aspecto de quien está a punto de partir. Con el correr de los días, comprendí que esa era su actitud constante: siempre en los umbrales, en las escaleras, nunca sentado ni instalado ni absorbido por una conversación. Era delgado y tenía un aire juvenil y labios delgados y femeninos, en los que parecía haber una mueca de desagrado por todo y por todos. Cuando me acerqué para saludarlo no movió la mano hasta el último minuto.

Yo había seguido las aventuras de algunos de aquellos hombres desde mi niñez en *La Clave del Crimen,* y también en otras publicaciones como *La Marca Roja* y *La Sospecha* y ahora estaba estrechando sus manos. Aunque asistentes y no detectives, eran para mí personajes legendarios que habían vivido en otro mundo, en otro tiempo, y sin embargo ahora estábamos todos en el mismo salón, envueltos en la misma nube de humo de cigarro.

Mario Baldone levantó la voz para vencer los murmullos:

—Señores asistentes, quiero que demos la bienvenida a Sigmundo Salvatrio, de la República Argentina, quien viene en nombre del fundador de Los Doce Detectives: Renato Craig.

Todos aplaudieron al oír el nombre de Craig, y fue grato para mí comprobar hasta qué punto respetaban el nombre de mi maestro. Balbuceando en francés, expliqué que era un inexperto, y que solo una serie de coincidencias desafortunadas me habían hecho llegar hasta allí. Mi modestia causó buena impresión entre quienes me rodeaban: en ese momento vi en el fondo a un japonés alto que vestía una especie de camisa azul de seda con vivos amarillos: era Okano, asistente de Sakawa, el detective de Tokio. Okano parecía uno de los más jóvenes —debía tener unos treinta años—, pero siempre me ha sido difícil adivinar la edad de los orientales, que parecen más viejos o más jóvenes de lo que son, como si también su fisonomía hablara una lengua exótica.

Los problemas siempre nos despabilan y nos mantienen alerta; pero cuando todo marcha bien, como aquella velada, nos olvidamos de los peligros. Me habían servido cognac, y como no estoy acostumbrado a beber, me excedí del límite de lo conveniente; la modestia ya empezaba a resultarme insípida, y consideré justo destacar algunas de mis virtudes. Omití que era hijo de un zapatero, pero señalé mi habilidad con las huellas.

—Esas son virtudes de detective, no de asistente —dijo Linker. Miré sus ojos demasiado claros, y reconocí, afortunadamente sin hablar, que su representación de la tontería era perfecta.

Pero no era el único al que mis palabras molestaron.

—¿Dónde aprendió esas habilidades? —preguntó desde su eterno umbral Arthur Neska, asistente de Louis Darbon.

Hubiera debido mantenerme callado, pero el alcohol suelta la lengua y anuda el entendimiento:

—En la academia, el detective Craig nos enseñó toda clase de métodos de investigación, inclusive los principios de antropología fisionómica.

—¿Pero es una academia de asistentes o de detectives? —quiso saber el alemán.

—No lo sé. Craig nunca lo dijo. Tal vez esperara formar asistentes tan buenos que alguna vez llegaran a ser detectives.

Jamás en mi vida escuché un silencio tan profundo como

el que siguió a mis palabras; el efecto del alcohol se fue de golpe, como si el silencio estuviera hecho de agua fría. ¿Cómo explicarles que había sido el cognac, no yo; cómo decirles que era un argentino y que estaba geográficamente condenado a hablar de más? El japonés, que hasta ese momento había mirado todo como si fuera incapaz de entender nada, se retiró tan consternado que pensé que iría a buscar su sable para rebanarse o rebanarme. Linker me miró a los ojos y me dijo:

—Usted es nuevo y perdonaremos su falta de información, pero recuerde esto tan bien como recuerda que el fuego quema: ningún asistente llegó jamás a detective.

Yo no iba a abrir la boca, ni siquiera para disculparme, por temor de que también mi disculpa fuera inadecuada. Pero entonces Benito, el mulato, recordó:

—Sin embargo, siempre se dijo que Magrelli, el Ojo de Roma, empezó como asistente...

Era evidente que se trataba de un viejo asunto por todos conocido —conocido y callado— porque bastó que Benito abriera la boca para que Baldone saltara sobre su cuello, como si el mulato hubiera insultado a su señor. Había sacado una navaja de marino, de hoja curva y la blandía en el aire para buscar el cuello del negro. Entre el alemán y el andaluz lo detuvieron.

Baldone había abandonado el francés —idioma internacional de los detectives— y maldecía en dialecto napolitano. Benito retrocedía lentamente hacia la salida, sin dar la espalda al italiano, por temor a que superase la resistencia de los otros y quedara libre. Cuando desapareció de la vista, Baldone pareció serenarse.

—Maledetto Benedetto.

Linker, el alemán, me dijo casi al oído:

—Ese es un viejo rumor sin sentido. Sobre todos los detectives hay rumores. Pero no debemos repetirlos.

Baldone recuperó el ímpetu, para afirmar:

—¡Claro que no debemos repetirlos! ¡Siempre hubo rumores, pero nunca los creímos! ¡Yo oí rumores sobre todos los detectives: de uno oí que es adicto a la morfina, de otro que aprendió todo lo que sabe en prisión, de un tercero que las mujeres le son indiferentes! ¡Pero me cortaría la lengua antes de difundirlos!

Algunos de los dardos habían dado en el blanco porque ahora Neska y Araujo y también Garganus se abalanzaron sobre el italiano como si fueran a arrancarle los bigotes. Baldone había vuelto a empuñar su navaja y la movía de un lado hacia otro, de un modo tan exagerado que por un momento temí que acabara por herirse a sí mismo. Una estatua de la diosa Minerva, que adornaba un rincón, recibió una involuntaria estocada. Todos estaban agitados, excepto Tamayak.

Entonces se oyó una voz que hizo tranquilizar a los hombres. Era una voz grave y profunda: era sabia, pero a la vez un poco lenta, y podía conducir tanto a la reflexión como al sueño. Era Dandavi, el asistente hindú de Caleb Lawson. En medio de la discusión, no habíamos notado su presencia, a pesar de que su vestimenta no podía pasar inadvertida en un círculo de hombres vestidos con decencia: llevaba una camisa amarilla y un turbante y al cuello una cadena de oro. Nos miró a todos como si leyera nuestros corazones. Habló largo tiempo, trazando con la palabra amplias generalizaciones. Yo solo recuerdo sus últimas palabras:

—No hay nada malo en que un detective haya sido asistente. Todos nosotros somos asistentes. ¿Y quién no soñó alguna vez con ser un detective?

Estas palabras hundieron a los hombres en una especie de turbación melancólica. Baldone, al ver que los otros habían abandonado su actitud belicosa, guardó la navaja y su orgullo herido. Las puntas de sus bigotes, antes atusadas, ahora señalaban el piso. Algunos volvieron a su sillón, a su copa, a la charla que habían abandonado; otros prefirieron ir a dormir. Me alegró saber que no eran tan distintos de mí: todos soñábamos con las mismas cosas.

3

La torre parecía terminada, pero todavía había movimiento en las alturas. Los operarios, organizados en equipos de cuatro, continuaban reemplazando los remaches provisorios —colocados en frío— por los definitivos: se calentaban al rojo y se fijaban a golpes de maza. Durante los dos años que demoró la construcción, los problemas no habían faltado: algunos mínimos, como las fallas en las barandillas de protección, que estaban siendo reemplazadas, y otros más graves, como los conflictos gremiales que amenazaron con parar la obra, o las dificultades de los ascensores para subir en diagonal. En sus declaraciones a la prensa, Eiffel se mostraba más seguro ante los problemas de ingeniería que ante sus enemigos: la torre había sido atacada por políticos y por intelectuales, por artistas y por miembros de sectas esotéricas. Pero algo era seguro: cuanto más crecía la torre, más se alejaba de los problemas. Ahora que estaba casi terminada, las voces que se le oponían ya no sonaban con la furia que es afín a la acción, sino con la nostalgia por un mundo perdido. Con los problemas gremiales había ocurrido lo mismo. Era más difícil trabajar a trescientos metros de altura que a cincuenta o a cien, a causa del vértigo, de los vientos helados y del inevitable aislamiento. Pero los obreros, tan díscolos cerca de la tierra, se volvían obedientes cuanto más subían, como si consideraran a la torre un desafío personal y entraran en una soledad orgullosa que ya no toleraba las quejas de la grey. Como buen ingeniero, Eiffel sabía que a veces las dificultades hacen más fáciles las cosas.

Pero a pesar de que la torre estaba casi concluida, había una clase de enemigo que no había cesado de hostigar a los constructores a través de anónimos y de atentados menores. Con Turín y Praga, París era uno de los puntos del triángulo hermético, y las sectas esotéricas pululaban. Todos sus miembros odiaban la torre. El Comité Organizador de la Exposición se había visto obligado a contratar a Louis Darbon para seguir la pista de los anónimos. El ingeniero Eiffel no estaba de acuerdo con esta pesquisa. Cuando alguno de sus colaboradores se burlaba de los fanáticos, Eiffel los defendía:

—Solo ellos, con sus mentes afiebradas, nos han entendido. Estamos en una guerra de símbolos.

La torre era la entrada a la Exposición: una vez franqueada la alta puerta hecha de hierro y de vacío, se veía una actividad frenética y desprovista de centro y jerarquía. En ese caos se extrañaba la voluntad de las enciclopedias de imponer a la variedad del mundo la sucesión alfabética. Todo se estaba construyendo al mismo tiempo: templos, pagodas, catedrales. Por las calles los carros arrastraban enormes cajas de madera, adornadas con sellos y estampillas del tráfico marítimo y de las aduanas, de la que sobresalían copas de árboles africanos o brazos de descomunales estatuas. Disciplinados indígenas del África y de América eran conminados a construir sus viviendas autóctonas en medio del esplendor de pabellones y palacios; pero no era fácil mantener esas islas de naturaleza virgen en medio del ajetreo y de las máquinas: cuando no se incendiaba una choza se derretía un iglú.

La exposición se proponía concentrar en París las cosas del mundo; pero a ese movimiento se le oponía una reacción excéntrica, y la exposición se expandía por toda la ciudad: infectaba teatros y hoteles, donde se armaban vitrinas y se exhumaban tesoros de los sótanos que nadie había visitado en años; aun los cementerios fueron restaurados y las tumbas ahora relucientes ofrecían un aire de artificio, como si las antiguas lápidas se hubieran transformado en símbolos de sí mismas. Porque el mundo que me rodeaba era un mundo sin secretos; ya no quedaba nada que pudiera quedar escondido. Hasta ahora la luz de gas había tolerado imprecisiones y penumbras; era heredera de los cirios y de la luna amarilla, no del sol. Desde la torre y desde la exposición misma, la luz eléctrica prometía un mundo sin vacilación, sin amarillos, sin sombras. Tenía el incoloro color de la verdad.

En esa ciudad abigarrada, yo caminaba hacia un salón vacío: vacío el salón y vacías las vitrinas que lo rodeaban. Después de convencer al conserje de que me dejara pasar, bajé las escaleras del hotel Numancia hacia el salón subterráneo, antiguo centro de reunión de conspiradores y réprobos. Parecía a la vez museo y teatro, porque tenía muebles vidriados en las paredes, pero también sillas dispuestas en semicírculo. En una mesa redonda estaba Arzaky, más viejo que las fotografías; tenía la cabeza apoyada sobre la mesa, como si el sueño lo hubiera alcanzado de golpe; a modo de almohada había hojas de papel amarillento que había llenado con su letra diminuta. A su alrededor, los estantes acristalados destinados a mostrar los instrumentos de los detectives, solo exhibían alguna hoja de periódico, insectos muertos, unas flores marchitas.

El piso, atacado por la humedad del sótano, crujió bajo mis pies, y Arzaky se levantó de un salto con una alarma que me hizo temer por mi vida, como si el detective dormido aguardara la visita de un asesino. Era tan alto que no terminaba de desplegarse, como las escaleras de los bomberos. Al verme abandonó todo intento de defensa, dando por sentada mi falta de peligrosidad.

—¿Qué es usted? ¿Un mensajero?

—Sería un honor que me considerara así. Me envía Renato Craig.

—¿Y trae las manos vacías?

—Traje este bastón.

—Un trozo de madera con cabeza de león.

—Está lleno de sorpresas.

—Hace tiempo que nada me sorprende. Después de los treinta, todo son repeticiones. Y ya pasé los cincuenta.

Sostuvo el bastón en sus manos, sin intentar descubrir ninguno de sus mecanismos.

—Además, me pidió que le contara su último caso. No quiso escribirlo, me pidió que se lo contara en persona. Y que nadie más escuchara.

Arzaky pareció entonces despertar por completo.

—¡Una historia! ¿Creen todos que puedo llenar las vitrinas con historias? Necesito cosas, pero todos se las guardan. Se guardan sus métodos de investigación, sus artefactos, sus armas secretas. Todos quieren ver qué traen los demás, que los otros muestren primero sus cartas. Los redactores del catálogo me pidieron ya cinco veces que les entregara algo, y estoy obligado a despedirlos con excusas. Es más fácil hacer una reunión de sopranos que una de detectives. No mire así, con esa congoja, no es su culpa. Vamos a ver lo que el viejo Craig tiene para decir.

Yo iba a empezar a hablar, pero Arzaky me hizo callar con un ademán.

—Aquí no. Vamos al salón comedor. Esta humedad arruina mis pulmones.

Subí apurado tras los pasos gigantescos de Arzaky. El salón comedor estaba todavía vacío. Venía de la calle la luz indecisa de la tarde; ya se habían empezado a encender los faroles de gas. En el salón había algunos reservados, con mesas de madera; el resto de las mesas eran redondas, de mármol. Arzaky eligió una junto a la ventana. El camarero se acercó: yo pedí una copa de vino, pero a Arzaky le bastó con hacer una señal que significaba lo de siempre.

—No empiece a hablar todavía: espere que termine mi copa. Algo me dice que sus palabras no me harán feliz. Las buenas noticias llegan por carta; en estos tiempos, si hay un mensajero, es que la noticia es mala.

El camarero trajo mi copa de vino y una copa cónica, llena hasta la mitad de un líquido verde, para Arzaky. El detective puso sobre el vaso una cuchara perforada con un terrón de azúcar; luego echó un poco de agua helada. El líquido tomó un color blanquecino.

Él necesitaba darse ánimos para escuchar, yo también. Bebí hasta la mitad, intentando mostrar una familiaridad con el alcohol que no tenía. Empecé a contar la historia: mi mal francés me incitaba a terminar rápido con todo, pero a la vez quería retrasar el final, que me parecía imposible de contar; así el relato se llenó de pormenores y desvíos. Arzaky no daba muestras de interés ni de impaciencia, y yo empecé a hablar como si estuviera solo.

Me interrumpió un bostezo del detective.

—¿Lo aburro? ¿Prefiere que me apure?

—No se preocupe. Las fábulas de pocas líneas y los folletines que siguen durante meses, todos alcanzan en algún punto su fin.

El fin estaba cerca. Conté la escena en el galpón; describí el cuerpo lacerado del mago, la indiferencia de Craig hacia su propio crimen. Me faltaba vocabulario para expresar el horror que había sentido esa noche. De tanto en tanto Arzaky corregía mi francés con una voz desprovista de emoción.

—Craig me envió para que le contara esto. No puedo decirle por qué; yo mismo no lo entiendo.

Arzaky terminó el tercer ajenjo. Sus ojos tenían ahora los reflejos verdes del licor.

—¿Me permite que le cuente yo ahora una historia? La cuenta un filósofo danés. La filosofía, como sabe, es el vicio secreto de los detectives. Un gran visir envió a su hijo a controlar una rebelión en una comarca distante. El hijo llegó, pero como era muy joven y la situación confusa, no sabía qué hacer. Entonces le pidió consejo a su padre a través de un mensajero. El visir vacilaba en dar una respuesta clara: el mensajero podía caer en manos rebeldes, y bajo tortura revelar el mensaje. Entonces hizo lo siguiente: llevó al mensajero al jardín, le señaló un grupo de altos tulipanes y los cortó con su bastón, de un solo golpe. Le pidió al mensajero que transmitiera exactamente lo que había visto. El correo pudo llegar a esa región distante sin ser advertido por el enemigo. Cuando le contó al hijo del visir lo que había visto en el jardín, este comprendió de inmediato, e hizo ejecutar a los grandes señores de la ciudad. La rebelión fue sofocada.

Arzaky se levantó de inmediato, como si hubiera recordado una urgencia.

—Esta noche hablaremos en el salón. El tema de hoy será el enigma. Estaremos todos: detectives y asistentes, aunque los asistentes, por supuesto, tienen prohibida la palabra. Conozco a los argentinos, así que me veo obligado a aconsejarle: vaya ensayando su silencio.

4

Dediqué la mañana a escribir cartas a mis padres y a la señora Craig; preferí no dirigir la correspondencia al detective, por temor a que mi carta permaneciera sin abrir, sin leer, en algún escritorio de la ya abandonada academia. Durante el día di largos paseos, en los que de a poco iba creciendo en mí un sentido de estar en el lugar equivocado: Craig me había enviado como ayudante de Arzaky, pero el polaco no parecía necesitar un ayudante. Esperé, ansioso, que pasaran las horas para ir al hotel y conocer a Los Doce Detectives, que eran once, que pronto serían diez.

Salí vestido con un traje que estrenaba, un chambergo y un poncho de vicuña que mi madre me había insistido en que llevara. Usar el chambergo era una gran felicidad: lo tenía desde hacía ya un tiempo, pero en Buenos Aires no podía usarlo, porque bastaba que llevara sobre la cabeza un sombrero así para que a uno lo tomaran por hombre de avería y lo retaran a duelo criollo. Como había tomado algunas clases de esgrima, me parecía que no era leal aceptar tales encuentros, y para no caer en la tentación evitaba el sombrero. Pero en París el chambergo no tenía significado alguno.

Al entrar al hotel Numancia, donde se alojaban los detectives, me descubrí; pero no fue suficiente, porque un negro alto de librea azul me impidió la entrada. Bastó que pronunciara el nombre de Arzaky para que se hiciera a un lado, casi con una reverencia. Pensé que no había en la vida mayor gloria que hacer del propio nombre un salvoconducto capaz de abrir puertas y comprar voluntades. Bajé al salón con la alegría que deben sentir los conspiradores ante cada secreto, ante cada símbolo que les señala que están fuera de las cosas triviales de la vida.

En el centro del salón subterráneo estaban sentados los detectives. A su alrededor, en desperdigadas sillas algunos, de pie los otros, los asistentes. Me saludaron con una inclinación de cabeza, que respondí con la acostumbrada zozobra del que irrumpe en una reunión ajena y teme haber llegado temprano o tarde o con la vestimenta inadecuada.

Arzaky se puso de pie:

—Antes de comenzar, caballeros, quisiera recordarles que mis vitrinas todavía están vacías y esperan sus artefactos. Esta exposición es para celebrar su inteligencia y no su indiferencia.

—Mandaremos nuestros cerebros en formol —dijo un detective que llevaba las manos llenas de vistosos anillos con piedras de colores. Por su acento, imaginé que era Magrelli, el Ojo de Roma.

—En mi caso, mandaré el cerebro de mi ayudante Dandavi, que cada vez piensa más por mí —dijo Caleb Lawson. Alto y narigón, miraba el mundo a través del humo de su pipa de espuma, que tenía la forma de un signo de interrogación. Era idéntico a las ilustraciones de sus aventuras.

—¿Qué podríamos poner? —preguntó el portugués Zagala—. ¿Una lupa? Trabajamos con nuestro poder de abstracción. Somos el único oficio que no tiene algo para mostrar, porque nuestros instrumentos son invisibles.

Hubo un murmullo de aceptación, hasta que se levantó la voz de Arzaky.

—No sabía que estaba en una reunión de espíritus puros. Magrelli, usted tiene el mayor archivo de antropología criminal de Italia, supervisado por el mismo Cesare Lombroso. Y no quisierá hablar de los delicados instrumentos que usa para medir orejas, cráneos y narices. ¿Son invisibles, como dice Zagala? Y usted, doctor Lawson, nunca sale de Londres sin su microscopio portátil. Si tuviera uno solo no se lo pediría, pero sé que colecciona microscopios, con especial interés en los diminutos: microscopios que deben verse con microscopio. Y además tiene esos instrumentos ópticos que ha reunido durante años y que le permiten trabajar en la niebla —Arzaky señaló a un hombre alto, que estaba dando cuerda a su reloj—. Tobías Hatter, hijo de la ciudad de Nuremberg, ha dotado a nuestro oficio de al menos cuarenta y siete juguetes que son el terror de los criminales de Alemania. Cuando el asesino Maccarius lo amenazó con su cuchillo de carnicero, ¿no dejó que hiciera fuego un inocente soldado de juguete? ¿Acaso no diseñó una caja de música cuya melodía atormenta el insomnio de los asesinos y los obliga a confesar? Sakawa, ¿dónde está mi invisible amigo Sakawa...?

El japonés había aparecido de la nada. Era un hombre de cabellos blancos, mucho más bajo que su asistente Okano y tan delgado que debía pesar como un niño.

—¿No acostumbra usted a pensar frente a las piedras de su Jardín de Arena, y frente al Biombo de las Doce Figuras? ¿No deja guiar su pensamiento por los demonios pintados en el biombo?

El japonés inclinó la cabeza en señal de disculpa y dijo:

—Me gustan las vitrinas vacías: dicen más sobre nosotros que los instrumentos que podamos incluir. Pero sé que eso no conformará a los curiosos que vengan a visitar nuestra pequeña exposición. Dediqué muchas horas a pensar qué poner en el espacio que me está destinado, pero aún no me decidí. No quiero quedar como exótico, como irracional. Preferiría mostrar algo más....

—Ya lo sé: usted, que es oriental, quisiera mostrar algo occidental; Lawson, acostumbrado a la ciencia, se conformaría con algo despojado de todo rigor científico; Tobías Hatter no quiere que lo tomen por un fabricante de juguetes y tampoco me muestra nada. Nunca encuentran algo que merezca ser mostrado. Todos están escondiendo sus secretos y yo sigo con las vitrinas vacías.

Me arrimé a Baldone y le fui preguntando los nombres de los detectives. A muchos los conocía por las publicaciones de Buenos Aires, que recogían sus hazañas con devoción hagiográfica. Pero no era lo mismo ver sus caras en los dibujos a pluma que ilustraban *La Clave del Crimen* o *La Sospecha* que verlos en persona. Los dibujantes dejaban que un rasgo de la expresión dominara sobre los otros: mientras que allí cada cara contaba varias cosas a la vez.

Todos habían hablado hasta ahora con el tono ligeramente exagerado de los juegos; pero se dejó oír una voz hecha de seriedad e impaciencia:

—Señores, ustedes están de vacaciones, pero esta es mi ciudad y yo sigo con mi trabajo de todos los días.

El que había hablado era un hombre de unos sesenta años, de barba y cabello blanco. Mientras en la vestimenta de todos los demás había un toque de exotismo, como si quisieran que se los reconociera como seres excepcionales, el veterano detective podía confundirse con cualquier caballero de París.

—Es Louis Darbon —dijo Baldone a mi oído—. Arzaky y Darbon se han dado a sí mismos el título de Detective de París. Pero como Arzaky es polaco, muchos lo resisten. Hace un tiempo Arzaky le propuso que se repartieran las márgenes del Sena, pero Darbon no quiso.

—Comprendemos su apuro y su escándalo por nuestro afán de ocio, y disculparemos su temprana partida, señor Darbon —dijo Arzaky con una sonrisa.

Darbon se acercó desafiante a Arzaky. Era casi tan alto como él.

—Pero antes de irme quiero mostrar mi desacuerdo con el modo como lleva las cosas. ¿Qué son todas estas reuniones que se empeña en hacer? ¿Debemos arrodillarnos ante el método? ¿Somos sacerdotes de un nuevo culto? ¿Una secta? No, somos detectives y tenemos que mostrar resultados.

—Los resultados no son todo, señor Darbon. Hay una belleza en el enigma que a veces nos hace olvidar el resultado… Además necesitamos el ocio, las charlas de la sobremesa. Somos profesionales, pero no puede ser un verdadero detective quien no tiene algo de *dilettante*. Somos como viajeros, llevados por los vientos de la casualidad y de la distracción hasta el cuarto cerrado que esconde el crimen.

—¿Viajeros? Yo no soy ningún viajero, ningún extranjero, Dios me guarde. Pero estoy apurado, y no voy a discutir precisamente con usted, Arzaky, de principios ni de patrias.

Louis Darbon hizo un saludo general. Arthur Neska, su asistente, lo iba a seguir, pero Darbon le hizo un gesto enérgico para que se quedara.

—Darbon se va, pero quiere enterarse de cada palabra que pronuncie Arzaky —dijo Baldone a mi oído.

Un caballero vestido con un traje blanco con vivos azules, más propio de una obra teatral que del mundo de los detectives, se adelantó. Hizo palmas con reprobable afectación; oí, a mis espaldas, las risas sofocadas de los adláteres. Con un gesto, pregunté a Baldone de quién se trataba:

—Es Anders Castelvetia.

—¿El holandés?

—Sí. Magrelli intentó frenar su aceptación como socio pleno, pero no hubo caso.

Arzaky le cedió la palabra a Castelvetia.

—Si me permiten, caballeros, seré el primero en hablar del enigma. Y lo haré, si me disculpan, con una metáfora.

—Hable usted —dijo Arzaky—. Libérenos de nuestra obsesión por las pistas invisibles, las colillas de cigarrillos y los horarios de los trenes. Y no se avergüence: durante el día adoramos los silogismos, pero la noche es la hora de la metáfora.

5

Así habló Castelvetia:

—Hay una imagen que usamos a menudo y que es la que mejor define a nuestro trabajo: el juego del rompecabezas. Es un lugar común decirlo, ¿pero a qué se parecen nuestras investigaciones, sino a la paciente búsqueda de la forma escondida? Juntamos las piezas una por una, buscando que las imágenes o las formas nos recuerden a otras imágenes o formas; cuando parece que estamos perdidos, de pronto encontramos la pieza correcta, que nos devuelve un atisbo de la imagen total. ¿Quién de nosotros no jugó de niño con rompecabezas? ¿Quién no siente ahora que al buscar en los callejones, bajo la luz de la luna o el halo verde de los faroles de gas, continuamos con los juegos de la niñez? Solo que el tablero se ha extendido y complicado y ahora ocupa ciudades enteras.

"Recuerdo el asesinato de Lucía Railor, bailarina del teatro nacional de Amsterdam; la ahorcaron en su camarín con una cuerda de utilería. Los revólveres de utilería no sirven para disparar, pero las cuerdas de utilería ahorcan igual. Fue uno de los pocos casos de cuarto cerrado que tuvimos en Amsterdam. El camarín estaba cerrado por dentro, la llave estaba en la cerradura. La bailarina fue encontrada con la cuerda alrededor de su cuello. El cuerpo estaba tan cerca de la puerta que la bloqueaba. Como nadie más había entrado en la habitación, la policía supuso que

Lucía se había ahorcado utilizando un gancho donde solía colgar su abrigo; el peso del cuerpo había terminado por soltar la cuerda. Un suicidio insólito, pero en ese entonces para la policía de Amsterdam elaborar una hipótesis, por errada que fuera, ya significaba un importante avance. Me hice la pregunta de siempre: ¿cómo había podido escapar el asesino? Durante días, rastreé el cuarto, como si fuera una isla de la que era el único habitante. Me arrastré por el suelo...

—¿Con ese traje blanco? —preguntó una voz socarrona, que no logré identificar.

Castelvetia continuó sin prestar atención:

—Primero me ocupé de las cosas pequeñas, luego de las imperceptibles, finalmente de las que ni siquiera se podían encontrar con lupa. Así junté las piezas para armar mi rompecabezas: vestigios de tulipanes en las suelas de los zapatos que Lucía usaba en la obra, fragmentos de vidrio delgado, hilachas de una cuerda de algodón, un libro de poemas de Víctor Hugo, en francés, que Lucía guardaba en un cajón. Y la posición del cuerpo, junto a la puerta.

Castelvetia dejó que se hiciera un silencio. Estoy seguro de que cada uno de los detectives tenía una hipótesis sobre el caso, pero preferían callar, por cortesía. Solo se oía el lápiz de un hombre de aspecto poco aseado, que parecía haber dormido con la ropa puesta, y que estaba demasiado abrigado para la temperatura del salón y de la ciudad entera.

—¿Ese que toma nota quién es? —le pregunté a Baldone—. ¿El adlátere de Castelvetia?

—No, ese es Grimas, director de *Traces*. Va a publicar en las páginas de la revista un resumen de las charlas. Al menos, hasta que empiecen las peleas.

Yo había visto, en casa de Craig, algún viejo ejemplar de *Traces*; a pesar de que era una publicación lujosa, con papel de buen gramaje, yo prefería *La Clave del Crimen*, con su papel amarillento, su tipografía encimada y sus ilustraciones a pluma, que tanto habían impresionado mi niñez. Recuerdo todavía los ojos abiertos de un ahorcado, un baúl del que sobresalía una mano, la cabeza de una mujer en una caja de sombreros...

—¿Y cómo se completó la figura? —quiso saber Caleb Lawson.

—Seré breve, iré pieza por pieza. El ramo de tulipanes: el asesino, que era su viejo amante, el actor Roddelbach, acostumbraba a llevarle flores; los tulipanes pisoteados señalaban que Lucía había decidido romper con él. Los pedacitos de vidrio: Roddelbach durmió a la bailarina con éter, pero la ampolla se rompió y el asesino no pudo recoger todos los pedazos. Los filamentos de soga: luego de dormirla, Roddelbach pasó una cuerda alrededor de su cuello y pasó a la vez el extremo de la soga por sobre la puerta. La delgada cuerda permitía que la puerta se cerrase sin dificultad. Una vez fuera, tiró de la cuerda para ahorcar a la actriz. El roce contra la puerta y el marco hizo que algunas hilachas de la soga se desprendieran. Roddelbach había usado una dosis leve de éter para que la mujer, ante el dolor, con el lazo en torno a su cuello, despertara. Así fue.

—No se me ocurre de qué le pudo servir el libro en francés —dijo Arzaky.

—El libro me llevó a investigar la verdadera nacionalidad de la bailarina. Lucía se había hecho pasar por holandesa para conseguir el trabajo, pero era francesa, y Roddelbach lo sabía. Supuso que en su estado de confusión procuraría abrir la puerta tal como lo haría en su país: en sentido contrario a las agujas del reloj. Pero las antiguas cerraduras que todavía se usan en Holanda tienen un mecanismo invertido. Al tratar de abrir, Lucía cerró la puerta. Fue su último acto. Roddelbach estaba tan convencido de la eficacia de su mecanismo, que no se preocupó siquiera por buscar una coartada. Casi parecía ansioso por que lo descubrieran. Pensaba, como muchos asesinos, que la eficacia del mecanismo asegura la impunidad del crimen; y sin embargo he observado que son a menudo los crímenes impulsivos, ejecutados según la inspiración del momento, los más difíciles de resolver. La vanidad de Roddelbach fue la última pieza del rompecabezas.

Castelvetia inclinó la cabeza, como si fuera un actor después de una función, y volvió a su silla.

—Una afirmación puede ser verdadera o falsa, pero no una metáfora; por eso diré que su metáfora es, si no falsa, al menos insuficiente —dijo Arzaky—. En un rompecabezas, la imagen aparece de a poco: cuando aparece la última pieza, hace tiempo que sabemos de qué se trata. Da la impresión de un trabajo progresivo, mientras el detective a menudo encuentra la verdad como si se tratara de una revelación.

—Habla de revelación: había olvidado que usted es católico —respondió Castelvetia.

—Soy polaco; soy todo lo que se deriva de esa premisa.

Arzaky señaló a Magrelli, que levantaba la mano para hablar, como un escolar.

—Estoy de acuerdo con Arzaky: la revelación del enigma no es algo progresivo, aunque el camino hacia ella nos exija paciencia. Odio a Milán y odio a los milaneses, pero hay un pintor de esa ciudad llamado Arcimboldo, un genio ignorado, cuyas pinturas no abandonan mi cabeza. Arcimboldo dibuja un montón de frutas unas sobre otras, desordenadas y múltiples; o flores monstruosas, o criaturas del mar; y en esas frutas que parecen a punto de pudrirse y deshacerse, o en esas flores carnívoras y venenosas, o en esos peces y pulpos y cangrejos, descubrimos, dibujados por la superposición, un rostro humano. Por un momento vemos las cosas, y de pronto la cara: la nariz, los ojos, la mirada; un instante más y de nuevo hay solo flores o frutas. Sus cuadros, que se conservan en Praga, en el gabinete de maravillas del emperador, al que tuve que asomarme a causa de un asesinato que prefiero no recordar, parecen la obra de un mago interesado no solo en el engaño de los ojos, sino en pasar del encanto a la repulsión. Así es el enigma para nosotros; no una revelación progresiva, sino un salto, un completo cambio de perspectiva; acumulamos detalles, hasta que vemos que dibujan una figura escondida.

Magrelli se puso de pie. Baldone, orgulloso de su detective, me dio un codazo, como diciendo "ahora sí viene lo bueno".

—Hace ocho años, una serie de robos de pinturas sacudió a Venecia. Las grandes familias guardaban en sus casas pinturas valiosísimas, pero el ladrón había elegido obras menores, ubicadas en salones periféricos, en pasillos poco frecuentados, en las habitaciones de los sirvientes; obras fáciles de robar. Como los robos se repitieron, me llamaron: los dueños de los cuadros no estaban tan alarmados por el valor de las obras robadas, como por la insistencia del ladrón. Me considero un entendido en pintura: sin embargo, por más que leía la lista de las obras robadas, no comprendía los motivos que podía haber tenido el culpable. Una escena marina de un desconocido pintor inglés, el domo de San Marco pintado por un tío de cierto duque, con mejor intención que resultado, el retrato de un obispo del que nadie se acordaba, unas cabras pastando en un atardecer... (siempre atardece en los cuadros malos). Trataba de imaginarme esos cuadros y de descubrir entre ellos una relación, pero no hacía ningún avance. No pude resolver el caso hasta que los cuadros se hicieron invisibles para mí.

—Ya eran invisibles: los habían robado —intervino Caleb Lawson.

Magrelli lo miró con fastidio.

—Pero yo me había atiborrado de descripciones y los cuadros estaban colgados en la galería que tengo en la cabeza. Así como los vi, dejé de verlos. Renato Craig llamaba a esto *la ceguera del detective*, la capacidad de dejar de ver lo obvio para descubrir lo que está detrás. Entonces dejé de prestar atención a las descripciones de los cuadros y me concentré en la de los marcos. Se repetían las molduras exageradas, los dorados trabajados con betún de Judea para simular antigüedad. Todos los cuadros habían salido del taller de marcos de Egidio Vicci, cuyos trabajos ofrecían pocas variantes. Les ahorro detalles: pronto descubrí que Vicci no era sino Cornelio Valgrave, famoso falsificador y ladrón de pinturas. Valgrave había robado diez años antes la colección Tabbia: un error fatal puso en aviso a la policía. Como sabía que tarde o temprano lo encontrarían, Valgrave se dedicó a ubicar las piezas robadas detrás de las malas pinturas que llegaban a su taller. Detrás de la cara del obispo, o de las cabras, o del Domo de Venecia, había un Giorgone, un Veronese y un Tiziano. Cercado por la policía, el ladrón se entregó, sin revelar dónde estaban las pinturas. La policía registró su casa y las de sus familiares y amigos: nunca encontró nada. Cuando Valgrave salió de prisión contrató a una pandilla de ladrones para recuperar el botín. No lo habría descubierto si no hubiera invertido mi perspectiva: eso es lo que hacemos siempre cuando resolvemos un enigma, como en las repulsivas pinturas de Arcimboldo.

Hubo un murmullo, no sé si de aprobación o de desconcierto. A esta altura, los asistentes que me rodeaban estaban aburridos, y esperaban ansiosos el momento de regresar al hotel. Traté de unir mentalmente a asistentes con detectives: el de Anders Castelvetia no estaba ni había estado presente; Benito había aprovechado un descuido para desaparecer; el alemán, Linker, seguía firme, Baldone, a pesar de la devoción que había mostrado por su maestro, había elegido un sillón apartado para dormirse.

6

Madorakis, detective de Atenas, se puso de pie:

—Le agradezco a nuestro buen Arzaky la idea de este simposio; pero para que se cumplan las antiguas reglas, haría falta vino. ¿Quién de los antiguos griegos se hubiera atrevido a conversar con la garganta seca?

Arzaky hizo un gesto y un camarero, que esperaba en el umbral, fue a buscar bebidas. Madorakis continuó:

—He oído muchas veces hablar de rompecabezas, pero nunca entendí qué tenía que ver eso con nuestro oficio, a excepción de la paciencia, que deberíamos tener y que a menudo no tenemos. En cuanto a los cuadros de ese pintor milanés, no los conozco: mis conocimientos en pintura son pobres. Pero tal vez se me permita acercar a esta conversación una imagen antigua que aún puede decirnos algo: la esfinge.

"Edipo fue nuestro precursor: investigó un crimen del que él era, sin saberlo, el culpable. No deberíamos olvidar eso: tenemos ojos para lo que nos es ajeno, aunque para lo más próximo somos ciegos. Dejemos el crimen y la encrucijada y pasemos a la siguiente escena: Edipo quiere entrar en la ciudad, sitiada por la peste, y encuentra a la esfinge, que a cada visitante propone un enigma. ¿Cuál es la criatura que al amanecer camina en cuatro patas, al mediodía en dos, y al ocaso en tres? Edipo responde con astucia: el hombre, y acaba con la esfinge. Con esa y con todas las demás, porque no hemos vuelto a saber nada de las esfinges. Podemos decir que en tanto hombre, él mismo fue la respuesta, y sería también la respuesta del segundo enigma, el del crimen en la encrucijada. Pero déjenme decir algo más: la esfinge interroga, pero ella misma es un enigma a la vez. Interrogamos a los enigmas, para que nos permitan dar con la respuesta, pero los enigmas nos interrogan a nosotros. Caballeros: queremos vivir en burbujas de cristal, queremos ser puros razonadores, queremos preguntar a los testigos sin ser preguntados jamás, pero todo el tiempo nos rodean las preguntas, y sin saber cómo las vamos contestando; aunque no queramos, a lo largo de nuestras investigaciones, damos a conocer quiénes somos. Somos nosotros y no los poetas los que quisiéramos habitar las torres de marfil, pero una y otra vez bajamos a la tierra, y revelamos, sin saberlo, nuestros peores secretos.

"Hacia 1868 fue asesinado en un hotel de Atenas un rico comerciante. Fue encontrado muerto en su cama, con un cuchillo en el corazón. El cuchillo pertenecía a la cocina del hotel. Lo habían matado en mitad de la noche, y como nadie había entrado en el hotel, se daba por sentado que el culpable había sido uno de sus pasajeros. El asesino se había limitado a matarlo, sin robar nada de la habitación, a pesar de que el muerto era rico y llevaba consigo joyas y dinero. Apenas supo del crimen, la viuda del muerto pidió mi consejo. Me acerqué al hotel, donde todos los pasajeros habían sido demorados hasta que la policía de Atenas los autorizara a partir. Entrar a la habitación le había sido fácil al asesino: bastaba con buscar la llave de repuesto en un cajón de la conserjería. No había peligro de que el sereno despertase; tenía el sueño pesado y solo abría los ojos cuando se tocaba una campana de bronce. Cualquiera de los pasajeros del hotel hubiera tenido la oportunidad de cometer el asesinato sin mayores inconvenientes, pero ninguno tenía un motivo.

"Le di la lista de los pasajeros a la viuda, para ver si recordaba algún nombre. Le bastó una mirada para decirme que allí no figuraba ninguno de sus posibles competidores. Solo un nombre le sonaba de alguna parte: Basilio Hilarion, pero no podía decir de dónde. El tal Basilio Hilarion se había alojado solo en una habitación del tercer piso. Fui a visitarlo: me recibió con amabilidad y dio respuestas breves, pero completas, a todas mis preguntas. Había nacido en Atenas, pero vivía en Tesalónica; se dedicaba a la importación de tabaco sudamericano, y sus intereses comerciales no competían con los de la víctima. Tampoco habitaban en sitios vecinos, como para que pudiera pensarse en la rivalidad por una mujer. En cuanto al muerto, dijo no conocerlo.

"Visité a la viuda para contarle mi entrevista con Hilarión. Ella no había logrado recordar de donde conocía el nombre. La convencí de cederme un baúl que había permanecido cerrado por años, y que encerraba el pasado entero del muerto: alguna medalla ganada en su juventud, recuerdos familiares, cuadernos de escolar, cartas ajadas. Fue en una vieja carta donde di con el nombre de Hilarion.

"Habían sido compañeros en el liceo. A los pocos días de conocerse se habían convertido en amigos inseparables. Pero a los trece años, el muerto había ofendido gravemente a Hilarion. Este le había enviado una carta de amenaza, en la que se lo notaba enfadado pero a la vez dolido por la ruptura de la amistad. Después Hilarion se había cambiado de instituto y no habían vuelto a verse. Le comenté a la viuda el incidente; ella estuvo de acuerdo conmigo en que Hilarion era inocente: nadie mata a otro por un comentario hecho a los trece años. Me fui de la casa con las manos vacías.

Ustedes conocen aquel mensaje de la sibila: Conócete a ti mismo. Fui caminando hasta mi casa, y fue un paseo lleno de melancolía: lo que me oprimía el corazón no era mi imposibilidad de resolver el caso, sino la tristeza que me habían contagiado aquellas cartas viejas, encerradas en un baúl.

Algún día todos seremos un manojo de cartas encerradas en un baúl. Entonces recordé un episodio de mi vida que había olvidado por completo y que seguramente, de no haber sido por este caso singular, no habría aparecido jamás en mi memoria hasta el día de mi muerte. A los treinta años, tomé el vapor que une el puerto del Pireo con Brindisi. Un problema de amor me obsesionaba; a pesar de la lluvia fría, quise estar solo en la borda, lejos de la gente que se amontonaba en el interior. De pronto vi, a pocos metros, a otro joven, que estaba tan solo como yo. Era un compañero de escuela; había sido autor de un sobrenombre que no diré, que no era particularmente vergonzoso, pero que me atormentó durante años. Con el tiempo logré olvidar todo: las burlas que yo sospechaba en mis compañeros, al culpable de haber inventado el sobrenombre, el sobrenombre mismo. Ya los antiguos griegos hablaban del arte de la memoria; pero yo creo que solo en el olvido hay un arte verdadero. Creía haberlo borrado de mi mente, pero cuando vi, a pocos metros, a mi antiguo camarada (él no me había visto) sentí que el odio regresaba a mí, intacto. Tomé en un segundo la resolución de matarlo. Esos crímenes que se deciden en segundos, y que los jueces juzgan como "no premeditados", son los más premeditados de todos: lleva toda una vida planearlos.

"Mi antiguo camarada era un hombre escuálido, yo, como verán ustedes, aunque bajo, soy robusto; podía echarlo por la borda sin problemas y nadie se daría cuenta. Nadie escucharía los gritos en medio del fragor del mar. Ya estaba sobre él cuando apareció una niña corriendo, que lo llamó a los gritos. Mi viejo enemigo, que era seguramente el padre de la niña, respondió a su llamado y la siguió. Solo entonces me di cuenta de lo que había estado a punto de hacer. Mi enemigo desapareció de mi vista y de mi vida para siempre.

"Los pasajeros, retenidos en el hotel contra su voluntad, finalmente fueron autorizados a partir. Hilarión estaba haciendo su valija cuando lo fui a ver. Le conté la historia de mi viaje a Brindisi, sin decirle por qué se la contaba. Era un hombre paciente y me escuchó sin interrumpir. Cuando terminé, hizo un gesto de aceptación, no de derrota, y me reveló la verdad.

"Basilio Hilarión estaba cenando, aburrido, en el salón comedor del hotel, cuando reparó en que el hombre que estaba junto a la ventana era su viejo amigo de la infancia. Durante toda la cena, lo vio tragar y beber con voracidad. Él, en cambio, no pudo probar bocado. No le sacaba los ojos de encima; lo fascinaba no tanto la figura del hombre que devoraba todo plato que ponían sobre la mesa, sino el descubrimiento, en su propio corazón, de un odio que no había menguado con los años. Cuarenta años antes aquel comerciante lo había ofendido, y ahora Hilarion sentía que toda su vida (los viajes continuos, que le permitían escapar de su matrimonio, su afición a la astronomía, una amante de la que empezaba a aburrirse) no había sido más que una acumulación de cosas irreales comparadas con la nitidez de aquel odio. Había en ese encono algo puro y verdadero que no se parecía en nada al resto de su vida. Aquel odio era él.

"Aquella vez, la ofensa del comerciante en telas (Hilarion no dijo cuál fue) le había causado dificultades para dormir, que duraron años enteros. Con el tiempo había aprendido a dormir, pero ahora que lo había visto el insomnio había vuelto a él. Se dio cuenta de que, casi como en un juego, había organizado el crimen: robó del comedor un afilado cuchillo y siguió a la víctima hasta su cuarto, para saber en qué habitación dormía. Todo esto es una broma, se dijo, al volver a su cuarto: yo no soy un asesino. En vano se acostó en la cama; no hizo más que revolcarse. Fue inútil intentar los medios habituales: comer una manzana, o tomar un vaso de leche, darse un baño caliente, probar unas gotas de un opiáceo de color ambarino que siempre llevaba consigo. Sabía dónde estaba la llave del sueño. A las cuatro de la mañana pasó junto al sereno dormido, robó la llave, subió al cuarto 36 y mató a su enemigo de una sola cuchillada. Solo sintió culpa por una cosa: debió haberle dicho por qué lo mataba. Le parecía justo que la víctima supiera que esa ejecución formaba parte de los hechos de su vida; no era igual que un crimen callejero, o que despeñarse por accidente en una montaña. Luego se sacó la ropa ensangrentada, de la que se deshizo a la mañana, y se durmió sin problemas.

—Le agradecemos a Madorakis el regalo de su discurso —dijo Arzaky—. La próxima vez que viaje a Varsovia y encuentre a mis viejos compañeros del *gymnasium*, me cuidaré de no darles la espalda. ¿A quién escucharemos ahora?

7

Tobías Hatter, el detective de Nuremberg, se adelantó y mostró un juguete. Era una pequeña pizarra de cartón, en la que dibujó, con ayuda de un palillo de madera, un garabato; como si se tratara de un truco de magia, desplazó la lámina de su marco, la volvió a su lugar original: el dibujo había desaparecido.

—El año pasado un fabricante de cuadernos y papeles de Nuremberg lanzó al mercado estas pizarras. La llaman la pizarra de Aladino: como ven, uno puede escribir sin tinta y de inmediato todo se borra. El truco no está en el palillo, sino en la placa misma: es una lámina que se pone en contacto con otra lámina, más profunda, negra: en aquellos puntos en que las dos láminas se tocan, aparece un dibujo en la superficie. Ahora bien, si desarmamos este aparato (no se alarmen, cuesta unas pocas monedas) vemos la lámina de acetato negro. Todos los trazos desaparecen, pero los más profundos acaban por dejar una señal sobre esta página negra. Entre tantos dibujos borrados, algunos dejan su huella, y el conjunto de esas huellas forma un dibujo secreto. Así, señores, es la relación entre los enigmas y su revelación. En la superficie, no cesamos de acumular pruebas, pistas, palabras; ¿quién de nosotros no ha sentido el mayor desasosiego ante esa abrumadora cantidad de cosas intrascendentes que se nos vienen encima? En el teatro, el detective siempre dice: "Caramba, el asesino no ha dejado ninguna pista", pero en la vida real nunca nos pasa eso: nos enloquece la cantidad de pistas y el trabajo que estas exigen. Y somos nosotros, los esclavos del método y de la intuición, los que a veces llegamos a rasgar la superficie llena de trazos insignificantes, con la que se ganan sus sueldos los policías, para encontrar en el fondo, en la lámina negra, la verdad escondida.

"Aprendí los rudimentos de mi oficio en mi ciudad, Nuremberg. En la ciudad vieja, hay una calle donde se concentra el mercado de libros antiguos. Uno de esos negocios lleva el nombre de Casa Rasmussen; yo tenía veintidós años cuando su propietario, Ernst Rasmussen, fue asesinado de un disparo. Su hijo había sido camarada mío en el ejército; habíamos estado en el mismo destacamento. Yo no había resuelto ningún caso, y preveía para mí un futuro militar, no filosófico, pero era muy aficionado a los acertijos —que inventaba y resolvía con facilidad— y tal vez por eso mi amigo me llamó para que lo ayudara a saber quién había matado a su padre.

"El viejo Rasmussen había muerto de un disparo en el pecho. El asesino lo había sorprendido entre la medianoche y la una de la madrugada, durante una tormenta. No era habitual que el librero se quedara de noche en el negocio, pero tampoco imposible: había avisado que se quedaría hasta tarde, para estudiar un lote de libros de religión comprados a la viuda de un pastor luterano. Herido de muerte, Rasmussen había asido con las dos manos un libro, como si quisiera llevarse lectura para el viaje. Le pregunté a Hans, su hijo, por este gesto, y me respondió:

—Mi padre comerciaba con todo tipo de libros viejos, pero los de niños eran sus favoritos. Le gustaba mucho esa edición de los cuentos de los hermanos Grimm. Es el segundo tomo de la edición de 1815. A pesar del crimen, me gusta pensar que mi padre quiso hacer ese gesto final de amor por los libros.

"Al hijo no le gustaban los libros; había preferido siempre divertirse, y estaba claro que su destino iba a ser el de tantos aventureros que terminan malográndose detrás de una mujer, o de las mesas de juego de Baden-Baden. Son esas las naturalezas que reciben la noticia de la declaración de guerra con alegría, porque en esos clamores lejanos que se acercan creen encontrar la idea de un orden, de un destino, que son incapaces de construir con sus actos. Así que Hans poco sabía del negocio de su padre, y no podía indicarme si faltaba algún libro importante. Busqué indicios: no había nada fuera de lo usual, salvo las huellas de barro del asesino, y del mismo librero, y de la policía. Me senté en la silla y frente a la mesa donde habían matado al librero, y comencé a hojear el libro de los hermanos Grimm.

"Soy también aficionado a los libros para niños, y conocía bien la obra de los Grimm. Ahora vemos a los hermanos como inseparables, una especie de busto de Jano, pero en vida fueron bien distintos. Jacob era filólogo, tomaba los cuentos populares y buscaba trasmitirlos tal como los había oído, sin preocuparse por la falta de sentido de algunos episodios. Wilhelm, por el contrario, quería que las historias resultaran más redondas, que todo tuviera sentido. No le importaba tanto ser fiel a las voces anónimas como a la historia en sí. Y no cesó de hacer cambios, en las sucesivas ediciones, de tal manera de alejar más y más los cuentos de los susurros de donde habían nacido.

"Yo tenía el libro en la mano, y me sentía tentado por un lado a ser como Wilhelm, y dejar que la historia cerrara con el librero que, herido de muerte, e incapaz de llamar a nadie y de escribir una nota, se decide a declarar con un último gesto su amor por los libros. Pero por otro lado me sentía inclinado a seguir el ejemplo de Jacob, y ser fiel a lo que encontraba, a las huellas. Con este espíritu empecé a buscar entre las páginas del libro.

"Siempre los libros esconden cosas. Olvidamos entre sus páginas un billete de lotería, un recorte del periódico, una postal que acabamos de recibir. Pero también hay flores, hojas que nos llamaron la atención por su forma, o insectos atrapados en la trampa de un párrafo. El libro que tenía en mis manos tenía toda esta clase de cosas, y todas señalaban páginas distintas. Recuerden el ejemplo de la pizarra de Aladino: la superficie está llena de trazos, pero hay que descubrir los más profundos, los que están en el fondo, en la placa negra.

"Y pronto encontré ese trazo. Era una página marcada con un doblez. En otro libro, en otra situación, no me hubiera sorprendido, pero adivinaba que un librero como Rasmussen jamás hubiera doblado una página de una primera edición de los hermanos Grimm. Así que leí con interés la página elegida, como si se tratara de un último mensaje dejado por el muerto.

"En la primera edición los hermanos Grimm incluyeron algunos cuentos-adivinanzas que después, en las ediciones sucesivas, desaparecieron, quizás porque no eran cuentos del todo. Este contaba la historia de tres mujeres convertidas en flores por una bruja. Una de ellas, sin embargo, podía recuperar por la noche la forma humana para dormir en su casa, con su esposo. Una vez, ya cerca del amanecer, le dijo al marido: "Si vas al campo a ver las tres flores, y logras saber cuál soy yo y me arrancas, quedaré libre del hechizo". Al día siguiente el marido fue al campo, reconoció a su mujer y la salvó. ¿Cómo hizo, si entre las flores no había ninguna diferencia? El cuento dejaba un espacio en blanco, para que el lector tuviera tiempo de encontrar su propia respuesta. Y luego terminaba con una explicación: como la mujer pasaba la noche en su casa y no en el campo, el rocío no caía sobre ella, y así fue como su marido la reconoció.

"Y fue por este cuento que encontré al asesino. Entre

los sospechosos, la policía había señalado a un tal Numau, que iba de pueblo en pueblo comprando por monedas libros raros, para vendérselos después a los bibliófilos de Berlín. Pero nadie había visto a Numau salir del hotel esa noche. Además la policía había buscado entre sus ropas, sin encontrar nada húmedo: si se había mojado alguna prenda, Numau se había deshecho de ella, y también del arma homicida.

"El comisario a cargo del caso me permitió que lo acompañara a visitar a Numau. No había nada húmedo: ni botas ni prendas. Pero cuando busqué entre sus libros, Numau se puso pálido: encontré una biblia, impresa en un monasterio de Subiaco por los discípulos de Gutenberg. Los bolsillos de Rasmussen no habían llegado a proteger el libro, que se había hinchado. Pronto confesó: Rasmussen no había querido venderle aquel ejemplar, para el que tenía un buen comprador: por eso decidió hacer una incursión nocturna a la librería. Rasmussen, que se había quedado hasta tarde en su negocio, lo descubrió: Numau, asustado, disparó.

"¿Cómo ha llegado hasta mí?", me preguntó el asesino, antes de que se lo llevara la policía. "Por este libro", y le mostré el volumen de los hermanos Grimm. "Ahí me di cuenta que hay que aprender a distinguir lo seco de lo mojado", dije.

Numau pasó veloz las páginas del libro y luego me lo devolvió. "De niño, era mi favorito. Si debo a un libro mi caída, mejor que haya sido ese".

Arzaky tomó el juguete de Tobías Hatter y durante unos segundos se entretuvo haciendo dibujos y borrándolos después.

—Esto se parece a mi memoria. Borro todo en segundos.

—Pero algo queda en el fondo, en la lámina negra, detective Arzaky —dijo Hatter.

—Ojalá quede algo.

Sakawa se adelantó y le tendió a Arzaky lo que parecía un mensaje urgente. Era una página en blanco.

—¿Qué es esto? ¿Tinta invisible?

—Un enigma. Esto es siempre el enigma para nosotros: una página en blanco.

—¿Qué quiere decir? —preguntó Rojo, el detective español—. ¿Que no investigamos nada? ¿Que todo lo inventamos? ¡A mí hasta me han acusado de haber fraguado la lucha contra el pulpo gigante!

—No, por supuesto que no. Pero el enigma no está en un fondo inalcanzable, está en la superficie. Somos nosotros los que inventamos el enigma como enigma. Nosotros construimos de a poco los hechos, para que tomen la forma de un enigma. Somos nosotros los que decimos que una muerte misteriosa es más importante que mil hombres muertos en el campo de batalla. Esto nos enseña el zen sobre el enigma: no hay misterio, hay vacío, nosotros hacemos el misterio. Nuestra voluntad de ver enigmas es la que guía nuestros pasos, no los movimientos de los asesinos en la noche. Tal vez deberíamos dejar los crímenes de lado, olvidarnos de los culpables; ¿acaso no nos hemos dado cuenta de que en un mismo misterio todos creemos ver cosas distintas? Tal vez no haya, en el fondo, nada. Y en mi caso más aún que en el de ustedes. Saben que mi especialidad es descubrir algo más inmaterial que al autor de envenenamientos, disparos o cuchilladas; investigo lo que llamamos *los cazadores de grillos*.

—¿Los cazadores de grillos? —preguntó Rojo—. ¿No habrá querido decir otra cosa?

—He querido decir eso que dije. Llamamos cazadores de grillos a quienes incitan a otros a quitarse la vida. Son el ala más sutil de la raza de los asesinos. Ya explicaré el origen de este nombre.

Mientras hablaba, Sakawa iba acercándose casi casualmente al centro de la escena.

—Los cazadores de grillos matan sin armas. A veces lo hacen con algunas líneas publicadas en un periódico; otras con un comentario insidioso o con un gesto hecho con un abanico. Hay quien ha matado con un poema. Y yo he dedicado mi vida a la caza sutil de estos colocadores de grillos. Pero a veces me pregunto: ¿y si me equivoqué en todo desde el principio? Tal vez debí dejar que los suicidas se suiciden, para no alterar el curso de las cosas. ¿No vi acaso un enigma en conductas que no tenían misterio alguno, que estaban destinadas desde el nacimiento a una muerte singular? En mis pesadillas no sueño con crímenes, sueño con la hoja en blanco, sueño con que soy yo el que traza los ideogramas ilusorios, donde no había nada, donde no debía haber nada. Y esto es lo que quiero preguntarles: ¿No debemos ser nosotros no solo los resolvedores de misterios, sino también los custodios del enigma? Nuestro colega griego puso como ejemplo a Edipo y la esfinge. Pero nosotros no somos solamente Edipo, somos Edipo y somos la esfinge. El mundo está perdiendo todo misterio, y debemos ser nosotros no solo los defensores de la prueba y los exterminadores de la duda, sino también los últimos guardianes del misterio.

Las palabras de Sakawa dejaron perplejos a los detectives. Si hubiera sido un occidental, le habrían discutido.

—Cuéntenos algún caso —dijo Arzaky—. Así tal vez podamos entenderlo.

—Hacer alarde de mi habilidad me volvería indigno ante ustedes. Contaré un caso que no me pertenece; así sabrán por qué los llamamos *cazadores de grillos*.

Mientras Sakawa hablaba, Okano, su asistente, había inclinado la cabeza en señal de respeto.

—El señor Huraki era gerente de un banco en la ciudad de S. No diré el nombre de la ciudad, básteme decir que en primavera abundan los grillos, pero que los habitantes de la región no los matan, ya que los toman como señales de la buena fortuna. Una gran suma de dinero desapareció, pero el señor Huraki no fue acusado de nada. Cuando la policía se presentó en su despacho no encontró prueba que lo incriminara, y lo único que les llamó la atención fue que Huraki, nervioso, pisara sin querer a un grillo que había entrado por la ventana. El contador de Huraki, el señor Ramasuka, hasta entonces de conducta irreprochable, terminó en prisión. No confesó nada, no acusó a nadie; pasó sus años de encierro leyendo a los antiguos maestros.

"Pasó el tiempo. Ramasuka terminó su condena. Para entonces Huraki era director de un banco en Tokio. Ramasuka estaba dispuesto a vengarse, pero no se imaginaba blandiendo una espada o empuñando un arma de fuego. Si había leído tanto, si había pensado tanto, no era para llenarse de ideas, sino para despojar su mente del lastre de conceptos innecesarios y prejuicios. Había aprendido a ver allí donde nadie ve. Aprovechando una ventana abierta, entró una noche en casa de Huraki: no tocó nada, solo dejó el grillo en el centro de la sala, sobre el tatami. Antes del amanecer, el canto del grillo despertó a Huraki. El banquero recordó al instante un verso de un poeta de su ciudad (este recuerdo formaba parte de los planes de Ramasuka):

El grillo que mataste en tu sueño
Ha vuelto a cantar en la mañana.

"Huraki supo que había sido descubierto. Se mató esa misma noche, envenenándose.

El camarero, que había repartido vino entre los detectives y agua entre los asistentes —así lo indicaba el protocolo de Los Doce Detectives—, ofreció una copa al anciano detective, que la rechazó.

—Ramasuka fundó así la tradición de los cazadores de grillos: hombres y mujeres capaces de matar con insinuaciones, señales, rastros invisibles. Pero esos guerreros necesitaban otra fuerza simétrica que se les opusiera: yo pertenezco a esa fuerza. No los enviamos a prisión, por supuesto, porque ningún juez legisla sobre grillos y mariposas y poemas de significado secreto. Pero escribimos y publicamos nuestros veredictos, y conducimos a menudo a los responsables al deshonor, al exilio, al silencio, a veces a la muerte. Pero me pregunto: ¿y si el enemigo es totalmente imaginario? ¿Si lo que percibo (hombres y mujeres confabulados en una tradición de asesinatos sutiles) está solo en mi mente?

Con pequeños pasos Sakawa se apartó del centro de la escena. Magrelli señaló con sorna a Arzaky que, sentado en un sillón, parecía o muy concentrado o dormido.

—Bien, Arzaky, usted es el organizador de todo esto. Tiene algunos objetos para sus vitrinas. ¿Por cuál se decidirá para que represente nuestra profesión? Rompecabezas que nunca terminan de armarse, pinturas en las que se confunden las cosas y las caras, un monstruo griego y preguntón, una "pizarra de Aladino", una página en blanco. ¿Cuál elige?

Arzaky reprimió un bostezo.

—El que habla último siempre corre con ventaja: el sonido de su voz aún no se ha borrado. Haciendo esta salvedad, me decido por Sakawa. También yo temo que toda investigación sea una página en blanco.

8

A pesar de mi cansancio, tardé en dormirme. Estaba rodeado de cosas nuevas, y mi mente trataba en vano de adaptarse a aquel continuo estreno de ideas, de personas y escenarios; el sueño se me negaba, porque había demasiadas cosas con las cuales soñar. Pensaba en las palabras de la reunión, en las exposiciones de los detectives, en los comentarios secretos de los asistentes; una y otra vez me imaginaba a mí mismo escapando del círculo exterior de los satélites, y caminando seguro hacia el centro de la escena. Era inmensamente afortunado de ser un adlátere, de haber llegado hasta Los Doce Detectives, y eso me bastaba durante el día; pero en las horas del sueño quería algo más.

Dormí varias horas, aunque tuve la sensación de que apenas había cerrado los ojos. Me despertaron ruidos en el pasillo: gente que corría, y luego portazos y voces. Me lavé, rasuré mi boceto de barba y me vestí. Salí al pasillo mientras me ajustaba el lazo de la corbata. Linker, el ayudante de Tobías Hatter, me embistió, y sin decir nada siguió corriendo, como si se hubiera llevado por delante una de las mesitas del pasillo; detrás venía Benito, también a la carrera.

—Han asesinado a Louis Darbon —dijo Benito cuando pasó a mi lado.

Me pareció que el sueño continuaba, que no era posible que hubieran matado a uno de los detectives. ¿No eran un grupo de inmortales? ¿No estaban ellos a salvo de los estoques silenciosos, de las saetas de hielo disparadas a través de las cerraduras y de las espinas envenenadas de las rosas perfectas?

Los seguí por las escaleras y luego por la calle. La mañana estaba fresca; había tomado la precaución de llevar conmigo mi ponchito de vicuña. Íntimamente lamenté perderme el desayuno: es lo único que me gusta de vivir en hoteles. Todos los asistentes habíamos dejado el hotel de madame Nécart casi al mismo tiempo y corríamos hacia el mismo lugar; por momentos nos acercábamos unos a otros y parecíamos formar un grupo de corredores de fondo, pero luego volvíamos a dispersarnos, separados por los obstáculos que prodigaba la futura Exposición: carros que llevaban materiales a la torre, una jaula de hierro con un rinoceronte, medio centenar de soldados chinos quietos como estatuas que esperaban órdenes de algún capitán ausente.

Después de veinte minutos de carrera y caminata llegamos al pie de la torre de hierro forjado. Periodistas y fotógrafos se empujaban y cedían y volvían a empujar, en una especie de baile colectivo. La ambulancia de la morgue judicial esperaba a un lado, tirada por caballos pálidos, pacientes, pensativos.

Quise ver el cuerpo, pero la multitud se me hizo impenetrable. Alto y a los gritos, Arzaky se abrió paso hasta mí:

—Usted, el argentino, venga aquí.

Me arrimé a los codazos, hasta una zona a la que solo los elegidos tenían acceso. No hubiera podido superar el cerco si la voz de Arzaky no me hubiera abierto el camino, como si me tirara de una soga. Las lámparas de los fotógrafos explotaban sobre la cara del muerto y el aire se llenaba del olor agrio del magnesio.

—Ahora tengo un caso, pero no tengo ayudante. Soy el único detective sin ayudante: en su país salvaje puede ser una costumbre, pero en mi ciudad es una excentricidad. Observe bien todo. Quiero que trabaje conmigo. Cualquier comentario que se le ocurra, hágalo: no hay mayor inspiración para un detective que las palabras tontas de la plebe.

—¿Qué pasó?

—Darbon estaba investigando a los enemigos de la torre, que en los últimos tiempos habían mandado cientos de anónimos y habían provocado algunos atentados menores. Subió de noche, solo, detrás de alguna pista; y cuando estaba en la segunda plataforma cayó. No sabemos más. ¿Acepta?

—¿Acepto qué?

—Ser mi asistente.

—¡Claro que acepto! —dije de pronto, sorprendido. Sin querer había respondido a los gritos y a mi alrededor, a pesar del bullicio, todos se dieron vuelta para mirarme. Me había convertido en asistente gracias a Craig, que me había enviado a París, y gracias a Arzaky, que me aceptaba, pero también gracias al detective despeñado desde lo alto de la torre, que ahora los empleados de la morgue (uniformes grises, gorras de franela) levantaban del suelo con una mezcla de ceremonia y de fastidio, para remitirlo al ámbito recóndito de la disección y el desciframiento.

9

Dos horas más tarde habíamos conseguido permiso para entrar en el edificio de la morgue. Dejamos atrás a los periodistas y a los curiosos, que se amontonaban detrás de la reja, a la espera de alguna revelación extraordinaria. Arzaky conocía bien el edificio, yo me hubiera perdido en la sucesión de pasillos que giraban invariables a la izquierda y escaleras que bajaban. El polaco avanzaba a grandes pasos, con esa especie de alegría demencial que el crimen provoca en los detectives. Era como si con cada paso se apropiara del mundo. Pero cuando entró a la sala bajó la cabeza, como si hubiera entrado en una catedral: en su cara había ahora algo de humildad y desafío: la cara de un santo que encuentra en la falta el exceso, en la mesura la desmesura, en la renuncia el éxtasis.

Bajo las lámparas de luz verdosa que colgaban de los techos altísimos, se alineaban nueve camillas vacías y una ocupada. Había un fuerte olor a lejía y a algo que me pareció alcanfor. El cuerpo de Darbon, tendido en la camilla, ya sin ropas, tenía una blancura lunar, interrumpida por las laceraciones y magulladuras que le había provocado la caída. De los rasgos de su autoridad (la voz imponente, la seriedad que no se rebajaba a la sonrisa, a menos que fuera irónica, la mirada acostumbrada a disolver obstáculos) solo sobrevivía la barba blanca.

El médico forense era un hombre diminuto, de apellido Godal: saludó a Arzaky con una familiaridad que no fue retribuida. El Detective de París (ahora sin ningún rival que le disputase el título) le presentó de mala gana a sus colegas: estaban Hatter, Castelvetia y Magrelli. Yo era el único asistente en la sala.

—Es un honor para mí contar con miembros de Los Doce Detectives —dijo el doctor Godal, mirando a todos menos a mí.

—Imagino que este caso será para usted una novedad, tanto como para nosotros. Nunca nadie cayó de tan alto —dijo Hatter con aire de entendido.

—¿Qué está diciendo, Hatter? —dijo Arzaky, en tono fuertemente descortés—. ¿Cree que no hay cuerpos en las grietas de los Alpes?

—Los debe de haber… pero nadie los ha visto.

—Yo sí.

Godal comenzó a señalar las marcas de la caída.

—Observen las piernas destrozadas; esto prueba que estaba consciente cuando cayó. Los pies se clavaron en la tierra. En mitad de la caída golpeó con alguna saliente que le desgarró la piel a la altura del tórax, pero que no lo mató.

Castelvetia estaba pálido y miraba a su alrededor como si buscara una ventana.

—Acérquense más. Cuando yo era joven, debíamos practicar las autopsias al aire libre. Teníamos que apurarnos a aprovechar la luz del sol, antes de que llegara la noche y borrara todos los detalles. Ahora, afortunadamente contamos con buena luz.

—¿Llegan cuerpos todas las semanas? —quiso saber Hatter.

—¿Todas las semanas? Todos los días. Mil al año: suicidas, accidentados, asesinados. Últimamente los envenenamientos aumentaron: llevamos hechas unas ciento cuarenta autopsias en lo que va del año. Debemos ser muy cuidadosos con el veneno; antes se usaba solamente arsénico, cuyas señales conocemos de memoria, pero ahora hay venenos nuevos todos los días.

Arzaky levantó la mano del muerto. Señaló una de las uñas. Había algo negro debajo.

—Louis Darbon era muy pulcro. ¿Por qué tiene las uñas sucias?

—Lo lamento, tenía las manos negras de aceite, y las hemos lavado con gran trabajo. ¡Pero siempre algo queda!

—¿Algo queda? Se supone que todo debe quedar. ¡Cómo vamos a trabajar si usted borra las pruebas!

—No me pareció importante. Era aceite. Cayó desde la torre, e imagino que esa espantosa torre está llena de aceite de máquina.

Arzaky iba a decir algo, pero se contuvo; después, furioso, salió de la sala. Lo seguí. Golpeó varias veces su cabeza contra la pared del pasillo.

—¡Incompetente! Este maldito doctor Godal siempre estuvo de parte de Darbon. Es un forense con vocación de empresario de pompas fúnebres. ¿Qué le parece a usted que tenemos que hacer?

Me sorprendió que preguntara mi opinión. ¿Qué podía valer mi juicio sobre las prácticas forenses?

—Me parece que debemos ir a la torre, al lugar donde Darbon cayó. Y ver de dónde sale ese aceite.

—No, no. Se supone que usted es un asistente. Debe representar el sentido común. Decir por ejemplo: el aceite no tiene importancia. En la torre todo se mancha de aceite.

—Pero no creo que sea así.

Arzaky golpeó una vez más su cabeza contra la pared, pero sin fuerza.

—Mi buen Tanner siempre hacía comentarios atinados. Craig falló en su escuela de asistentes. ¿No tenía una cátedra destinada a enseñar el sentido común?

—Sé que no soy tan bueno como los otros asistentes, pero me esforzaré por estar a la altura.

—¿Los otros? No se preocupe por emular a sus colegas.

El negro es un ladrón; el andaluz, un mentiroso; Linker, un imbécil; del indio sioux no puedo decir nada, creo que no es de verdad, es una estatua de cera de madame Tussaud.

—¿Y el adlátere de Castelvetia? Todavía no lo vi.

—Acaba de mencionar un incómodo misterio. Nadie lo ha visto. Yo lo dejaría así, pero es inevitable que en nuestros encuentros alguien pregunte. Y entre nosotros, creo que el afeminado de Castelvetia no tiene ningún asistente. Y si lo tiene… no debe ser un asistente como los otros. Sabe a qué me refiero. Averiguar eso será un buen trabajo para usted.

Descargada su furia, Arzaky volvió a la sala. El doctor Godal había dado vuelta el cuerpo y señalaba la herida en la espalda. Castelvetia, sentado en una silla de metal, recibía ayuda de uno de los asistentes de Godal, que buscaba hacerlo reaccionar con sales.

—Juro, caballeros, que es la primera vez que me pasa —declaró apenas volvió en sí.

Arzaky me miró.

—Extraño a Craig —dijo.

10

Esa noche los detectives volvieron a reunirse en el salón subterráneo del hotel Numancia. En esos muros el pesar tomaba formas extrañas: sin sacarse su sombrero blanco, Jack Novarius daba grandes pasos de un lado a otro del salón, mientras su asistente sioux permanecía inmóvil; Castelvetia reía sin pudor, Hatter esperaba el comienzo de la reunión desarmando un pequeño mecanismo que parecía un corazón artificial, Sakawa acomodaba unas flores en un jarrón, arrancando algunos pétalos que dejaba caer sobre la mesa. Eran detectives, el crimen era su néctar, no se los podía culpar por las lágrimas no vertidas.

Solo Arzaky parecía ahora apesadumbrado.

—Cuando salga Castelvetia, sígalo. Quiero saber hoy mismo la verdad sobre su asistente.

Eran labores de lacayo, pero acepté, aunque el asunto me disgustaba: no quería verme involucrado en las intrigas entre detectives.

Arzaky ocupó el centro de la escena. Los estantes de los muebles vidriados habían empezado a llenarse de objetos: una lupa gigantesca, un microscopio, un pequeño mueble archivero de metal con fotografías de delincuentes, una pistola que disparaba dardos adormecedores, una máquina para hipnotizar. Apartado de las otras cosas estaba el bastón de Craig, que escondía sus poderes. Arzaky habló:

—Como sabemos, Louis Darbon murió ayer a la noche al

caer desde la escalera que conducía a la segunda plataforma de la torre. Nada indica por ahora que no haya sido un accidente.

—¿Y las barandillas?

—Habían descubierto un defecto y las estaban reemplazando.

—Vamos Arzaky. ¿Quién puede creer que fue un accidente? —dijo Hatter.

—Yo voy a ocuparme del caso y cuando tenga una certeza, se la comunicaré.

Caleb Lawson, alto y encorvado, envuelto en el humo de su pipa, se adelantó.

—No creo que deba ser justamente usted el que se ocupe del caso. Todos sabemos que Darbon lo despreciaba. Si hay un sospechoso, ese es usted. El inspector Bazeldin estuvo haciendo preguntas por aquí.

—¡Cállese, Lawson! —se indignó Magrelli—. Arzaky es uno de los fundadores de nuestra orden, junto con Renato Craig. No puede tomarse la libertad de acusarlo solo porque ese idiota del inspector Bazeldin esté haciendo preguntas. ¿Nunca leyó la revista de Grimas?

En las páginas de *Traces*, el inspector Bazeldin siempre era objeto de burlas. Las pistas que seguía, que eran las más evidentes, terminaban en el fracaso.

—También Darbon era uno de Los Doce Detectives —dijo el inglés—. Y alguien se tomó la libertad de darle un empujón desde la torre. Además, Arzaky, su muerte le dejó todo París para usted.

Arzaky se encogió de hombros. Sakawa, que nunca hablaba, dijo:

—Arzaky debe ocuparse del caso. Es su ciudad. ¿Con qué derecho podemos nosotros investigar un crimen en París? Si alguien se arrojara de una torre en Tokio, yo no permitiría que ninguno de ustedes investigara la palabra o el gesto que incitó a la víctima a saltar al vacío.

—En Occidente nadie invita a saltar a nadie con movimientos de abanico o con poemas de diecisiete sílabas, Sakawa —dijo Lawson—. Aquí, para arrojar a alguien al vacío se lo empuja. Sabemos que tenemos que sospechar de quienes se benefician con la muerte. ¿Por qué no sospechar de Arzaky?

El japonés respondió con serenidad:

—Estoy seguro de que si Arzaky es el asesino él mismo seguirá cada una de las pistas que conducen hasta él y se acusará del crimen.

Lo que decía Sakawa no tenía sentido, pero como ocurre a menudo, los disparates son más difíciles de rebatir que las opiniones sensatas.

Arthur Neska dejó oír su voz:

—Arzaky odiaba a mi maestro, Louis Darbon. Si dejan el caso en sus manos, nunca se hallará al culpable. O pagará un inocente.

—Los asistentes deben pedir un permiso especial para hablar, gestionado por su maestro —dijo Hatter—. Esas son las reglas.

—Mi maestro está muerto. Hablo en su nombre.

—Está bien, Hatter, déjelo hablar —dijo Arzaky—. Son circunstancias excepcionales. No podemos respetar siempre todas las reglas. Yo voy a ocuparme del caso: no les voy a pedir permiso a ustedes, porque eso no compete a Los Doce Detectives. Si quieren hacer averiguaciones por su cuenta, pueden hacerlo. Pero no debemos competir entre nosotros: debemos compartir nuestros descubrimientos.

Hubo un rumor de desconfianza.

—Nos conocemos, Arzaky —dijo Caleb Lawson—. Si algo no se nos puede pedir, es que compartamos lo que sabemos. Durante largos años hemos cultivado el secreto y la soledad; es tarde para que nos convirtamos en partidarios de la comuna.

Neska, siempre había tenido un aire fúnebre; esa apariencia encontraba ahora su justificación. No habló con la humildad que correspondía a los adláteres. Hasta se atrevió a aconsejar a los detectives:

—Harían bien en cuidarse las espaldas. No creo que el que averigüe algo vea el amanecer.

—Cuidado. Que tu dolor no te lleve a la imprudencia. La expulsión también está prevista en nuestras reglas —le advirtió Hatter.

—¿De dónde me van a expulsar? Ya no tengo detective a quien asistir. El asesino ya me expulsó.

Arzaky, que hasta ahora había hablado en voz baja, levantó la voz:

—No voy a responder a tus palabras insensatas. Pero necesito los papeles de Darbon para empezar a trabajar. Quiero saber a quién investigaba.

Neska sonrió desafiante a Arzaky.

—Dejé todo en manos de la viuda. No me quedé con nada. Si la convence a ella, tendrá todo.

Neska abandonó la sala sin saludar. Detectives y asistentes quedamos en silencio; y esos segundos fueron el único homenaje que recibió Louis Darbon, el único momento en que su muerte pesó sobre la vida de los detectives no como un enigma, no como un bocado para la curiosidad insaciable, sino como una pérdida. Con una solemnidad que rivalizaba con la del silencio de los otros, Arzaky habló:

—Tal vez Darbon cayó al vacío por accidente, tal vez fue algún viejo enemigo que quiso arreglar las cuentas con él. Pero debemos tener en cuenta otra posibilidad. Nos hemos reunido en París para exponer nuestro oficio entre los otros trabajos del Hombre. Y es posible que uno de nuestros socios secretos haya encontrado la ocasión de desafiarnos. Y así exponer, junto con el arte de la investigación, el arte del crimen.

TERCERA PARTE

Los enemigos de la torre

1

La torre mostraba al cielo gris su mezcla de monumentalidad y falta de propósito. Parecía hecha solo para los días nublados, para ser vista a lo lejos y bajo la lluvia. Pocos años más tarde, en la exposición de 1900, y rodeada de automóviles, ya habría de parecer antigua, pero durante los días de su construcción conservaba un aire de extravagancia y de sorpresa. Lo prodigioso no era la altura, sino la promesa de su fin. Que algo tan gigantesco pudiese desaparecer sin necesidad de cataclismos, como las piezas de un juguete que regresan a su caja de madera, proyectaba a su alrededor una sombra de irrealidad y de juego. Nos susurraba al oído: no debemos tomarnos la vida demasiado en serio.

Hay en los ascensores algo de ataúd, una especie de lealtad a los mundos inferiores (los volcanes, las minas, la tierra de Plutón) antes que a las alturas; pero el ascensor de la torre subió como si no fuera necesario esfuerzo alguno. Me pareció increíble que no se cayera. Habían tenido que reemplazar los ascensores, y el mecanismo no estaba listo todavía para subir hasta la segunda plataforma; así que nos bajamos en la primera y continuamos el ascenso por las escaleras. Arzaky iba adelante, yo trataba de seguir sus pasos; subíamos rumbo a la escena del crimen. En ese entonces mi experiencia era mínima, pero aun ahora, después de haber visto cientos de "escenas del crimen", puedo decir que nada me parece más alejado del crimen mismo que esa escena. Es como ir hacia una zona de silencio y quietud. Sé que un fósforo, una gota de sangre, una mancha en la pared, un recorte de diario, pueden ser indicios que conduzcan al asesino, pero lo primero que llama la atención de las "escenas del crimen" es la falta de significado de todo: hay un momento en que el asesinato nos deja a solas con nuestros pensamientos y nuestro sinsentido.

—Estamos frente a un caso de "cuarto cerrado" —dijo Arzaky, sin fatigarse—. En este caso, un cuarto cerrado al aire libre. Nadie ha visto entrar ni salir al asesino.

Recordé que el finado Alarcón sostenía que no tenía sentido hablar de "cuarto cerrado". No sé si entre palabras y sofocos logré armar una frase coherente acerca de Alarcón, pero Arzaky pareció entender, porque me respondió:

—¿A qué autoridad está citando?

—A Alarcón, aprendiz de Craig.

—¿Resolvió muchos crímenes?

—No, murió en su primer caso.

—Ahora recuerdo, el muchacho asesinado por el mago. Está muerto y le podemos respetar esas palabras insensatas. Pero, ¿por qué las repite usted? El cuarto cerrado es como la esencia misma de nuestro trabajo. No importa que en la realidad no se dé nunca; no importa que cualquier cerrajero pueda invalidar la idea: es su poder metafórico lo que debemos aceptar.

Llegamos hasta la segunda plataforma y seguimos unos escalones más. Como habían encontrado un error de fundición, habían quitado las barandillas de protección y todavía no habían instalado las nuevas. Era fácil reconocer el lugar desde donde Darbon había resbalado al vacío, porque los peldaños estaban cubiertos por el mismo espeso líquido negro que Arzaky había encontrado bajo las uñas del detective.

—Cuidado con lo que toca y dónde pone el pie —dijo Arzaky—. Hay aceite en todas partes.

—Y pedazos de vidrio. ¿Cree que el asesino le arrojó un botellón de aceite en la cabeza?

—El asesino se preocupó por estar lejos de aquí a la hora del crimen. Darbon era un hombre mayor, subía escaleras con gran dificultad. Usaba un bastón, donde escondía solo un estoque y no las abundantes sorpresas del bastón de Craig. El asesino lo citó en lo alto, con la promesa de hacerle una revelación sobre los ataques a la torre. Darbon estaba ansioso por cerrar este caso, cuya resolución coincidiría con nuestra reunión.

—Pero Darbon se ocupó de casos importantes. Solo le importaban los asesinatos, no los robos y menos unos cuantos anónimos enviados por un loco…

—Usted acaba de llegar y no comprende. No solo ha visto a París ya con la torre, sino que prácticamente no ha visto otra cosa que la torre. Para usted París *es* la torre. Pero nosotros, los que vivimos aquí, hemos asistido durante dos años al lento proceso de transformación. Estos tirantes y hierros verticales se han filtrado en nuestros sueños; no hay quien se sienta libre de la obligación de gritar un sí o un no sobre un asunto del que no se le ha pedido opinión. Para unos es el mal, para otros el futuro, para los más pesimistas, es el mal y el futuro a la vez.

No sabía dónde apoyarme, dónde pisar: el aceite negro lo cubría todo.

La voz de Arzaky me llegaba con un dejo de lejanía, como se oyen las voces cuando uno empieza a dormitar.

—Si Darbon conseguía resolver este caso, que se presentaba como sencillo, su nombre habría vuelto a todos los diarios. Y ligado con el corazón mismo de París. Hubiera conseguido el triunfo definitivo sobre el *recién llegado*…

—¿El *recién llegado*?

—Yo. También me llamaba el *maldito intrigante polaco.*

Arzaky sacó de su bolsillo una pinza, una tijera y una caja

de metal, todo de tamaño minúsculo. Parecían objetos de una casa de muñecas. Tomó con cuidado una muestra de los trozos de vidrio; yo rogaba que no se manchara con el aceite, porque en ese caso iba a tener que aguantar su mal genio. Me señaló un cordel casi completamente embebido en el líquido negro, del que cortó un trozo con la tijerita. Arzaky guardó el trozo de cordel junto con el vidrio. La caja de metal volvió a su bolsillo.

—¿Comprende la naturaleza de la trampa? El asesino puso en los escalones una botella de aceite de máquina. Es un aceite espeso, imposible no resbalar. El cordel unía el pico de la botella a los escalones. Darbon subió sin linterna, tal vez por recomendación del mismo asesino, que lo citó a través de alguna carta o mensaje que deberemos encontrar; cuando su pie alcanzó el cordel, la botella se volcó, dejando caer su líquido negro sobre los escalones. Darbon resbaló y cayó al vacío.

Le pregunté:

—¿Y cómo pudo el asesino subir y armar la trampa sin que nadie lo viera?

—Eso ya lo averigüé. A las seis los obreros dejan de trabajar y solo queda el sereno. Todos sabían que le gustaba beber, y esa tarde recibió dos botellas de regalo, a su nombre, de un benefactor anónimo. Tomó una, la mitad de la otra y se quedó dormido. No vio al asesino, tampoco vio a Darbon.

Señalé un poco de aceite derramado unos escalones más arriba. Arzaky lo iluminó con su linterna. Dije:

—Creo que el asesino pensó primero en ubicar la botella más alto. Calculó la trayectoria de la caída y prefirió cambiar de lugar. Entonces derramó por accidente un poco de líquido.

Arzaky me miró disgustado, como si le molestara que yo señalara alguna imperfección en el asesino. Pero después dijo:

—Mejor para nosotros. El asesino debe haberse manchado la ropa, los guantes o los zapatos. ¿Ya tomó nota de todo?

—¿Del botellón, el hilo, el aceite? Lo recuerdo perfectamente.

—¿Y mis palabras? ¿No cree que debería guardar por escrito lo que le digo?

Me apuré a buscar una libreta en mi bolsillo. Saqué con apuro el lápiz y resbaló de mis dedos, dio un rebote y cayó al vacío. Nunca había subido a una montaña, ni siquiera a un edificio alto; me asomé para ver cómo se veían las cosas desde arriba. La impresión de la altura me produjo un dolor en la ingle; mis manos y mi frente habían empezado a transpirar.

Traté de darle a mi pérdida del lápiz el barniz de un experimento:

—Dicen que si una moneda cae desde esta altura, la fuerza de gravedad incrementa tanto la velocidad de su caída que puede llegar a perforar un cráneo humano.

—No sea idiota; se olvida de la resistencia del aire. ¿Y ahora con qué va a tomar nota de mis palabras?

Me señalé con el dedo índice la frente.

—De aquí nada se me borra.

—El viejo Tanner respondía a cada una de mis frases con un "Oh" de asombro, o un "Jamás se me hubiera ocurrido". Usted ni siquiera me presta atención. ¿Qué está mirando?

Tardé en contestar.

—Toda la ciudad. ¿Comprende que soy un privilegiado? Acabo de llegar a París y la contemplo desde una altura desde la que no la han visto nunca los que han nacido aquí.

—Apártese del borde, antes de que complete el privilegio: todavía no se mató ningún extranjero.

Esquivando la mancha de aceite, iniciamos el descenso.

2

En el camino de regreso Arzaky parecía desalentado.

—¿Le parece un caso difícil? —pregunté.

—Hasta el caso más fácil puede complicarse. Lo que me preocupa no es que no se resuelva, sino que se resuelva, pero de un modo trivial; que al final la solución sea algo sin valor. Una amante despechada, un marido celoso, un crimen pasional...

—¿No le gustan los crímenes pasionales?

—No. Prefiero la envidia, la ambición, el deseo de venganza (si es posible, por una causa ridícula, que todos creen olvidada). Inclusive, los suicidios encubiertos. Pero no los asesinatos cometidos por pasión o por locura. No hay mérito alguno; en esos casos el crimen siempre viene con su lista de instrucciones para ser resuelto.

Cada tanto, alguno de los transeúntes con los que nos cruzábamos se daba vuelta para ver al gran Arzaky, cuya fotografía aparecía a menudo en el periódico. Arzaky caminaba a paso rápido, ajeno al efecto de su presencia.

—¿Qué vamos a hacer ahora?

—No sé qué va a hacer usted, yo voy a descansar. A las seis tengo una reunión con la gente de la comisión organizadora de la exposición. En cuanto a nuestro asunto, ¿averiguó algo? —negué con la cabeza—. Supe que Castelvetia anotó en los registros de un hotel a un tal Reynal, pero nadie lo ha visto todavía.

—¿Y qué sospecha?

—Castelvetia fue el último en integrarse a Los Doce Detectives. Craig insistió. Si no hubiera sido por eso, yo no habría aceptado. Caleb Lawson lo detesta, tienen un viejo asunto en común. Cuando cursamos las invitaciones, releí su curriculum vitae: la mayoría de sus casos están fuera de toda comprobación. Es posible que sea un periodista infiltrado, que reúne información para hacer un libro donde nos desenmascare, o un enviado de la reunión anual secreta de las policías europeas.

—¿Un espía?

—Quien sabe. Los detectives siempre somos hombres de pasado oscuro. Nos inventamos nuestro pasado, porque nuestra carrera no cuenta con instituciones que la sostengan, como los médicos o los abogados. Tampoco contamos con esa institución superior, la guerra, que sostiene la reputación de los militares. Nos hacemos a nosotros mismos.

Habíamos llegado a un punto donde nuestros caminos se separaban. Arzaky me ordenó:

—Apenas se levante, siga a Castelvetia y averigüe su secreto. En este momento, cuando la vista de todos está clavada en nosotros, no quisiera recibir una sorpresa.

Ante la insistencia de Arzaky me vi obligado a seguir los pasos de Castelvetia. Desde luego no es fácil seguir a un hombre especializado en seguimientos; puede descubrirnos con toda facilidad. Craig nos había enseñado a volvernos invisibles; lo primero que había que hacer era pensar en otra cosa, caminar como dormidos, acercarnos como por error. Tan obediente era a las enseñanzas de Craig que me olvidé hasta tal punto de que estaba siguiendo al holandés y me choqué con él en medio de la calle. Pedí disculpas casi a los gritos, y con una voz voluntariamente aflautada, para que no me reconociera. Estaba preocupado por sus asuntos y no me miró. De inmediato entró en el hotel Varinsky.

Me alejé unos pasos. La Residencia Varinsky era un hotel para viajeros cansados que se resignan a cualquier cosa; tenía algo de fonda y algo de burdel. Como todos los hoteles y todas las casas de pensión de París en esos días, estaba atiborrado de clientes, ya que las comisiones de los países visitantes habían comenzado a llegar. Esperé afuera que saliera: después, resueltamente, en lugar de seguirlo, entré en el hotel. Un muchacho miope salió a atenderme, es decir, a echarme; puse en sus bolsillos unas monedas mientras pronunciaba el nombre de Reynal.

—Habitación 12 —me dijo.

Craig me había advertido: a veces las investigaciones son fatigosas y complicadas, y otras veces aclaramos el enigma de inmediato. Un detective debe estar dispuesto a trabajar, pero más dispuesto aún a recibir la revelación. Yo estaba bien dispuesto: golpée la puerta y la puerta se abrió, sin dilaciones ni preguntas. En el interior del cuarto había una muchacha: tenía cara de haberse levantado recién. Me han hablado muchas veces de los paseos bajo la luna, y el alcohol y la oscuridad que predisponen a los amantes a la audacia; pero yo, desde ese momento, adoré a las mujeres recién levantadas y todavía un poco presas del sueño. Tenía una sonrisa de la que no era del todo consciente y se desperezaba sin apuro. Estaba aturdido por lo que aquello significaba para Los Doce Detectives, pero más aturdido por lo que aquello significaba para mí. El asistente de Castelvetia era una mujer: no había reglas o había otra clase de reglas que yo ignoraba. Intenté reemplazar en mi cara la expresión de arrobamiento por la de escándalo.

Había llegado ahí en nombre de Arzaky, y tenía que hablar en nombre de Arzaky: pero me quedé callado en mi propio nombre.

—No diga quién soy —dijo la muchacha, como si yo supiera quién era.

Me invitó a pasar, para que no nos vieran en aquel pasillo transitado por simuladores: esos hombres oscuros eran los electricistas que iluminarían la exposición, esas damas discretas eran las encargadas de dar la bienvenida a los extranjeros y justificar así la fama de la ciudad, esos jóvenes que parecían la quintaesencia del parisino eran periodistas sudamericanos intoxicados de ajenjo.

—Yo no sabía que las reglas permitían…

—¿Dónde están escritas esas reglas? ¿Las vio alguna vez?

—En ninguna parte. En el corazón de los detectives.

—Pero solo tienen cerebro. No tienen corazón.

Me senté en el borde de una silla, como si estuviera a punto de irme de inmediato. Quería escandalizarme, pero mi capacidad de escándalo estaba embotada. "Cuando le cuente esto a Arzaky", pensé.

Se lavó la cara en una jofaina.

—Me llamo Greta Rubanova. Soy hija de Boris Rubanov. Mi padre se fue de Rusia cuando tenía veinte años y en Amsterdam conoció a mi madre, una francesa: ella murió cuando yo nací. Cuando mi padre se puso a las órdenes de Castelvetia, este era casi un niño. Tenían una oficina en Amsterdam, que Castelvetia alquilaba a una compañía naviera. Juntos resolvieron decenas de casos. Mi padre me enseñó todo lo que había aprendido de Castelvetia, y todo lo que le había enseñado a Castelvetia. Pero a mi padre le gustaban las mujeres, y en particular las mujeres peligrosas; una húngara a la que abandonó, se despidió con una puñalada. Cuando Castelvetia lo encontró, mi padre agonizaba. Castelvetia le preguntó quién había sido; mi padre respondió: algunos casos no deben ser resueltos. Castelvetia respetó su última voluntad. En el mismo funeral yo le pedí que me dejara entrar a su servicio. Él aceptó, al principio en broma, y luego en serio.

—¿Y cómo logró Castelvetia mantenerla oculta todo este tiempo?

—Los detectives buscan la fama, y saben que su renombre es una parte esencial de la investigación: antes de llegar a una ciudad, ya su nombre se les adelanta, y en los pasillos y en los cafés no se habla de otra cosa. Esto a veces ayuda al trabajo, y otras lo estorba, porque donde hay un detective las fantasías se multiplican. Castelvetia, en cambio, eligió siempre el silencio; desde que entró a Los Doce Detectives, su obsesión por el secreto se hizo mayor. En Amsterdam hay pocos crímenes: somos demasiado educados, estamos acostumbrados a ignorarnos. Estamos tan distantes unos de otros que nunca llegamos a matarnos: no hay necesidad. Así que debemos viajar a menudo. Eso ayuda a que nuestros casos pasen desapercibidos. Por mi causa, Castelvetia ha renunciado a la fama: muchos dudan de que sea un verdadero detective, pero todo lo ha hecho por ocultarme.

Se acercó a mí. Tenía el olor de la ropa que se ha dejado secar al sol.

—Confiábamos en que en esta reunión las cosas por fin podrían aclararse. Castelvetia estaba dispuesto a pedir que fuera reconocida como asistente.

—¿Una mujer? Jamás —dije indignado. Tan laboriosamente había llegado al cargo de asistente y ahora me enteraba de que el cargo no solo podía ser ocupado por negros o por gente de razas exóticas y culturas lejanas, sino hasta por una mujer.

—¿Quién es usted, el guardián del reglamento?

—Soy un simple portador del sentido común.

—No se alarme, que lo que tanto teme no ocurrirá. Las cosas se han complicado y Castelvetia ya se ha echado atrás. Ahora todos los detectives están conspirando unos contra otros, hasta sospechan de que el asesino de Darbon está entre ellos. Si alguien presenta un caso semejante, todos caerán sobre él. Caleb Lawson, que lo odia, aprovechará el momento.

—¿Por qué lo odia?

—Caleb Lawson considera como rivales a tres de Los Doce Detectives: Craig, Castelvetia y Arzaky. A Craig y a Arzaky los tiene por enemigos porque él quiere dirigir Los Doce Detectives. Craig ya abandonó la carrera, y solo le queda Arzaky, que es el más hábil y difícil. Pero a Castelvetia lo odia porque durante un viaje a Londres Castelvetia resolvió "El caso de la princesa en la torre".

—No conozco ese caso.

—¿No? Se lo puede preguntar a Lawson. Le gustará recordar los viejos tiempos. Y ahora que ya me ha visto, puede irse. ¿O quiere ver algo más?

—¿De qué sirve un asistente escondido?

—Puedo llegar adonde los hombres no pueden. Se me han abierto puertas que usted no soñaría en cruzar.

—Estoy seguro de que prefiero no cruzarlas.

—¿Lo ve? En los hombres, la curiosidad es un arte laborioso, una cosa prestada y a la larga, una impostura. Los hombres preguntan las cosas cuya respuesta ya creen tener. Yo pregunto lo que no sé.

—¿Y no sale de aquí? ¿Castelvetia la tiene encerrada?

—Voy adonde quiero. Nos vemos en secreto.

—¿Cómo amantes?

—Como conspiradores. Como revolucionarios. Como padre e hija.

—Padre e hija —repetí, incrédulo.

—Padre e hija. ¿Puedo confiar en su honor?

—Nadie se preocupó nunca por mi honor.

—Dependo por completo de ese honor improbable. Imagine las consecuencias del escándalo, ahora que el arte de la investigación está expuesto a la vista de todos. Un escándalo ahora, ¿y quién conservaría su fe en Los Doce Detectives?

Tenía que marcharme, pero eso no era fácil; estaba cómodo dentro de mi incomodidad. Por un segundo, miré las cosas desde lejos. Los detectives, los reglamentos, las jerarquías, el crimen mismo: solo se trataba de un juego. Yo era como un coleccionista de estampillas que descubre, en un instante, que está jugando con papelitos sin valor.

—Ahora le pido que mantenga el secreto y que se vaya. Tengo que terminar de vestirme.

Me levanté de la silla que apenas había ocupado. Iba a decir algo, pero ella llevó sus dedos a mis labios. Sabía cómo pedir silencio.

3

Ya había resuelto mi primer misterio, pero no podía comunicárselo a nadie, ni siquiera a Arzaky. En el hotel de madame Nécart, a la hora del desayuno, los otros asistentes me miraban con envidia: yo tenía un caso mientras ellos fumaban, bebían, conversaban. El japonés, Okano, estaba siempre callado, y solo de vez en cuando se sentaba en el escritorio a escribir una carta en su lengua hecha de dibujitos. Linker y Baldone discutían sobre la posibilidad de hacer un reglamento que regulara las relaciones entre detectives y asistentes.

Linker opinaba:

—Vivimos en una era dominada por la ciencia. Todo tiene un sistema, y también nosotros debemos tener uno. Los Doce Detectives debe organizarse como cualquier Colegio o Academia de Ciencias. No podemos continuar siendo una especie de orden de origen nebuloso como los templarios.

—He visto demasiado para creer que todo puede ser explicado. La realidad tiene alergia por las explicaciones. Y yo creo que sí somos templarios, y como los templarios acabaremos por extinguirnos. —De pronto Baldone se dirigió, burlón, al asistente de Novarius.— ¿Qué piensa usted? ¿Debemos tener un reglamento?

El indio sioux permanecía silencioso. Limpiaba su cuchillo: un arma de hoja grande y mango de asta. Ni siquiera levantó la vista.

Baldone había notado mi presencia:

—El único afortunado: acaba de llegar y ya tiene un caso. En cambio nosotros…

Hablé con modestia:

—Los otros detectives también van a investigar, no solo Arzaky.

—Pero es una ciudad ajena. No tienen informantes, hablan el idioma con dificultad. Las posibilidades de Arzaky son mucho mejores. Creo que todos los detectives han preferido seguir con sus discusiones sobre el arte de la investigación, antes que investigar. Y mientras tanto el asesino sigue por ahí.

No quería darme aires de superioridad, así que me quedé un rato con ellos, como si también estuviera fuera de servicio. Esperaba que, si Arzaky me enviaba instrucciones, estas me llegaran discretamente, de tal manera que nadie lo notara. Ya casi había logrado convencer a los otros de que Arzaky me había elegido para manejar un poco el papelerío, cuando un mensajero alto y robusto, y con aire marcial, irrumpió en la sala y preguntó por mí con una voz estridente. Traía un billete de Arzaky: debía acompañar al detective a la casa de Madame Darbon.

—¿Órdenes? —preguntó Baldone. Yo asentí con la cabeza, no quería revelar nada—. Nosotros, mientras tanto, seguiremos inactivos. Suerte que tenemos al indio sioux para que nos anime la velada.

No dije nada y salí del salón entre miradas de envidia. Pasé a buscar a Arzaky por el hotel Numancia. Ya estaba esperándome en la entrada.

—¿Tiene algún amuleto de la suerte? Darbon me odiaba, pero su odio no era nada comparado con el de su mujer. Si la vieja bruja le da a beber algo, no lo pruebe; no acepte siquiera un caramelo de menta.

Desde allí tomamos un coche hasta una casa amarilla. El

ama de llaves nos hizo esperar en una antesala llena de armaduras y escudos y espadas. Era evidente que el dueño había tenido la pretensión de convivir con un pasado legendario; como detective había conseguido la gloria, pero tal vez en sus sueños Darbon no se imaginaba resolviendo el caso del siglo, sino recuperando el Santo Sepulcro. Sé, por experiencia propia, que nadie es aquello que quiso ser: todos aspirábamos a otra cosa distinta, un ideal que no quisimos manchar acercándolo a la vida real. El director de orquesta hubiera querido ser un nadador de mar abierto; el pintor reconocido, espadachín; el escritor que ha conocido la gloria con sus tragedias, un aventurero iletrado. El destino se alimenta del error; la gloria, del arrepentimiento.

Era una casa de muchas habitaciones, donde Darbon había criado a sus tres hijas; una casa con piano, muebles pesados, cuartos que encerraban cosas de generaciones. Todo ahí señalaba el pasado, las raíces, la tradición. Arzaky en cambio no se había casado, vivía en el hotel Numancia, no era dueño de nada. Dedicaba todo su tiempo a la investigación. Vivía como un extranjero que acabara de llegar y que estuviera por irse.

—Soy polaco, soy todo lo que se deriva de esa premisa —decía en las aventuras relatadas por Tanner. Y también lo repetía en la vida real; y a mí me emocionaba oír con mis propios oídos la frase tantas veces leída, el estribillo que servía de prólogo a sus extravagancias.

La casa parecía desierta, pero no había una mota de polvo, señal de que las paredes ocultaban una afanosa servidumbre. Oí el ruido lejano de una puerta al abrirse y cerrarse con fuerza, y luego otras puertas sucesivas, más cercanas, y finalmente la señora Darbon llegó hasta nosotros. Tenía el aspecto de una mujer que ha enviudado hace largo tiempo y que ya se ha recuperado de la sorpresa y el dolor. No me miró: fue directo hacia Arzaky, tan decidida como si estuviera dispuesta a matarlo. Temí que escondiera un estilete en la manga violeta de su vestido. Arzaky la miraba tranquilo, como quien estudia a una bestia peligrosa que está detrás de una reja.

—Mi marido lo odiaba, Arzaky —dijo a modo de saludo.

—Su marido odiaba a todo el mundo.

—Pero usted era su favorito. ¿Me vino a dar el pésame?

—Quiero investigar la muerte del señor Darbon. Su asistente, Arthur Neska, me ha dicho que usted tiene sus papeles. Quiero saber qué pistas siguió en su última investigación.

Cualquier otra persona hubiera adoptado un tono conciliador con esa mujer furiosa; Arzaky le hablaba con altanería. Ahora llega el momento en que nos echa, pensé. Pero la viuda dijo:

—Subamos al estudio de mi marido.

Me pareció prodigioso que pudiéramos los tres habitar un verbo en común: "subamos".

El gabinete de Louis Darbon en nada se parecía a la acumulación y el desorden que yo había advertido en el de Craig. Las paredes estaban cubiertas de muebles archivadores de metal, de la variedad que usan en las oficinas contables; en una larga mesa se acomodaban los microscopios y las lupas y cinco linternas de bronce con cristales de colores, que tal vez servían para descubrir manchas de sangre o de veneno. En un rincón había una cámara fotográfica. Sobre la pared que enfrentaba la ventana, una biblioteca completa de libros de medicina forense, diccionarios, y un ejemplar de las *Memorias* de Vidocq. También había un retrato al óleo del famoso jefe de policía de París, del que Darbon se pretendía heredero. El gabinete de Darbon tenía tanto de oficina y de salón de lectura como de laboratorio.

—A veces me parece que mi marido acaba de salir y está a punto de regresar —dijo la viuda.

Arzaky lanzó un suspiro un tanto exagerado. Por los nervios, estuve a punto de echarme a reír.

Sobre el escritorio había una caja de cartón, de las que se usan en el correo, con la inscripción "Affaire Eiffel".

—¿Puedo llevarme esa caja?

—Sabía que iba a venir. La preparé para usted.

Arzaky tomó la mano de la viuda entre las suyas. La mujer la sacó de inmediato. El detective, un poco turbado por la reacción de la mujer, le dijo:

—Debo ser sincero. Daba por sentado que usted iba a pedirme que me apartara del caso y que iba a pedir a otro de los detectives la resolución, o al comisario Bazeldin, que era tan amigo de su marido. Ahora veo que su interés en saber la verdad está por encima de cualquier vieja enemistad.

La viuda rió tan bruscamente que Arzaky se estremeció, porque advirtió que había allí algo contra lo que no podía luchar.

—Esa vieja enemistad no ha desaparecido con la muerte de mi marido. Al contrario: es más profunda. Antes lo odiaba por interpósita persona: ahora que usted ha causado la muerte de mi marido lo odio por mí.

—Yo no obligué a monsieur Darbon a subir a la torre en medio de la noche.

—Pero si él no lo hubiera odiado tanto ahora estaría vivo. Subió a la torre pensando en usted; fue su imagen la que le dio fuerzas para subir en medio de la noche, a pesar de su pierna y de sus problemas respiratorios. Subió con su nombre en los labios; pensó que ningún otro enemigo importaba, y por eso se descuidó.

—Y entonces, ¿por qué me da sus papeles?

—Porque quiero que usted llegue hasta el asesino. Quiero que el asesino se sienta acechado. Que tiemble de miedo al oír sus pasos y que tome una decisión. Si pudo con mi marido, podrá con usted.

4

Arzaky tenía un departamento en el último piso del hotel Numancia, por el que pagaba una renta mensual. La primera sala funcionaba como su oficina: allí recibía a sus clientes y tenía su archivo. La oficina de Arzaky estaba literalmente cubierta de papeles: cuando uno entraba, no podía evitar pisar las hojas que cubrían por completo los pisos: informes forenses, deudas impagas, correspondencia atrasada, cartas de mujeres. Aquella hojarasca, que parecía haber adquirido vida propia, trepaba hasta los cajones del escritorio y hasta la mesa; tal despliegue servía para esconder armas de fuego, frascos con insectos muertos, pañuelos con manchas de sangre de quién sabe que crimen remoto, una mano momificada, boletos para teatros, para trasatlánticos, para viajes en globo.

—La lectura de los documentos me aburre. ¿Por qué no busca usted mismo las pistas en los papeles de Darbon? De paso ordene sin alterar.

—Haré lo posible. Pero usted sabe, mi inexperiencia…

—La experiencia es engañosa: nos enseña que alguna vez ya hicimos esto que estamos haciendo ahora. Nada más falso. Todo ocurre por primera vez.

Arzaky se marchó y me dejó a solas con los papeles. Dijo que tenía que ir a supervisar la marcha de la exposición de Los Doce Detectives. Me pareció absurdo que en medio de un asunto criminal se preocupara por bastones y lupas abandonados en vitrinas polvorientas. Pero los detectives son como los artistas: en la vida de actores, de músicos, de cantantes, de escritores, siempre hay un momento en que empiezan a actuar de sí mismos, y todo lo que hacen en el presente no es sino la ceremonia con la que evocan algo que pertenece a su pasado. Y la vida se convierte, para el artista o el detective, en el acomodamiento incesante a su propia leyenda.

Al principio temí que la viuda de Darbon nos hubiera engañado, que hubiera confeccionado ella misma los documentos para enviarnos hacia pistas falsas y peligros verdaderos. Pero no era así: en esas páginas se concentraba el trabajo metódico de Darbon. Había un diario de trabajo, donde el viejo detective consignaba los avances de su investigación. No trabajaba en un solo caso a la vez, pero había dedicado más tiempo al affaire Eiffel que a cualquier otro asunto.

La investigación había comenzado siete meses atrás. Desde su comienzo, la construcción de la torre había encontrado numerosos enemigos que la acusaban de destruir la belleza de la ciudad. Al principio se trataba de enemigos inofensivos, que no querían que el monumento de hierro forjado conviviera con los antiguos palacios. Eiffel había recibido el ataque de asociaciones de viudas de antiguos combatientes, de estudiosos de la historia de la ciudad, de conservadores de museos y monumentos. Pero luego se había incorporado a la batalla un grupo radicalizado: los anónimos se habían convertido en amenazas; las amenazas, en hechos: una rosa con las espinas envenenadas, enviada en una caja a nombre del ingeniero Eiffel, una Estatua de la Libertad en miniatura con una bomba sin activar en su interior. El más singular de los atentados había consistido en envenenar a las palomas que acudían a la torre, de tal manera que cientos de aves cayeron muertas a la vez sobre la construcción, paralizando el motor de los ascensores y alarmando a los desprevenidos obreros.

Louis Darbon estaba convencido de que los responsables de los ataques eran un grupo de intelectuales que él llamaba "criptocatólicos". La mayor cantidad de observaciones estaban referidas a un tal Grialet, a quien atribuía la fundación de una célula rosacruz.

"Grialet es el incansable buscador de oscuridades: ha pasado de la astrología a la magia, de la alquimia a los rosacruces. Como tantos otros, está más fascinado por las jerarquías y los ritos de iniciación que por los verdaderos misterios. Estos individuos siempre son así: viven sospechando unos de otros; apenas establecen una norma, surgen el cisma y la herejía; ese cisma se convierte en norma y sobreviene una nueva herejía. Grialet es el alma de ese proceso de continua desintegración, ese movimiento constante que busca crear en todo, siempre, la sensación de que hay algo escondido". Darbon consideraba a Grialet como el principal sospechoso. Los papeles incluían los nombres de dos posibles cómplices: el escritor Isel y el pintor Bradelli.

Estaba hundido en los documentos, tratando de entender los principios de ese círculo de escritores esotéricos, cuando golpearon a la puerta. Abrí: había una mujer alta, de cabello negro. Olía a una mezcla de perfumes, y el olor cambiaba paso a paso, como si se tratara de un complejo mecanismo, sustancias dormidas que de pronto despertaban siguiendo el estímulo de la luz o el paso del tiempo. Se sorprendió de verme.

—¿Y el señor Arzaky?

—Ha salido.

—¿Usted...?

—Soy su asistente.

—No sabía que había conseguido asistente. Pensé que nunca iba a resignarse a reemplazar a Tanner. ¿No dejó ningún mensaje para mí?

—No. Si me dice su nombre, yo le avisaré que usted estuvo aquí.

—Soy Paloma Leska, pero puede llamarme La Sirena, como todos. Es mi nombre artístico.

—¿Su nombre artístico? ¿Acaso es actriz?

—Actriz y bailarina. ¿No ha oído hablar del Ballet de la Noche?

—Hace poco tiempo que llegué a París.

—Hay cosas que se deben hacer apenas uno llega a la ciudad, cuando todavía se tiene dinero. Después los bolsillos se vacían y hay que convertirse en alguien respetable. Vamos a hacer una obra llamada *En las montañas de hielo.* Arzaky ya ha visto los ensayos. Si es nuevo en la ciudad, le aseguro que no verá nunca nada igual. ¿Usted es friolento?

—Sí, pero estamos en primavera.

—En la obra, yo me sumerjo desnuda en un lago de hielo. Tal vez eso le dé escalofríos. ¿Cree que podrá soportarlo?

Miré los brazos descubiertos de la mujer. El corset apretaba un poco; lo usaba ella pero era a mí a quien quitaba el aire.

—Arzaky no me había dicho que le gustaba el ballet.

—No viene solo por el ballet.

Anoté en un papel: La Sirena. Tuve que hacer un esfuerzo para poner una letra detrás de la otra y no todas en el mismo lugar. Había nacido en España, por eso llevaba un nombre español, Paloma; pero era hija de un matrimonio de actores polacos, que la tuvo durante una gira. Ella se consideraba polaca.

—¿Tan polaca como Arzaky?

—Más. Yo recuerdo mi tierra y viajo a Varsovia dos veces al año y él no. Él quiere ser un buen francés. Ni siquiera prueba nuestra comida. No importa: para sus enemigos seguirá siendo el maldito intrigante polaco, o el maldito polaco a secas, como lo llaman los íntimos. Está trabajando, no quisiera interrumpirlo...

—No se preocupe por esto. Es letra muerta…

No sé si alcanzó a oírme. La mujer había desaparecido, como si yo la hubiera soñado. Los perfumes, que habían llegado de a poco, se fueron en orden, uno por uno. Al final volví a quedar solo, con el olor que se desprendía de los recortes de periódico y de los legajos amarillentos.

5

Cuando llegó Arzaky le hablé de la visita de la bailarina.

—Así que conoció a La Sirena. París no puede ofrecerle nada mejor. ¿Qué le ha parecido?

—Me habló del ballet.

—Siempre una nueva locura. Debería verla, sumergida en el hielo. No sé de dónde sacan esos bloques. A veces hay en ellos peces congelados. Es de la clase de mujeres que vuelven locos a los hombres.

—¿A usted también?

—¿A mí? No. Yo soy como el lago de hielo en el que ella se sumerge. ¿Qué encontró en los papeles de Darbon?

Le hablé de Grialet, de Isel, de Bradelli.

—Darbon siempre amó las pistas falsas. Buscó donde era más fácil buscar, no donde había algo escondido. ¿Conoce el chiste del borracho que llega tarde a la casa? Ha tomado tanto que no puede acertar con la llave en la cerradura, y al fin la llave se le cae. A unos metros hay un farol, y el borracho se pone a buscar ahí. Su mujer, que lo ha oído, se asoma a la ventana y le pregunta: ¿se te cayó la llave de nuevo? Sí, dice el borracho. ¿Y por qué la buscas junto al farol y no junto a la puerta? El borracho le responde: Porque allí hay más luz. Ese chiste es la biografía profesional de Darbon: nunca se apartó de los faroles. La luz eléctrica le hubiera facilitado el trabajo.

Insistí; al final, Arzaky aceptó visitar a Isel:

—Vamos, si eso lo pone contento. Acabaremos por cambiar los roles; y yo seré al final su obediente adlátere. ¡Qué devoción guardaba Tanner por cada una de mis opiniones! Pensaba que yo era infalible, y le gustaba equivocarse para que yo lo corrigiera.

—Por el error se llega a la verdad.

—Por el error solo se llega al error, y a la verdad por el acierto.

Un coche nos llevó hasta la casa de Isel: un castillo sombrío en las afueras de la ciudad. Había dos o tres masas arquitectónicas incongruentes, como si lo hubieran construido en distintas épocas, o en una misma época propicia a los arrepentimientos. Eran sucesivos fracasos en el intento de dar un aire medieval al edificio.

—Toque usted a la puerta. Convénzame de que hay algo de interés en estos muros.

Un criado nos hizo pasar. Era alto, calvo, de rasgos orientales. Se movía con los ojos cerrados, como si fuera un sonámbulo. Entramos en una especie de vasto salón monacal, donde todo no estaba: había marcas de cuadros desaparecidos, de alfombras borradas, de muebles transportados a otros destinos. Las estatuas se habían marchado, pero quedaban los pedestales. Nos sentamos en unas sillas duras, de iglesia.

—Están desmantelando todo —dije—. ¿Habrá muerto Isel? No, el criado nos hubiera dado la noticia.

—Hasta hace unos años, los criados tenían prohibido dar noticias semejantes. Si el señor moría y alguien iba a visitarlo, se lo dejaba esperando en la sala, con alguna información a su alcance —un periódico, una esquela mortuoria— que le informara de lo sucedido. Si al visitante no se le ocurría dar un vistazo a esos papeles, la espera continuaba indefinidamente. Recuerdo que un cierto conde se ofendió tanto por la espera que retó a duelo al difunto; claro que el duelo no pudo llevarse a cabo.

Una voz tosió a unos pasos de distancia.

—No es el caso, señores. Este mausoleo esconde a un hombre vivo.

Isel estaba ante nosotros vestido con una bata andrajosa de color amarillo. Llevaba lentes redondos y una barba gris le cubría la cara. De su cuello pendía un exagerado crucifijo de oro.

—Siéntense, por favor. Yo también me sentaré.

Durante unos segundos estuvimos los tres en silencio; como las sillas estaban una al lado de la otra, y todas mirando en la misma dirección, la situación era un poco ridícula. Parecíamos pasajeros a la espera de un tren. ¿Eran deliberados esos silencios? ¿pertenecían a la estrategia de Arzaky o a su timidez y distracción? Yo tosí, y supe que era el único a quien incomodaba ese silencio. Por diferentes razones, estaban acostumbrados a provocar asombro.

Arzaky explicó finalmente lo que estábamos buscando, y luego le preguntó si había conocido al hombre despeñado de lo alto de la torre.

—Sí, Darbon estuvo aquí. Empezó a preguntarme por mis aventuras juveniles. Es cierto que fundamos círculos y sectas, y encargábamos libros al extranjero y gozábamos, cada uno, de una biblioteca prohibida. Pero yo ahora uso los libros para calentarme en invierno. Aunque ni para eso sirven del todo: el cuero de sus tapas echa un humo que apesta.

—¿Quiénes formaban parte de su círculo?

—Los nombres no importan. Los seudónimos abundaban. Nombres de resonancias alquímicas o egipcíacas, esa era la norma. Eran muchos; llegaban, se iban, fundaban nuevas iglesias... Para la mayoría de ellos yo encarnaba la depravación. Echaban la culpa al demonio de mis pecados; de existir una oficina de derechos de autor para los vicios, yo hubiera registrado allí los míos, para que nadie atribuyera al diablo lo inventado por mí.

Isel se puso de pie y señaló la marca que una gran pintura había dejado en la pared.

—¿Ven este cuadro? Estos son mis padres. Heredé de ellos una fortuna y nunca trabajé en mi vida. Me dediqué al estudio y a mis colecciones. Me hacía traer del extranjero aves exóticas, que a menudo dejaba escapar o sacrificaba. Hice construir una gran caja de música, y contraté a una muchachita ciega para que bailara para mí, repitiendo siempre los mismos movimientos mecánicos. Bailaba desnuda, y no sabía cuántos ojos la miraban. Invitaba a mis amigos a las reuniones: algunas se celebraban en la oscuridad, y debían oler perfumes y probar bebidas y comer alimentos de los que nada sabían. Cuando se encendían las luces, los esperaban verdaderas sorpresas. Estaba enfermo, no soportaba la vida real, buscaba los rincones donde la vida era capaz de conservar todavía un aire de extrañeza y de artificio. Ahora he dejado todo eso, ahora estoy volcado a la Iglesia Verdadera.

—¿Cómo se produjo el cambio? —quiso saber Arzaky.

—Hace tres años, entró a mi servicio un muchacho que se hacía llamar Simbad. —Señaló otra marca en la pared, la que había dejado un cuadro de pequeño formato.— Yo mismo hice su retrato. Era de rasgos árabes, y había actuado en un circo con ese nombre. Yo se lo dejé, no me molestaba. Era moreno, reservado, hacía trampas en todos los juegos; y empecé a interesarme en él. Tuve la extraña idea de hacer de él un caballero, porque sentía que, bajo su aspecto salvaje, había un dios escondido. La estatua dentro del mármol. Contraté un tutor, para que lo iniciara en las matemáticas, el latín y los clásicos franceses: en particular en las oraciones fúnebres de Bossuet. Pronto aprendió esgrima y visitó de mi mano museos y catedrales. Mientras tanto, me ayudaba a mantener en orden este castillo donde guardo, indiferenciadas, maravillas y desdichas. Me costaba hacerlo entrar a mi salón de ciencias naturales, donde conservaba pájaros disecados, algunas tortugas, y varios estanques con peces traídos del Brasil. Estos peces devoran cuanto cae en ellos, y él temblaba de solo verlos cortar el agua con sus aletas.

"No sé si mis cuidados no fueron suficientes, o qué le ocurrió: tal vez sintió nostalgia de su vida anterior, porque un día huyó. Yo estaba deshecho, sentí que mi obra maestra había quedado arruinada por completo. Mi buen criado Joseph, que ustedes vieron, estaba feliz de que el muchacho hubiera desaparecido. Pensé en matarlo cuando lo encontrara, pensé en matarme, pensé en quemar la casa... Afortunadamente no soy un hombre dado a otra acción que no sea la de coleccionar, así que volví a mis estudios, a mis atardeceres y a mis decepciones.

"Un día me llegó el rumor de que al mercado había llegado un cordero con dos cabezas: partí de inmediato a comprarlo. Pero algo me distrajo en el camino: entre la muchedumbre, descubrí a Simbad, que hacía unos malabares para ganar unas monedas. Los malabares los hacía con cráneos de monos robados de mi colección. Escondí mi ira, que era a la vez alegría, y lo abracé sin pensar. Lo hice regresar con promesas exageradas, que no eran tanto promesas que yo le hacía a él como a mí mismo. Una vez dentro, me bastaron unos minutos para observar cómo su francés se había corrompido, cómo sus modales eran otros, cómo su mirada se había vuelto oblicua, dispuesta al disimulo y la traición. Adiviné en sus ojos: yo era un viejo excéntrico al que sacar dinero para volver a escapar. Tuve pavor de que desapareciera e hice que Joseph lo encerrara en la habitación de las ciencias naturales. Sin ventanas y con una sola puerta, no había escapatoria posible. Simbad rogó de rodillas que no lo encerrara; pero me rogaba con palabras tan vulgares que me recordaban el desastre al que había estado expuesta mi obra debido a su fuga insensata.

"Nunca supe si resbaló o si por su propia voluntad se arrojó a las aguas. Escuché un breve alarido en medio de la noche; fue lo más verdadero que oí en mi vida. Las palabras que usamos no son más que disfraces para tapar ese grito que es lo único que nos pertenece. En el agua roja había un movimiento incesante, una ebullición. Incapaz de moverme, me quedé mirando la depravación de la naturaleza, simétrica a mi propia enfermedad. Cuando terminó el movimiento, me sentí hueco, vacío; la gran experiencia que me tenía reservada la vida ya había pasado. Durante diez días no salí de mi cuarto. Hice trizas los frascos de perfume, bebí todas las bebidas que me había hecho traer, agoté mis raciones de hachís. Entonces hice sacar todas mis colecciones, cada placer minuciosamente catalogado, y sepulté todo en el sótano de esta casa. ¡El gabinete de maravillas del emperador envidiaría lo que tengo guardado aquí abajo! Había llegado a la más perfecta de todas las experiencias y ya no tenía sentido continuar en esa dirección. También hice vaciar el estanque abominable. Ahora me entrego a otra clase de voluptuosidades.

—¿El crimen?

—No. Louis Darbon no era un enemigo para mí. Pretendía que yo era un enemigo de la torre. ¿Cómo puedo ser enemigo de algo a lo que no reconozco ninguna realidad? ¿Acaso esa torre se compara con las torres sangrientas que yo veo en mis sueños? Darbon no comprendía. No somos gente de acción. Somos una escuela de contempladores; somos los inmóviles, los inútiles, los que leemos los libros a la hora exacta en que las letras comienzan a desaparecer. Ojalá hubiera entre nosotros un verdadero criminal. Sería mejor que Grialet le explicara. Grialet: el sí tiene la lengua de oro. Bueno, usted, Arzaky, lo conoce bien.

Al comentarle mis lecturas de los papeles de Darbon, yo había mencionado a Grialet, pero Arzaky no me había dicho que lo conocía.

—Hace tiempo que no lo veo. ¿Dónde está Grialet ahora?

—No sé dónde vive, pero no debe de haber abandonado por completo la librería de Dorignac. Ese es el puerto adonde llegan todos los libros prohibidos. París se ha llenado de sectas dispuestas a matarse entre sí, pero en la librería de Dorignac hay una especie de territorio en común, una zona neutral donde los enemigos se contemplan como en un sueño. Extraño a Grialet. Con él daba paseos nocturnos: él me llevaba a conocer las aberraciones que ofrece la ciudad y yo pagaba. Ahora prefiero otros espectáculos. De vez en cuando viajo a visitar lejanas catacumbas; he visto en Nápoles una iglesia hecha enteramente de huesos humanos. Voy a mirar los milagros regionales: en una capilla se conserva un cadáver incorrupto; en otra, más lejana, un cadáver se corrompió en segundos delante de mis ojos. Solo de esos prodigios entretengo mi ocio. Uso mi curiosidad para pensar en la muerte, porque después del fin de Simbad no merezco otro placer. He renunciado a todo.

Arzaky no parecía tomar muy en serio las confesiones de Isel, porque le preguntó:

—¿Y no querría renunciar también a su criado, para que su contrición fuera perfecta?

—¿Librarme de Joseph? Por favor no. Puedo estar loco, señor Arzaky, pero no tanto como para pensar que se puede vivir sin criados. Además, él vive por mí. En las noches de insomnio me narra con infinito detalle los movimientos espasmódicos de Simbad al caer al agua, me describe su rostro iluminado por el terror. Con esos segundos de espanto él llena mis horas. ¿Cómo podría seguir viviendo sin ese cuento para dormir?

6

Seis días después del asesinato de Darbon, los salones del hotel de madame Nécart ya no mostraban a los asistentes ociosos y a la espera. Los sillones se habían quedado vacíos, e inclusive el indio sioux había partido con alguna misión.

—¿Que dónde están? ¡Qué sé yo dónde están! —me respondió la dueña—. Por fin el salón se ha librado de esos salvajes. Si mi marido viviera, no habría tolerado un indio piel roja en nuestro hotel.

Esa huida masiva me tenía preocupado; mientras estuvieran allí, yo sentía el privilegio de tener un caso; pero con ellos por la ciudad, ¿cómo evitar pensar que eran los otros los que tenían las pistas verdaderas, y yo el que caminaba en las sombras?

Tampoco Arzaky parecía confiar en la pista que teníamos, porque me envió solo a buscar a Grialet y a Bradelli.

—Grimas, el editor de *Traces,* los conoce bien: les publicó varias revistas. Pregúntele a él dónde puede encontrarlos.

Protesté:

—Usted, con una sola mirada, arranca de los sospechosos la verdad. Pero, yo, extranjero, inexperto, un simple asistente…

Rechazó mis argumentos con un gesto despectivo.

—Aprendiz de detective, hijo de zapatero: abandone sus remilgos y distraiga a Grialet con cualquier excusa.

—Sirvo para distraerme mejor que para distraer. Y aunque lograra hacerlo, ¿qué hago una vez que tengo a Grialet concentrado en el vuelo de las moscas?

—¿Qué cree que puede hacer? Busque prendas o guantes los zapatos manchados de aceite, por supuesto.

—Si Grialet es el asesino, tuvo tiempo de deshacerse de esos zapatos.

—Usted es un argentino derrochador; un buen francés nunca tira un par de zapatos, ni aunque conservarlos lo pueda llevar al cadalso.

La editorial de Adrien Grimas ocupaba el primer piso de un edificio en el barrio judío; abajo había un negocio de telas. Grimas estaba tomando un plato de sopa cuando entré, y apenas me vio escondió el gran cuaderno azul en el que llevaba sus cuentas. El editor debía darle un porcentaje de sus ganancias a Los Doce Detectives, pero sostenía que los últimos números habían dado pérdidas. Cuando más tarde le comenté a Arzaky que me parecía muy extraño que los hombres más sagaces del planeta, capaces de descubrir a un culpable gracias a un cabello o a la colilla de un cigarro, fueran estafados por aquel hombrecito de lentes, que ni siquiera ponía gran empeño en ocultar las huellas de su robo, él me respondió:

—La fábula es conocida: camina Tales de Mileto por el campo, mirando las estrellas, cuando cae en un pozo. A su lado hay una esclava tracia que se ríe de él y le pregunta: ¿Cómo puede un hombre sabio saber tanto de las estrellas, que están lejos, y no reparar en el pozo que tiene frente a él? Bueno, en nuestro caso, somos doce hombres a la vez los que nos caímos en el mismo pozo por mirar las estrellas.

Grimas, ya escondido ahora su libro contable, se dedicaba a terminar en paz su sopa de cebollas y carne.

—Arzaky no habla conmigo; quería conocerlo para darle algunos ejemplares de *Traces* y recordarle que vaya tomando notas, para cuando le llegue el momento de contar la investigación de Arzaky. Le pido, eso sí, que respete el estilo de Tanner.

—No tengo experiencia como para contar las aventuras de Arzaky. Además, no escribo en francés. Soy un asistente provisorio, a la espera de que Arzaky encuentre al definitivo.

—Todos somos provisorios, señor Salvatrio; todos esperamos nuestro reemplazo.

Le pregunté al editor por Grialet y Bradelli, y él me preguntó a su vez:

—¿Arzaky está siguiendo la pista hermética?

—¿Le sorprende?

—No. Sabía que Louis Darbon estaba tras el rastro de los enemigos de la torre. Los ocultistas son como los detectives: investigan las líneas que unen el macrocosmos con el microcosmos. Pero mientras que los detectives buscan las señales en los rincones, en el fondo de los cajones, entre las tablas del piso, los ocultistas hacen al revés: buscan en las cosas gigantescas, en los monumentos, en las formas de las pirámides o de las ciudades. Luego, se preocupan por encontrar una relación entre esos signos descomunales y las miserias de su vida privada. Los detectives van del rincón al mundo; los ocultistas, del mundo al rincón. Por eso la torre los ha impresionado tanto. Donde otros ven la belleza o la fealdad, el hierro o la altura, ellos ven el símbolo.

—Pensé que buscaban solo en los grandes monumentos del pasado. Supuse que la torre de Eiffel no les llamaría la atención…

—La torre de Eiffel no es la torre de Eiffel: es la torre de Koechlin, su asistente, a quien le dio largo trabajo convencer a Eiffel de que se asociara al proyecto. Maurice Koechlin, ingeniero como Eiffel, fue el que hizo el primer boceto y diseñó luego la estructura. Ahora todos hablan de Eiffel, pero ya verá cómo en unos años se referirán al monumento como la Torre de Koechlin. ¿Apostamos? Este ingeniero es suizo, por eso tal vez le gusta pasar inadvertido. Pensó primero en dedicarse a la medicina, y estudió anatomía en Zurich: cuando diseñó la torre lo hizo recordando la organización de las fibras en el fémur, que es un hueso muy liviano y fuerte a la vez y que es también el más largo del cuerpo humano. Ahora bien: el fémur era un hueso que obsesionaba también a Pitágoras, quien encontraba una relación entre este hueso y la música y, por lo tanto, entre el hueso y la aritmética escondida en el universo. Así que nuestros ocultistas terminaron convencidos de que Koechlin es un pitagórico que ha traicionado el secreto. La torre ha sido siempre un símbolo del centro del mundo, y por eso estos ocultistas ven en esta torre de hierro un centro falso, que hay que desenmascarar. Además, últimamente se han acercado a la Iglesia, y no les gusta nada que la torre supere la altura de San Pedro. Pero son inofensivos, y Arzaky se equivoca al ir tras ellos. Los conozco bien: yo les edité varias revistas. Hasta el segundo número van bien, después se pelean. Es difícil hacer revistas para gente que quiere publicar cosas y a la vez mantener el secreto.

Grimas tomó la última gota de la sopa y puso el plato aparte, sobre unas hojas en cuya primera página se leía el nombre de Caleb Lawson. Me pareció un sacrilegio que tratara así el material de Los Doce Detectives.

—De todos modos, me gustaría saber dónde están Grialet y Bradelli.

—Por supuesto: cuanto más se mueva Arzaky, más páginas escribirá usted para mí, ¿no es cierto? —Dije que no con la cabeza, pero no me hizo caso.— Las aventuras de Arzaky son las más desordenadas, pero nuestros lectores las prefieren, vaya a saber uno por qué. Tanner sacaba de Arzaky lo mejor. Siempre había un momento en sus aventuras en que Arzaky parecía desorientado, a punto de reconocer la derrota; a veces hasta desaparecía por dos o tres días, y Tanner narraba con mano maestra los detalles de su ausencia. Tanner describía su estudio vacío, en el último piso del hotel Numancia, su correspondencia sin abrir, el polvo que se juntaba sobre el escritorio. Después Arzaky ejecutaba un regreso triunfal y los acontecimientos se precipitaban. También Cristo tuvo que estar una buena temporada en el desierto antes de permitir que las profecías se cumplieran.

Grimas estiró la mano para acercarme unos números atrasados de *Traces*. Era evidente que le resultaba un alivio sacarse algunos papeles de encima.

—Es para que se vaya familiarizando con la pluma de Tanner.

—Muchas gracias. Me encanta tenerlos, pero conozco bien los casos de Arzaky.

—¿Los conoce? Claro, *La Clave del Crimen*. —Grimas había pronunciado el nombre de la revista argentina con desprecio. Miró el reloj de la pared y saltó de su silla.— Me va a tener que disculpar, pero tengo que ir a la imprenta. Lamento no ser de mucha ayuda con sus dos ocultistas. Después de ser uno de los involuntarios protagonistas de "El caso del magnetizador", Grialet se fue a vivir a Italia.

—¿Estuvo envuelto en una investigación criminal?

—Sí, el detective fue Arzaky. ¿No le contó nada? Pregúntele a él, o busque el caso en el número 45 de *Traces*, que le acabo de pasar. Es el de tapa verde. Como le decía, Grialet se fue a vivir un tiempo a Roma. Allí entró en relación con la viuda de un general, de la que consiguió fuertes donaciones para la causa hermética. Creo que la excusa que usó fue la publicación de las obras completas de Fabre d'Olivet. Conseguido el dinero, volvió a París, pero desde entonces se ha dejado ver poco. Por supuesto, no publicó ni siquiera un opúsculo. No sé dónde vive ahora, pero no es difícil reconocerlo: le falta la oreja derecha, que perdió durante una gresca en la ya desaparecida Sociedad Pitagórica de París. En cuanto a Bradelli, murió hace tres meses.

—¿De muerte natural?

—Natural para un hombre de su talante sombrío. Se envenenó. Durante los últimos años había tratado de aplicar sus conocimientos de alquimia a la pintura: el trato frecuente del mercurio acabó por intoxicarlo, provocándole arrebatos de locura. Hace tres años, prometió para el Salón de Otoño un cuadro donde había conseguido nuevos colores que nunca nadie había logrado antes. Decidido a crear expectativa, publicó un artículo en una revista de Grialet, *Anima Mundi*, donde refutaba la teoría de los colores de Goethe y la de Diderot y anunciaba los nombres de los nuevos colores que había inventado, y que estaban destinados al encantamiento del espectador. Estos colores, en cuyos nombres se mezclaban el latín, la liturgia católica, la alquimia y hasta la necromancia, tenían el propósito de perturbar la percepción del espectador y provocarle sensaciones que pasaban por alto el tema del cuadro. La pintura, decía, debe ser un mensaje secreto; la anécdota dice algo, pero es en los colores donde está el verdadero significado. Cuando al fin de largos rodeos, anuncios y arrepentimientos, presentó su pintura, se puso a señalar los nuevos colores: el topacio del infierno, el amarillo larvae, el verde mandrágora y el azul silentium, entre decenas más. Nosotros, los espectadores, solo veíamos grises y negros sin nombre ni sentido y grandes zonas donde el blanco de la tela no había sido siquiera tocado. Esa fue la última obra de Bradelli.

Bajé con Grimas las escaleras y nos despedimos en la puerta.

7

Muerto Bradelli, solo me quedaba Grialet. La librería Dorignac, como todo en París, estaba escondida, y si no hubiera tenido la dirección escrita, habría pasado de largo. Había un primer salón donde se reunían en grandes mesas los libros de historia, las novedades inofensivas, los grandes libros con estampas de uniformes militares, los manuales de anatomía. Pero todos esos libros eran la fachada tras la cual el señor Dorignac ejercía su misión en el mundo: los elegidos debían bajar unas escaleras, en el fondo del local, para encontrar, tras una cortina de terciopelo gastado, la verdadera librería.

Había otras dos personas cuando entré: una señora alta, vestida como una dama, y que llevaba anillos con serpientes, y un caballero del que me impresionó la piel verdosa. Fuera del color de la piel, parecía en perfecto estado de salud. El librero, de barba gris, no prestaba atención y se concentraba en juzgar una remesa de libros usados que le habían llegado en un baúl. La señora fingió interesarse en un diccionario, que dejó enseguida, y le hizo al librero una señal con la cabeza. El librero respondió con una señal de aceptación, también con la cabeza y la dama se perdió tras la cortina roja. Minutos después, y luego de fingir interés en un grueso libro de Michelet titulado *Las biblias del mundo*, el caballero verde hizo la misma señal de complicidad y recibió idéntica respuesta. Esperé a que el caballero desapareciera tras la cortina de los elegidos e imité a la perfección la gravedad del gesto. Ya estaba por cruzar la cortina raída que me separaba del Misterio, cuando el librero me detuvo.

—¿Quién es usted? ¿Adónde va?

Yo estreché la mano que me detenía o me acusaba, y me presenté.

—¿Señor Dorignac? Mi nombre no le dirá nada. Soy el asistente de monsieur Arzaky.

—Su nombre no me dice nada, pero el de Arzaky me dice demasiado. Arzaky es un enemigo de todo lo que hay aquí.

Me acerqué a su oído.

—El señor Arzaky está en una crisis de fe. Se ha entregado a la lectura de los arcanos pero sin ningún control. Quiere todo a la vez: alquimia, espiritismo, magia negra. Mezcla los alambiques con las bolas de cristal, el azufre con los muñecos haitianos. Temo que haga un desastre. Y que quede como... —En ese momento, el caballero verde abandonaba la librería con las manos vacías. Había permanecido no más de un minuto en el sector prohibido.

—Pobre Serdac, siempre persistente en sus experimentos. Viene aquí a ver la tapa de un libro que es el más caro que poseo; le basta con saber que está ahí y luego se va. No luce bien, pero está mejor de salud que cuando su piel era blanca. Procedimientos semejantes han reducido mucho la cantidad de clientes de nuestra librería. El que no termina encerrado en el hospicio vuela por los aires. El que se salva de explotar, se intoxica con azufre. Los suicidios están a la orden del día. Le confieso que últimamente escondo los libros más peligrosos, para no ir a la quiebra por falta de lectores. En cuanto a Arzaky, no puedo ayudarlo. Estoy seguro de que su detective ya tiene los libros que necesita.

—Uno nunca tiene los libros que necesita: tiene de más o de menos. Por eso buscaba al señor Grialet. Confío en que él podrá ayudarme a que Arzaky vuelva a sus casos.

—¿Y por qué querría yo que Arzaky volviera a sus casos?

—¿Quiere que acusen a los martinistas de la locura del gran Detective de París? ¿A los rosacruces? ¿A usted mismo, que alimenta con sus libros a todas esas mentes impresionables?

—El no es el Detective de París; Darbon lo es.

—Era Darbon, pero ya no es más. Darbon murió luego de investigar a varios de sus lectores.

—No crea que me informa de nada nuevo: me ocupo de una librería, pero leo los diarios también.

La cortina se apartó un poco y la mano de la mujer, abundante en anillos, hizo una señal de llamado. ¿Quería saber el precio de un libro? ¿Buscaba algún título que no aparecía en los estantes? La prisa que puso Dorignac en atenderla me hizo pensar que se trataba de un asunto más mundano que la búsqueda del conocimiento. Por lo que he podido observar, los buenos libreros atienden con invariable displicencia, convencidos de que todo el mundo acaba de encontrar el libro que está buscando, sin ayuda de nadie; si el librero se preocupa por un cliente, es porque no se trata de un asunto libresco.

Dorignac, apurado por asistir a la señora, buscó un lápiz y anotó el nombre de una calle para mí desconocida:

—Hace poco le envié unos libros a esta dirección. Grialet dedica día y noche a buscar, en miles de páginas, la cita justa que habrá de salvarlo. Después se deshace de los libros. Él cree en esas cosas.

—¿Y en qué cree usted? —pregunté, mientras guardaba en mi bolsillo el papel.

—Rodeado de libros peligrosos como estoy, creo que nuestra única esperanza está en olvidar la cita que alguna vez leímos y que nos llevará a la perdición.

Dorignac se perdió tras el telón rojo de sus libros secretos.

8

En la casa de Grialet no había libro alguno, pero toda la casa era un libro. El edificio, supe después, había pertenecido al editor Fussel, que había hecho construir puertas y ventanas como si fueran portadas de volúmenes. Las escaleras de caracol atravesaban el edificio como arabescos; habitaciones imprevistas aparecían aquí y allá como citas al pie de página; los pasillos se alargaban como glosas imprudentes. Sobre las paredes blancas se extendían escrituras en algún caso trazadas con esmero; en otros, con el apuro que da la inspiración súbita.

Apenas golpeé la puerta Grialet me invitó a pasar. Era un hombre de unos cuarenta años, de mediana estatura; el contraste entre la piel muy blanca y la barba muy negra, le daba a su cara un aire teatral, como si en cualquier momento pudiera librarse de barba y bigote y revelar su verdadero rostro. Grialet usaba los cabellos suficientemente largos como para ocultar que le faltaba la mitad de la oreja derecha. Cuando permanecía con la boca cerrada, parecía un ciudadano del bando de los tímidos y los débiles; pero cuando abría la boca, su rostro se transformaba: había algo animal en sus dientes grandes y amarillos. Estaba vestido con un traje azul, de paño demasiado grueso para esa época del año. Tenía sus razones: la casa era fría; pero no era la frescura amable que algunas casas conservan aun en el verano, sino el frío malsano de las casas que han sido abandonadas por largo tiempo.

—Vengo de parte de Arzaky.

—Ya lo sé.

—¿Lo sabía?

—No se sorprenda, me avisaron: entre mis habilidades no está la adivinación.

—¿Quién le avisó? No hablé con nadie.

—Todos estamos atentos a los pasos de Arzaky, a sus informantes y sirvientes.

Grialet dijo esto para ver si sus palabras me ofendían y me hacían retroceder. Yo simulé no haber escuchado nada. Me hizo pasar a un salón de paredes amarillas, por donde se extendían escrituras en letras negras; había algo maligno en aquellas palabras, como si se tratara de una enfermedad imposible de detener, una corrupción que en poco tiempo acabaría por tirar abajo las paredes y hundir bajo tierra a sus ocupantes. Imposible dormir en esa casa sin temer el contagio, sin temer despertar entre las páginas cerradas de un libro.

—Tolero una visita imprevista; puedo tolerar dos —dijo Grialet.

Advertí entonces que había alguien más en la sala. Creo que tardé unos segundos en reconocer, en el fondo, junto al piano, a Greta Rubanova, quieta como una ilustración. Nos miramos con esa mezcla de amabilidad y desinterés con la que se miran los desconocidos forzados a saludarse en una reunión. Grialet no nos presentó, como si hubiera adivinado que cada uno sabía quién era el otro.

—Es un honor ser el sospechoso de todos los crímenes, en un momento en que Los Doce Detectives se reúnen. Pero le juro que la torre no está entre mis preocupaciones.

—Si usted fuera un sospechoso, Arzaky no me habría enviado a mí. Él se habría presentado en persona a conversar con usted. Solo le importa cerrar el asunto iniciado por Darbon; probar que el viejo detective erró en todas sus pistas…

—¿Y una de sus pistas llevaba a mí?

—Sus pistas llevaban a muchos lados; también aquí.

Con un gesto, Grialet dejó para después mi investigación, y miró a la muchacha.

—Usted no terminó de explicarme a qué venía. Apenas empezaba y entonces oímos los golpes en la puerta. No me diga que también usted trabaja para Los Doce Detectives.

Lo dijo con sorna, como aclarando que tal cosa le parecía imposible.

Greta se le acercó como si fuera a murmurar en su oído algo inconveniente para los míos. Pero habló en voz alta:

—Vengo en representación de cierta condesa cuyo nombre no puedo pronunciar; ella me pidió que le revelara las citas que lo rodean, porque lo admira y lo ha impresionado mucho su aversión a los libros. Un hombre que rechaza los libros debe ser un hombre santo.

—Los nombres a veces no me dicen nada, pero cuando se calla un nombre, ya sé de inmediato quién es. Dígale a su condesa que saco de cada libro solo lo que necesito; no quiero que esas páginas atormenten mis noches. Paseo por la casa como si se tratara de mi memoria, y duermo un día aquí, un día allá. Todo libro tiene siempre frases desagradables, ideas que atacan la construcción central, palabras que tachan a las demás, y yo quiero eliminar todo eso. El camino a la cita perfecta es sinuoso y nos lleva años; pero cuando uno tiene la cita, quedan justificadas todas las desdichas que nos trae la lectura.

Greta le preguntó a Grialet:

—¿Puedo recorrer la casa, copiando las citas que me parezcan oportunas? Mi señora va a estar muy feliz de contar con una mínima parte de su tesoro.

Era evidente que Greta era demasiado veloz para mí: se preparaba para encontrar las botas o las prendas manchadas de negro antes que yo, para asegurar el triunfo de Castelvetia. Pero Grialet se acercó a ella y por un momento pensé que la iba a morder con sus grandes dientes amarillos:

—No, estas citas son solo mías. La condesa debe encontrar las propias. Estas tienen sentido solo porque yo las busqué; fuera de aquí, no valen nada.

Greta ya ganaba la atención de Grialet con alguna nueva mentira. Ni siquiera le hacía falta hablar demasiado: Grialet no le sacaba los ojos de encima. Greta llevaba un vestido azul, que destacaba la blancura de su cuello, el único espacio sin letras de toda la habitación. Grialet estaba distraído, tal como Arzaky me había pedido, pero no era momento de salir a buscar zapatos manchados de aceite. Además sentía unos absurdos celos por dejar a la muchacha sola. Las frases me rodeaban y me detenían, como si obedecieran una señal secreta de su amo. Sobre la pared, medio metro por encima de un piano lleno de polvo, leí:

Nada subsiste sino por el secreto.

SEPHER HA-ZOHAR

Junto a esta frase, en una letra descuidada, la mano de Grialet había escrito:

Llegará el día en que Dios sea la reunión de un anciano, un ejecutado y una paloma.

ELIPHAS LÉVI

Había frases en griego, en latín, en alemán. Algunas estaban firmadas, por nombres conocidos, como Hölderlin o Novalis, pero otros nombres me eran por completo extraños: Stanislaus de Guaita, Laterzin, Guillaume de Leclerc. Sobre el piano cerrado había unos papeles en desorden; encontré también una tarjeta postal, con la imagen de una mujer nadando en el hielo. Estaba desnuda, y solo algunos bloques, distribuidos con cuidado, impedían que su desnudez fuera total. Cuando me di cuenta de que la mujer era La Sirena, guardé la fotografía entre mis ropas. No supe entonces por qué lo hacía, y no lo sé ahora. Al instante me arrepentí, pero no había modo de volver atrás. Me consolé al pensar que debía ser una simple propaganda del espectáculo y que Grialet no la echaría en falta.

Toda una pared estaba dedicada a un poema de Nerval, "El Desdichado":

Je suis le Ténébreux, —le Veuf, —l'Inconsolé,
Le Prince d'Aquitaine à la Tour abolie:
Ma seule Étoile *est morte, —et mon luth constellé*
Porte le Soleil *noir de la* Mélancolie.

Dans la nuit du Tombeau, Toi qui m'as consolé,
Rends-moi le Pausilippe et la mer d'Italie,
La fleur *qui plasait tant à mon coeur désolé,*
Et la treille où le Pampre à la Rose s'allie.

Suis-je Amour ou Phoebus?... Lusignan ou Biron?
Mon front est rouge encor du baiser de la reine;
J'ai rêvé dans la Grotte où nage la Sirène...

Et j'ai deux fois vainqueur traversé l'Achéron:
Modulant tour a tour sur la lyre d'Orphée
Les soupirs de la sainte et les cris de la Fée.

El poema no me era desconocido, porque un poeta centroamericano había publicado una traducción en la página literaria de *La Nación.* Yo recordaba de memoria la primera estrofa del soneto.

Soy el Tenebroso —el Viudo —el Inconsolado
El Príncipe de Aquitania de la Torre abolida;
Mi única Estrella *está muerta, —y mi laúd constelado*
Lleva el Sol negro *de la* Melancolía.

Tal vez Grialet ya había perdido toda esperanza de que me marchara, porque dejó sola a la muchacha y se acercó a mí.

—Gerard de Nerval se colgó de un farol no lejos de aquí, en la calle de la Vieille Lanterne. Todo lo que escribió escondía siempre un conocimiento cifrado. Durante muchos años me entretuve en descubrir nuevos significados a las palabras de este poema.

—No sé si es porque soy un extranjero, pero me es difícil entenderlo.

—Las claves están en el tarot y en la alquimia. El que habla no es el poeta, es el Plutón alquímico, que representa a la tierra filosófica, la materia antes de su transformación. Además aparecen mencionadas los arcanos del tarot. La carta XV corresponde al Diablo, que es el príncipe de la tinieblas y, en este caso, el Príncipe de Aquitania. La carta XVI es la torre derrumbada. Y la XVII, la estrella.

Leí en voz alta la segunda estrofa:

En la noche de la Tumba, tú, que me has consolado,
Dame el Pausilipo y el mar de Italia,
La flor *que tanto gustaba a mi corazón desolado*
Y la parra donde el pámpano a la rosa se une.

—Aquí entiendo todavía menos que antes —le dije.

—No me extraña: es en la palabra escrita donde los detectives se pierden. Pueden leer lo no escrito, pero cuando llegan a las letras, ahí se extravían. La noche de la tumba expresa lo mismo que el sol negro y la melancolía: la oscuridad, la putrefacción de la materia que luego será transformada. El pausilipo es una piedra roja, es decir, el azufre, la materia preferida de los alquimistas. Y el mar de Italia es el mercurio. En definitiva, todo el poema expresa la transformación de la materia, en la segunda operación alquímica.

El soneto continuaba:

¿Soy Amor o Febo?... ¿Lusignan o Biron?
Mi frente está roja del beso de la Reina;
He soñado en la Gruta donde nada la Sirena...

Y dos veces vencedor crucé el Aqueronte:
Modulando por turnos en la lira de Orfeo
Los suspiros de la santa y los gritos del hada.

—No lo voy a agobiar con los secretos que esconde palabra por palabra; todas las noches encuentro nuevas interpretaciones posibles. Pero quiero que observe cómo el laúd constelado, oscuro, de la primera estrofa, se convierte en la lira de Orfeo, luminosa, del final. Nerval se propuso narrar una transformación alquímica, pero aquí, en el anteúltimo verso, se ve que lo que de veras le importa es la otra transformación: la de la materia y el trabajo que se convierten en arte. Orfeo es el poeta capaz de dar una versión alegórica de la alquimia y de los misterios, es el artista capaz de poner en palabras esas otras artes secretas. Y el resultado de esa operación verbal es tanto o más importante que su contenido. Lo que necesitaba Nerval no era que supiéramos el secreto; lo que le interesaba era señalar que había un secreto imposible de resolver.

Leí el poema una vez más y luego le dije a Grialet:

—Pero lo interesante de los enigmas es que escondan la posibilidad de una respuesta. Sus explicaciones me agradan, y aunque no las entienda del todo, me gusta saber que, así como existe un misterio, existe una explicación, aunque yo no llegue a comprenderla. Cuando era niño yo leía las grandes hazañas de los detectives y me encantaba saber que aquello que parecía imposible, un crimen en un cuarto cerrado, por ejemplo, alcanzaba su explicación. El enigma existía solo para llegar al momento en que el detective lo deshacía con la fuerza de su razonamiento.

—Usted lo ha dicho: Arzaky y sus amigos quieren deshacer el misterio, no completarlo con la revelación del enigma. Si se pusieran de parte del misterio, sin enfrentarlo, ¿no cree que llegarían mejor a comprender sus casos? Arzaky siempre encuentra a los asesinos, pero pierde de vista la verdad.

—Arzaky es un detective, un razonador: solo confía en las pruebas.

—¿Y usted cree que las pruebas conducen a la verdad? ¡Las pruebas son las enemigas de la verdad! ¡A cuantos asesinos llenos de inocencia mandó Arzaky a la guillotina! Ni el solo crimen nos hace culpables, ni la falta de crímenes, inocentes.

Grialet había levantado la voz y Greta, sorprendida, se había acercado a mí. Entonces el ocultista empezó a caminar alrededor de nosotros. Sus pasos circulares nos apretaban al uno contra el otro.

—Yo tenía problemas de oído hasta que me arrancaron media oreja con una cuchilla de carnicero; desde entonces oigo a la perfección. —Grialet se apartó el pelo grasiento y mostró la herida, cuyos bordes revelaban la irregularidad de una dentellada, más que el corte del acero.— Con ese oído tan fino que me ha quedado puedo escuchar sus pensamientos. Sé lo que sus detectives no saben. Ellos no se atreven a venir a mí, y los mandan a ustedes. ¿Para quién trabaja, señorita? ¿Para Lawson, para Castelvetia? —Greta, pálida, se mordía los labios—. Pero sus detectives no saben lo que hacen. Ustedes son más que sirvientes, más que asistentes. Cada uno por separado se ocupará de hacer caer a su amo.

Sentí que esa acusación estaba dirigida a Greta, no a mí, y que le tocaba a ella responder:

—Usted se equivoca —dijo Greta—. Y no nos hable como si fuéramos miembros de alguna clase de alianza: acabamos de conocernos, coincidimos aquí por casualidad.

Grialet había perdido toda timidez; había dejado a la vista su oreja cortada, y lejos de parecer un punto vulnerable, ahora parecía una conquista, un motivo de orgullo, la señal de pertenencia a un círculo de elegidos; yo no podía sacar los ojos de sus grandes dientes amarillos.

—¿Me equivoco? Yo reconozco la voz de aquellos que habrán de transformarse; reconozco en la humildad fingida el orgullo que no se puede esconder. ¿Creen que yo soy sospechoso? Ustedes son los sospechosos. Ustedes, que fingen formar parte de los asistentes, los mensajeros, los adláteres, las sombras... Y ahora váyanse. Aquí no encontrarán más que frases oscuras y versos pasados de moda.

9

Salimos de la casa un poco ofuscados.

—Mi actuación era perfecta, si no hubieras aparecido, Grialet seguiría creyendo mi mentira.

—Sabía quiénes éramos antes de entrar. Grialet fingió creerte solo para mirarte el cuello.

—Usé mi cuello para distraer a Grialet dándote la oportunidad de buscar… ¿Por qué no aprovechaste para ir de habitación en habitación? Ahora tendríamos algo…

—No quería dejarte sola. Pensé que iba a morderte.

—Estoy acostumbrada…

—¿A que te muerdan?

—A hacer este trabajo. Me he acercado a hombres muchos peores que Grialet, hombres que querían algo más que mirarme el cuello. Ahora ya no vamos a poder entrar. En vez de buscar pruebas, te quedaste mirando las paredes…

—Estaban escritas.

—Pero la clave no va a estar ahí, en una pared, a la vista de todos.

—Entre tantas frases, podría estar escrito "Yo maté a Darbon" y no nos daríamos cuenta.

—Seguro. Y ahora nos vamos con las manos vacías.

Saqué de entre mis ropas la fotografía de La Sirena.

—No me voy de la mansión Grialet con las manos vacías.

Miró la imagen con los ojos muy abiertos.

—Es un truco fotográfico. Ninguna mujer es tan hermosa. Estoy seguro de que con el juego de lentes y de cámaras…

—Yo la vi.

—¿Así?

—Vestida.

—Insisto, es imposible.

Dio vuelta la fotografía, como si esperara ver en el dorso la confirmación de la impostura. Con tinta verde, una mano de mujer había escrito:

He soñado en la Gruta donde nada la Sirena…

—Hay tantos trucos ahora para que las mujeres sean perfectas como estatuas.

—Esto no es una fotografía pintada.

—Solamente los tontos creen que son reales las ilusiones ópticas.

Me devolvió la foto y se marchó, ofendida. Pero más se enojó Arzaky cuando se la mostré.

—¿Cómo se le ocurre entrar a una casa invocando mi nombre, para luego robar una fotografía? La idea es enviar a los criminales a prisión, no que me envíen a mí.

—Creí que podía ser una pista. La letra de la mujer tal vez indique…

—Es la letra de La Sirena… no es ningún secreto para mí. Hace tiempo que lo conoce a Grialet. Hace tiempo le pedí a La Sirena que me ayudara en una investigación, eso es todo.

—"¿El caso de la profecía cumplida?" —Le mostré la revista que me había dado Grimas.

Arzaky me miró con fastidio.

—Los viejos casos no son de su incumbencia. Usted tenía que hacer unas preguntas y, en caso de que se proponga insistir con la pista hermética, buscar unos zapatos manchados de aceite. No tenía que robar nada. No sé qué enseñanzas extrañas le habrá transmitido Craig, pero el asistente es un espectador, no un protagonista. El asistente ve la vida pasar frente a sus ojos, sin meterse. Ahora cierre los ojos. Imagine que la vida es un teatro. ¿Imaginó el telón, la orquesta, los actores? Bien, ahora imagínese sentado en la última fila.

Le conté la entrevista que había tenido con Grialet pero sin mencionar a Greta. Arzaky me escuchó sin interrumpir. Le hablé de las pinturas en las paredes, y de las frases escritas en ellas, le recité en parte el poema de Nerval y repetí la interpretación de Grialet. Pero cuando me había dejado llevar por mi papel de entendido, y explicaba con tono profesoral el segundo terceto, Arzaky cayó en un ataque de ira y golpeó el piso con el bastón de Craig.

—¡Está bien! —le dije—. ¡No recito más! Y tenga cuidado con el bastón: puede dispararse.

Arzaky se pasó un pañuelo por la frente.

—No soporto la poesía.

—Tal vez mi acento extranjero…

—Su acento extranjero no es el problema sino su mente extranjera de toda razón. Ordene todo esto. Agrupe las cosas en las vitrinas y empiece a redactar unas tarjetas donde se explique el funcionamiento y la utilidad de cada objeto. Y vaya al salón a ver si encuentra a alguno de mis socios, para reclamarle las entregas que me faltan. El japonés, Castelvetia, Novarius, Baldone… ¿Y supo algo más del asistente de Castelvetia?

Negué con la cabeza, sin mirarlo, como si apenas me diera cuenta de qué me estaba preguntando. Arzaky dio un bufido de indignación y pensé que iba a tener un nuevo arranque de ira, pero se sentó, abatido.

—Disculpe mi irritación. Grialet me trae malos recuerdos.

—¿Acaso el crimen quedó sin resolver?

—Fue resuelto. Pero quizás ese caso es el prólogo de la confusión en la que hoy nos encontramos.

Arzaky me sacó de las manos el ejemplar de la revista y repasó velozmente las líneas de la historia, como si le costara recordar los nombres. De tanto en tanto sonreía con amargura, como burlándose de aquellas páginas escritas por la pluma de Tanner; por primera vez sospeché de que entre los casos publicados y la investigación real se abría un abismo.

—“El caso de la profecía cumplida” fue el primer contacto que tuve con las sectas herméticas de París. El muerto fue un profesor de la Sorbonne, que tenía una pierna paralizada. Se llamaba Isidore Blondet. Vivía solo en una gran casa, encerrado con sus libros. Durante su juventud había vivido en Lyon, donde tomó contacto con la orden martinista, un grupo espiritualista que pronto abandonó. Instalado en París, se obsesionó con el mito de la Atlántida, y comenzó a rastrear en culturas distantes menciones a islas tragadas por el mar.

“Uno de los más fieles amigos de Blondet fue el cura Prodac, ex seminarista que hacía experimentos con venenos y elementos de la liturgia; daba de alimento a las ratas ostias consagradas, y después las dejaba morir de hambre. De los humores de su cuerpo extraía venenos que, según decía, eran poderosísimos y podían matar con el simple contacto. Los experimentos de Prodac acabaron por cansar a Blondet, y el amigo lo echó de su casa.

“Esta enemistad fue la primera del rengo Blondet; pronto descubrió que la generación constante de enemigos era un entetenimiento con el que bien podía llenar sus domingos vacíos. Fundó un periódico satírico del que era el único autor y donde comenzó a burlarse de las cabezas del París hermético. Su víctima favorita era Grialet y, por supuesto, su antiguo amigo Prodac. Por entonces Prodac se presentaba como profeta; sus anuncios habían sido más bien pobres (una tormenta el día de San Pedro; un naufragio impreciso), pero de pronto dio una profecía con nombre y fecha: el 18 de septiembre Isidoro Blondet iba a caer muerto.

"Blondet, un poco asustado por la profecía (no porque creyera en los poderes premonitorios de Prodac, sino porque temía que este hubiera ideado un plan para asesinarlo) no salió de su casa en todo el día, no le abrió la puerta a nadie, y se limitó a recoger los periódicos que le llegaban por correo. Sin embargo, cuando la criada entró a la mañana siguiente, lo encontró muerto, sentado en su escritorio, con la cabeza apoyada en un gran volumen.

"Por unos días Prodac gozó de una súbita fama como profeta, y hombres de negocios y damas ociosas lo visitaron en su casa para que les anunciara la suerte en inversiones, en el juego, en el amor. La fama duró poco, porque en la autopsia, que presencié, se reveló que Blondet había sido envenenado con fósforo. Ayudé a la policía en la investigación, y encontré que el último libro que Blondet había tocado estaba impregnado de fósforo. Blondet había subido a una escalera para alcanzar el volumen, lo había bajado, lo había consultado y luego, al cerrarlo con fuerza, una nube de polvo salió de las páginas del libro y lo envenenó.

"Prodac fue arrestado de inmediato; era evidente que el crimen había sido largamente planeado. Confesó a la Justicia que antes de abandonar la casa, cinco o seis meses antes del crimen, envenenó el libro; después esperó largo tiempo a que Blondet consultara ese volumen en particular.

"La policía estaba conforme con la cadena de hechos, pero para mí faltaba un elemento. ¿Cómo sabía Prodac que ese día, precisamente ese día, Blondet iba a tomar ese libro? Fue esa investigación lo que me llevó a Grialet.

"El libro que había matado a Blondet era un grueso volumen sobre las corrientes herméticas durante el Renacimiento. Rastrée, en los diarios de ese día alguna referencia que hubiera despertado en Blondet el hambre por ese libro en particular. Uno de los periódicos que había en la casa de Blondet era *El Magnetizador*, que Grialet dirigía. Después de leerlo una y otra vez, encontré, en una nota al pie de página, firmada por un tal Celsus, seudónimo común en el ambiente hermético, una mención a Marcilio Ficino, el filósofo al que le debemos el regreso de Platón al pensamiento occidental.

"Por ese entonces, Blondet estaba preparando la edición definitiva de sus trabajo sobre la Atlántida. El autor de la nota al pie de página, el tal Celsus, señalaba que Ficino (hijo del médico de los Médici, fundador de su propia academia, vegetariano y casto) había escrito a los veintitrés años un libro sobre la Atlántida, la fábula inventada por Platón, pero que luego lo había destruido. Según la nota, Ficino había encontrado fuentes anteriores a Platón, que probaban que la Atlántida no había sido una invención ocasional del filósofo. Y daba como bibliografía el grueso volumen impregnado de fósforo. Me di cuenta de que esa cita al pie de página había sido el arma homicida. Blondet, apenas leída la falsa información, buscó el tomo sobre el hermetismo renacentista, con el fin de ver si el dato era verdadero. No lo encontró, y pronto, al cerrar el volumen con fuerza, la nube de fósforo lo rodeó.

"Pedí al fiscal que arrestara a Grialet, director de la revista; pero este se defendió diciendo que el artículo había llegado por correo, y que nada sabía del autor. Mostró como prueba de su inocencia un sobre despachado en Toulouse. El plan había sido demasiado elaborado para la mente del cura Prodac. Envié a La Sirena tras Grialet. Aunque logró hacerse su amiga, nunca conseguí una sola prueba que lo vinculara al fósforo, o a la cita asesina o al mismo Prodac. Como último recurso fui a ver al asesino a la Salpetrière (sus arranques de furia hacían que la Justicia lo considerara como un insano); pero cuando llegué Prodac colgaba de una cuerda. No dejó ninguna nota que involucrara a Grialet en el crimen.

"Es por eso que me trae malos recuerdos el nombre de

Grialet. A la distancia, los casos resueltos se borran, se gastan, desaparecen; en cambio, los casos sin resolver vuelven a nosotros y nos convencen, en las noches de insomnio, de que esa colección de interrogantes, vacilaciones y errores es nuestro verdadero legado.

10

Volví al hotel abatido, con la sensación de que Arzaky no confiaba en mí y que solo me necesitaba para tareas menores. Me había ocultado que conocía a Grialet y no me decía nada de sus planes de investigación. Me encerré en mi habitación a responder la correspondencia atrasada. Aunque ponía en el encabezamiento *queridos padres,* no podía evitar pensar que en realidad me dirigía solo a mi madre, que era quien más se interesaba por mi correspondencia. Le hablé de todo lo que me rodeaba pero transformándolo; intenté devolver a este mundo, que empezaba a resquebrajarse, la pátina original, el resplandor de cuando se ven las cosas por primera vez.

Luego de cenar en un antro oscuro, cuya pobre luz estaba en complicidad con las malas artes del cocinero, fui a la sala del hotel para ver si encontraba a Benito o a Baldone. Solo estaba el guerrero sioux, sentado en un sillón, rígido, mirando el vacío. Lo saludé con una inclinación de cabeza.

Tamayak sacó una caja con cigarros y me convidó. Yo había oído que algunas tribus fumaban hierbas que producen efectos alucinógenos, y un escándalo en el salón de madame Nécart era lo único que faltaba para que Arzaky me enviara de regreso a la zapatería de mi padre. Tal vez Tamayak descubrió que yo miraba los cigarros con desconfianza, porque me dijo:

—No tenga miedo, son de la Martinica. Los compré aquí mismo, en el hotel.

Me llamó la atención que el sioux hablara francés, y con cierta osadía, le comuniqué mi sorpresa.

—Hace cuatro años Jack Novarius se puso a estudiar francés para poder entrar a Los Doce Detectives. Saber francés era un requisito para los aspirantes a miembros plenos, no para los asistentes, pero me hizo estudiar también a mí, para tener con quien practicar. ¿Y cómo le va a usted con Arzaky? Llegar a ser asistente del Detective de París debería ser un orgullo, pero yo en usted veo solo abatimiento.

—No soy un verdadero asistente. Estoy seguro de que tiene un plan de investigación, pero guarda silencio. No confía en mí.

—Pero ese silencio es bueno. Cuando empecé a trabajar con Novarius, para la agencia Pinkerton, casi nunca me hablaba. Yo hacía de vez en cuando algún comentario, pero él reservaba sus palabras para la sorpresa final.

—¿Y no le adelantaba nada de la investigación?

—Nada en absoluto. Nuestro primer caso transcurrió en un circo, en el Medio Oeste. Habían matado al hombre bala en plena función. El acróbata había repetido la rutina de siempre, que consistía en saludar al público, mostrar su casco y preguntar: ¿Brilla?, ¿brilla? Y luego se había metido en el cañón. Pero en vez de salir disparado y caer a pocos pasos atravesó la lona del circo y se perdió en la noche.

"La causa de la muerte era clara: el cañón tenía dos mecanismos: una carga explosiva, que servía para hacer ruido, y un resorte, que era la verdadera fuerza impulsora del hombre bala. El asesino había llenado la capacidad del cañón con pólvora, de manera de convertirlo en un verdadero cañón.

"Jack me mostró una lámpara de luz azul que siempre llevaba consigo, y que le permitía descubrir los dólares falsos. Con esa lámpara, me dijo, atraparía al asesino. La pólvora, explicaba Jack, permanece entre las uñas de todo aquel que la manipula hasta diez días después de haber estado en contacto con ella. De nada sirve lavarse, decía Jack: para eliminar la pólvora, esta debe ser quemada. Me pidió que repitiera la explicación a quien la quisiera oír.

"Jack anunció que a la noche siguiente haría su gran experimento, obligando a todos los integrantes del circo a mostrar sus manos en la oscuridad. A las nueve, después de la función, reunimos al elenco en la arena y quedamos a oscuras, iluminados solo por la lámpara azul. A pesar de la promesa de Jack, ninguna mano brilló. El detective, apesadumbrado, pidió disculpas. Los artistas, uno por uno, abandonaron la carpa; el último fue un trapecista de nombre Rodgers, cuya sonrisa de loco no olvidaré; tenía las manos coloradas, llenas de quemaduras, y el agente de policía apostado fuera de la carpa lo arrestó de inmediato.

"Después supimos los pormenores del caso: la mujer de Rodgers, que trabajaba como *ecuyère*, había estado a punto de irse con el hombre bala. Rodgers se enteró y aumentó la carga del cañón para despedir al hombre bala del circo, de su matrimonio, de la vida. La señora Rodgers le confesó a Novarius que cuando estaban en la cama, en la oscuridad, él le pidió que mirara sus manos a la luz de la luna. Y le preguntó: "¿Brillan?, ¿brillan?".

—Entonces Novario lo engañó también a usted.

—Sí, pero mi propia fe en el truco había sido fundamental para que todo saliera bien. Si yo hubiera desconfiado, si hubiera puesto a trabajar mi astucia, tal vez habría arruinado su plan. Por eso le digo, mi buen Salvatrio: mientras usted está aquí, y se siente ignorado y abandonado, tal vez sea la pieza esencial de un plan secreto que ha de asegurar el triunfo de Arzaky. Y su propio triunfo como asistente, también.

Como si las palabras de Tamayak fueran premonitorias, a la mañana siguiente me despertaron los golpes de la señora Nécart.

—¡Vamos, Salvatrio! ¡Levántese! ¡Mensaje para usted!

Abrí la puerta tambaleante. Que la primera imagen que uno tenía del mundo fuera la de la señora Nécart sin maquillar, no anunciaba nada bueno para el resto del día. Se lo arrebaté y leí:

Venga cuanto antes a la Galería de las Máquinas.

El mensaje estaba sucio de hollín; sobre el papel amarillo los grandes dedos de Arzaky habían dejado sus huellas negras.

CUARTA PARTE

La señal del fuego

1

Dentro del palacio de hierro y cristal, las máquinas se agrupaban por zonas de acuerdo con el campo de su función. Pero muy a menudo una máquina que pertenecía a un sector era enviada a otro, ya que las áreas del hacer humano confunden siempre sus límites. Los operarios cargaban las máquinas para ubicarlas según unos planos que no cesaban de aparecer, y que eran continuamente modificados por otros planos, que traían mensajeros enviados desde el Comité Organizador. Los mensajeros eran muy jóvenes y llevaban ropa azul y gorras de cuero, y ellos mismos consultaban a veces los planos que tenían que llevar, para no perderse entre tantos pabellones y pasillos. Pero apenas doblaban mal en una esquina o confundían la interpretación del plano se perdían durante largo rato; y era frecuente el caso de que el mensajero que había salido primero llegara después, de tal manera que se tomaba por un cambio de último minuto lo que era una decisión ya superada. El personal de maestranza, formado en gran parte por extranjeros, empezó a quejarse del trabajo excesivo, y amenazó con paralizar las tareas; para solucionar el conflicto se decidió que las máquinas que no hubieran sido debidamente ubicadas en su momento, fueran enviadas a una zona especial, donde se juntaban con otras, unidas ya no por su funcionamiento, sino por la circunstancia de demoras y extravíos. Así, una excavadora utilizada en minería estaba junto a un piano eléctrico y al detector de metales de Graham Bell. Esta zona fue la más visitada, porque, según se comprobó después, es la mezcla lo que fascina a los visitantes de las grandes ferias mundiales; la mezcla les advierte de que el mundo está lleno de cosas diferentes que uno no terminará de conocer. La correcta clasificación acaba por agobiar si no hay en ella un punto donde se desmorona y confiesa que todo es un sueño. En todos los alfabetos del mundo hay letras que no se sabe bien donde ubicar, o que no se usan casi nunca, o que se pueden pasar por alto sin problema; su función no es tanto la de representar un sonido como la de liberar al alfabeto de la perfección. (Nosotros tenemos la equis, que sirve para nombrar lo que no está, y también para tachar). Ladrillos flojos y vigas torcidas sostienen todo edificio.

En la entrada de la Galería de las Máquinas yo había presentado mi salvoconducto —una hoja de papel que contaba con el sello del Comité Organizador, pero también con el sello redondo, y siempre en tinta roja, de Los Doce Detectives— y los guardias se habían quedado mirando las letras, como si se tratara de algo prodigioso. Todo el mundo había oído hablar de la asociación, pero nadie estaba muy seguro de que tal cosa existiera; el sello rojo era como una estampilla postal de la Atlántida. Como estaba apurado por el encuentro con Arzaky, no podía detenerme a mirar las máquinas, así que les echaba una ojeada sin dejar de caminar, mientras me llevaba gente por delante, que me insultaba en los más variados idiomas. Más brillantes, más logrados parecían aquellos artefactos cuanto más secreto era su funcionamiento; era magnífico ver las chimeneas de bronce, y los engranajes engrasados, y los relojes de agujas azules que medían quién sabe qué presión, velocidad o temperatura, y las palancas y perillas de control con su promesa de eficacia. Había un efecto curioso en el palacio: como tantos otros monumentos de cristal, permitía que los rayos de sol mostraran las miríadas de polvo que flotaban en el aire: las máquinas, unas contra otras, parecían unidas por ese polvo que las sobrevolaba, y así se confundían en un reino común de conexiones y controles, de relojes y pistones, de cables y bujías, como si el palacio entero estuviera habitado por una sola y dormida máquina universal.

Atravesé los pasillos admirando los infinitos saberes que me eran vedados; en el fondo, esperaba un grupo de policías y con ellos Arzaky. En aquel extremo, en un área casi escondida, estaban las innovaciones de la industria fúnebre: el cañón disparador de cuerpos, que arrojaba a los muertos al fondo del mar; el ataúd excavador, que una vez encendido, y con el cadáver en su interior, cavaba su propia tumba y desaparecía bajo tierra, y distintos hornos crematorios.

Arzaky le tendía la mano a un hombre que acababa de llegar; tan alto como él, narigón, vestido profesionalmente de negro.

—¿Señor Arzaky? Mi nombre es Arnesto Samboni, soy el representante de la firma Farbus. Al amanecer me levantaron de la cama para avisarme que alguien había puesto en funcionamiento el horno.

El horno parecía un hogar; estaba construido con ladrillos refractarios y hierro. En el frente estaban los controles y el emblema con el nombre de la empresa. A un lado había una bandeja y sobre ella un cuerpo ennegrecido. El calor había borrado las facciones, y el cuerpo me recordaba un ídolo de piedra, un dios desenterrado en los confines de Asia por alguna expedición arqueológica. La cabeza parecía casi separada del cuerpo.

—Es un horno de campaña —explicó Samboni, con el mismo tono de respetabilidad que usaría para vender su horno a los posibles clientes—. Permite alcanzar temperaturas muy altas en poco tiempo. Puede alimentarse con gas, pero también con leña o con combustible líquido. Uno de nuestros aparatos, debo decirlo, fue utilizado para incinerar el cuerpo del poeta Percy B. Shelley, luego de que naufragara en la costa ligur.

—Pero esta vez ha fallado. Se supone que debe convertir el cuerpo en cenizas, y este cuerpo está apenas tostado.

—Es que fue apagado antes de tiempo. Si no, señor Arzaky, no quedaría más que un puñado de cenizas, y usted no tendría una sola pista para empezar a trabajar.

—No lo crea, señor Samboni: también las cenizas nos ofrecen pistas.

Arzaky tomó un lápiz y raspó la piel del cuerpo a la altura del abdomen. La superficie cedió y alcancé a ver algo que parecía lana chamuscada.

—¿Quién más sabe utilizar este horno, señor Samboni?

—Su funcionamiento es muy simple, cualquiera que lea las instrucciones está en condiciones de ponerlo en marcha. Además, lo habíamos dejado preparado, porque pensábamos hacer una demostración el día de la inauguración.

No supimos de qué clase de demostración se trataba, porque un rumor interrumpió a Samboni: alarmados, los policías que hasta entonces habían mirado absortos a Arzaky, se apartaron de nosotros, como si no quisieran tener nada que ver con el detective polaco ni con su oscuro ayudante. El recién llegado, vestido con un abrigo de tela escocesa que le quedaba largo, llevaba un bigote gigantesco que parecía adelantársele, como diciendo: cuidado con el que viene aquí detrás. Dio una mirada al cuerpo, disfrutó un segundo del efecto que había provocado su aparición, y luego sacó una libreta para tomar notas.

—Apártese, Arzaky, desde ahora soy yo el que hace las preguntas. Guarde su lápiz.

Por unos segundos pareció que los dos hombres iban a batirse a duelo con sus lápices. El recién llegado era Bazeldin, jefe de la policía de París; yo lo había reconocido por su foto en los periódicos. Luego de la muerte de Darbon, había aparecido en *La Vérité*, para decir que ya no quedaban verdaderos detectives, y que El Club de Los Doce haría bien en disolverse.

Arzaky retrocedió unos pasos, alejándose del cuerpo y de Samboni.

—Antes de interrogar a este hombre —Bazeldin señaló a Samboni—, me gustaría que usted, Arzaky, me dijera cómo se enteró de este asesinato.

—¿Cuál asesinato?

—Aquí han cremado un cuerpo.

—Investigo la muerte de Darbon. Regresaba de uno de mis paseos nocturnos, cuando vi un alboroto en la puerta de la Galería de las Máquinas. Y en cuanto a este cuerpo, todavía no sabemos si alguien lo mató.

—¿Cree que sigue con vida?

Los policías juzgaron oportuno reír con el chiste de su jefe; y se agitaron brevemente, como con espasmos.

—Ya tendrán ocasión de reír cuando hayamos encontrado al culpable. Ahora vayan a recorrer los pabellones, para ver si alguien ha desaparecido. —Después Bazeldin se dirigió a un policía que parecía de civil que no se le despegaba un paso; no era secreto que Bazeldin quería parecerse en todo a los detectives, hasta en el hecho de tener un adlátere.— Rotignac: usted haga guardia junto al cuerpo hasta que vengan a buscarlo de la morgue.

Arzaky interrumpió:

—Le quiero hacer notar una cosa, comisario. La cabeza parece casi desprendida del cuerpo.

—Usted siempre me está dando pistas falsas, detective. Quiere llevarme por el camino equivocado. Pero yo voy a hacer la investigación a mi modo, y ya veremos quién explica primero el crimen. No basta con que Darbon haya muerto para que usted se convierta en el Detective de París: es un cargo que hay que ganarse. Mientras tanto considérese apenas el detective de Varsovia, si es que en Varsovia no hay otro detective mejor.

Arzaky se apartó de Bazeldin y me llevó a un lado. Creí que las palabras del comisario lo habían ofendido, pero había sido solo una simulación. Mientras el jefe de policía seguía repitiendo órdenes, el detective me dijo:

—Yo me quedaré aquí. Si me voy, Bazeldin me hará seguir y no quiero orientarlo acerca de mis sospechas. Pero quiero que usted vaya al Pabellón de los Taxidermistas y pregunte si les falta un cuerpo.

—¿Quiere decir que no mataron a nadie? ¿Qué el muerto... ya estaba muerto?

—Ese olor a quemado tan ácido no es el que hubiera dejado la incineración de un cadáver. Usted viene de un país donde se crían ovejas, así que sabrá que en el proceso de hilado se deja de lado un tipo de lana muy basta, que se llama borra, con la que se hacen rellenos de almohadones y de muñecos. También la usan los taxidermistas para embalsamar los cuerpos. Creo que el asesino robó un cadáver ya embalsamado y lo incineró.

—¿Por qué haría alguien eso?

—¿Cómo quiere que lo sepa? Si mi trabajo fuera tan fácil, cualquiera podría resolver crímenes, hasta el jefe de policía de París. Ahora lo único que me interesa es que Bazeldin me vea aquí. Haré algunas preguntas más para despistarlo.

Al salir de la Galería de las Máquinas encontré a uno de los mensajeros que trabajaban para el Comité Organizador: me dio instrucciones para poder llegar al Pabellón de los Taxidermistas. Mientras caminaba hacia allí me encontré con varios de Los Doce Detectives que se acercaban para ver si la novedad tenía alguna relación con la muerte de Darbon. Vi a Hatter, que caminaba con Linker a su lado; vi a los dos japoneses, que simulaban mirar las máquinas, pero que avanzaban con paso inexorable, sin distracción alguna. Baldone, casi sin aire, seguía a Magrelli, el Ojo de Roma. En la entrada, Novarius trataba de hacer pasar al indio sioux: los guardias insistían que se había fugado de una tribu de indios sudamericanos que ocupaban un predio en el otro extremo de la exposición, y querían regresarlo allí. Para evitar a mis posibles seguidores, entré en otros pabellones, salí por puertas laterales, me detuve a ver el globo terráqueo que acababan de montar, y luego me desvié hacia el Palacio de las Artes. Cuando creí que ya nadie me seguía, llegué al Pabellón de los Taxidermistas: antes de entrar me pareció que una muchacha me saludaba a lo lejos: era Greta, que me miraba con unos prismáticos. La saludé, cohibido y descubierto, y entré con aire casual a un pabellón que parecía un templo egipcio.

2

En la entrada del templo me recibió un oso embalsamado, cuya mandíbula abierta daba la bienvenida a su mundo de simulada eternidad. En estantes acristalados y en largas mesas de madera negra, anidaban pájaros pequeños como insectos e insectos grandes como pájaros. Una jirafa del zoológico de París, cuya muerte había anunciado el periódico seis meses antes, permanecía en la caja de madera donde había sido transportada, y se asomaba al mundo de una vez y para siempre.

Pasó junto a mí un hombre bajo y robusto, vestido con un guardapolvo gris; le pregunté por los taxidermistas y murmuró, entre dientes, el nombre de "Doctor Nazar" y me señaló una puerta cerrada.

Golpeé, y sin esperar respuesta, abrí. Un médico de guardapolvo blanco escribía una carta, de espaldas a mí. A su lado había una camilla vacía.

—Rufus, espere un segundo, que ya le entrego esta carta: es para el Comité…

Me adelanté.

—No soy Rufus, doctor. Mi nombre es Sigmundo Salvatrio, y…

Dejó la pluma y se dio vuelta para mirarme. Nazar tenía la barba crecida, los ojos enrojecidos por las largas horas de trabajo nocturno. Miraba desde una prisión hecha de pensamientos.

—Ahora estoy ocupado... Tal vez más adelante acepte aprendices...

—No quiero ser aprendiz. Me envía el detective Arzaky.

Pensé que me iba a echar, pero se puso de pie con entusiasmo, como si hubiera pronunciado una palabra mágica.

—¡Eso es exactamente lo que necesito, un detective! Acaba de desaparecer un cuerpo. Era nuestra mejor obra y se lo han llevado en medio de la noche.

—Por eso estoy aquí —dije con una sonrisa de suficiencia.

Nazar se quedó mirándome.

—¿Pero cómo sabe usted eso, si todavía no informé de su desaparición?

—Estamos al tanto de todo lo que ocurre en la Exposición —respondí, feliz de que alguien, en medio de una confusión, me considerara útil y oportuno.

—Su acento y su soberbia me parecen familiares —dijo el doctor Nazar en perfecto español—. ¿Usted es argentino? Yo también.

El doctor Nazar se acercó como para abrazarme, con el guardapolvo manchado de productos químicos, sangre y otras sustancias cuya naturaleza prefería no averiguar. Asustado, retrocedí con pasos de esgrimista y le tendí una mano distante. El abrazo, así postergado, se desvaneció. Al ver el brusco entusiasmo de Nazar cualquier espectador hubiera pensado que era rarísimo encontrar un compatriota en París, cuando en realidad la ciudad estaba llena.

—¿Así que trabajando en París? —No pude evitar que el doctor Nazar me palmeara la espalda, confianzudo.

—Por poco tiempo. Me envió el detective Craig, para la primera reunión de Los Doce Detectives.

—Conocí a Craig en una reunión del Club del Progreso hace cinco años. Dio una clase magistral sobre la diferencia entre la deducción y la inducción.

—Uno de sus temas favoritos.

—Brillante. No entendí nada, pero me pareció un hombre superior. Supe que en los últimos tiempos se había apartado de la profesión.

—Por problemas de salud.

—Y por "El caso del mago". Bueno, usted lo debe saber mejor que yo.

Me quedé sin palabras. A menudo me parecía que yo era la única persona que estaba al tanto del caso de Kalidán y de la muerte de Alarcón; y cuando aparecía a la luz aquel viejo asunto, sentía una horrible vergüenza, como si yo mismo hubiera cometido en aquella oportunidad una falta imperdonable. La culpa, he notado a menudo, no tiene relación alguna con nuestros actos: nos sentimos culpables de cosas que nada tienen que ver con nosotros, y libres de culpa ante verdaderos pecados. Con brusquedad, volví al asunto que me había llevado hasta allí.

—Vine porque encontraron un cuerpo, y creemos que es el mismo que le fue robado.

La cara de Nazar se encendió.

—Sabía que no podía haber ido muy lejos. ¿En buen estado?

Negué con la cabeza.

—¿Despegaron la cabeza del cuerpo? —preguntó—. Mire que me va a costar mucho trabajo volver la cabeza a su sitio.

—Me temo, doctor, que no habrá necesidad de que se tome ese trabajo. —Nazar dio un respiro de alivio, que de inmediato corregí:— Lo quemaron.

Abatido, Nazar cayó sobre una silla.

—¿Qué día es hoy?

—Jueves.

—En una semana inauguramos. En una semana. Y todo lo tuve que hacer yo, todo este pabellón, conseguir los permisos.... Las autoridades del Pabellón Argentino no quisieron hacerme un lugar. Lo único que les importa es mostrar sus caballos, sus ovejas, su trigo y sobre todo sus vacas (tienen una obsesión enfermiza por las vacas), pero no quieren que mi arte se muestre allí. La vida, la vida, me dijeron. La vida, repiten, con los ojos en blanco. ¿Pero acaso saben ellos lo que es la vida?

Movía la cabeza de un lado a otro y se miraba las puntas de los dedos.

—Soy yo el que sabe lo que es la vida. Soy yo el que conoce los procesos de la corrupción. Soy yo el que logra detenerlos. En fin. Voy a tener que ir a ver el desastre. Muéstreme el camino.

—No servirá de nada. Además, si va ahora, lo van a demorar con preguntas. El comisario Bazeldin lo va a citar en la jefatura y lo va a tener una tarde entera a la espera de que lo interroguen. Usted tiene la suerte de que Arzaky todavía no le dijo a la policía que el cuerpo es de los suyos. ¿No tiene otras cosas para mostrar?

—Sí, venga conmigo.

Nazar me hizo pasar a la sala del fondo. Allí se acumulaban los animales aún no clasificados: había un león con las fauces abiertas, una cigüeña, un largo cocodrilo, un avestruz... En los rincones, una multitud de piezas menores: zorros, nutrias, faisanes, serpientes... Algunos no tenían ojos; otros se habían descosido; unas tarjetas amarillas, colgadas de un hilo, señalaban el origen de la pieza, la fecha, el nombre del taxidermista.

En el centro de la sala había cuatro camillas, y en ellas tres cuerpos humanos. El primero era una momia, el segundo, una estatua de piedra; el tercero, una mujer, parecía hecho de polvo y a punto de deshacerse en el aire de la habitación. La última camilla estaba vacía.

—Pensábamos mostrar cuatro cuerpos según distintos

modos de embalsamamiento. Ahora deberemos conformarnos con tres. Esta, como ve, es una momia egipcia, que reprodujimos con total fidelidad a los procedimientos tradicionales. Inclusive recitamos las antiguas fórmulas que pronunciaban los sacerdotes. Si le interesa, por allí están los frascos con las vísceras.

Se levantó para buscar los frascos en un armario, pero le aseguré que no era necesario.

—Este otro cuerpo fue embalsamado según un antiguo método chino que consiste en utilizar la lava del volcán, de tal manera de convertir al cuerpo en piedra. El método es interesante pero los resultados son muy discutibles. Parece piedra, ¿ve? Hay taxidermistas que no me creen que se trata de una cuerpo humano, piensan que lo hice con arcilla.

—¿Cómo consigue la lava?

—La producimos por medios artificiales, calentando a altas temperaturas barro, cal y arena. Me dio un enorme trabajo. No pasaba un día sin que me quemara las manos. Guimard, mi más estrecho colaborador, todavía está en el hospital; espero que le den el alta pronto para que asista a la inauguración.

Nazar se acercó a la tercera camilla y tocó con delicadeza la piel de la mujer. Vestía un vestido blanco y todavía conservaba la cinta que había atado unas flores ya desintegradas hacía años. El cabello, con algunas hebras grises, era idéntico al de una mujer viva. Nazar me hizo una señal, como invitándome a tocar la piel apergaminada, pero yo retrocedí.

—Esta obra no es mía; es obra del tiempo, del clima, de la casualidad. El tercer método, que a menudo mantiene intactos algunos cuerpos que se conservan en las iglesias, es la reducción de humedad en el ataúd: esta mujer que ve aquí se la compramos a un traficante de reliquias. Murió hace medio siglo, parece como si acabara de morir.

Por último, el doctor Nazar señaló la camilla vacía.

—Pero el señor X, trabajado según el método tradicional, occidental, era el mejor: se trataba de un ejecutado en la guillotina a quien le volvimos a poner la cabeza en su lugar borrando toda señal del corte.

Yo había sacado de mi bolsillo una libreta negra que acababa de comprar; era cuadriculada, idéntica a la que usaba Arzaky, y sin darme cuenta, imitaba su gesto al escribir, entrecerrando la libreta, como si temiera que alguien espiara mis anotaciones.

—¿Cómo pueden haber sacado el cuerpo de aquí?

—Forzaron la cerradura y se llevaron el cuerpo en una carretilla. En la Exposición se trabaja toda la noche, sobre todo ahora, cuando falta tan poco tiempo para la inauguración. ¿Quién hubiera notado el transporte de un bulto, en medio de cientos de carros y carretillas con materiales de construcción, máquinas, estatuas, animales africanos?

—¿Quién le da los cuerpos con los que trabaja?

—La morgue judicial. Este pabellón depende del ministerio de salud pública.

—Y el cadáver del señor X también.

—Sí, claro.

—¿Por qué lo llama así… señor X? Me gustaría saber su verdadero nombre.

—¿Eso es importante para la investigación?

—Claro. Puede haberlo quemado alguien que le tenía aversión personal…

—No sabemos el nombre. No sabemos nunca el nombre de ninguno. Es más fácil trabajar con gente que no tiene nombre; ¿sabe? Así uno se olvida de que caminaron por la tierra, de que alguien los engendró, de que alguien nota su ausencia en una mesa, en una cama. Pero es inútil que busque por ese lado: este fue un ataque dirigido contra mí por taxidermistas rivales. Me tocó el trabajo de aceptar las piezas que ve aquí y de rechazar las que no están. Los taxidermistas somos vengativos: uno manda un conejo mal cosido, con botones en lugar de ojos, se lo rechazan, y queda el odio de por vida. En nuestro oficio, es el resentimiento lo que mejor se conserva.

3

No quise seguir la investigación sin tener órdenes de Arzaky. Lo busqué en su departamento y luego en el salón subterráneo del hotel Numancia. Arzaky estaba sentado en una silla, entre papeles por firmar o destruir; en un gesto teatral, se agarraba la cabeza, mientras escuchaba vociferar a un hombre diminuto de barba puntiaguda.

—¿Así, Arzaky, que le parecen tan graves sus problemas? ¡Los muertos nunca son problema, los vivos lo son! A mi puerta llegan mensajeros día y noche, mi mujer amenaza con abandonarme y, lo que es mucho peor, mi cocinera también. La decisión del gobierno de hacer la exposición justamente este año, en homenaje a la Revolución, nos obliga a continuos intercambios de sutilezas con los otros países. Unos meses de más o de menos, y teníamos todo solucionado. Ahora, en cambio, las coronas de Europa no han querido participar oficialmente porque no les parece correcto que se festeje la decapitación de un rey. No les gusta que en una misma frase se encuentren las palabras "guillotina" y "majestad". Pero sus consejeros diplomáticos, sus industriales y sus técnicos sí han venido, y llenan nuestros hoteles. Nos visitan hombres a los que llamamos "funcionarios informales", verdaderas hordas de personajes con aire de conspiradores que piden entrevistas con todo el mundo y que reparten tarjetas que acaban de salir de la imprenta y manchan los dedos. Y nunca logramos descubrir exactamente cuán cerca está la informalidad de la impostura. Anteayer eché a un patán de mi oficina, y resultó un verdadero enviado de la embajada inglesa, por lo cual mi secretario estuvo toda la mañana escribiendo cartas de disculpa. El sábado pasado, el ministro en persona estuvo hablando durante dos horas con un alemán, supuesto representante de las industriales suavos, que resultó ser el estafador Dunbersteg, buscado por el escándalo de los bonos suizos. Su detective asesinado y su cadáver incinerado no me parecen problemas tan difíciles de resolver.

Arzaky, gigante, parecía mirarlo con miedo; debo decir que muchas veces noté que, a los muy altos, los muy bajos los desconciertan por completo, como si pertenecieran a un mundo más veloz, más íntimo, más complicado.

—Estamos haciendo todo lo posible, doctor Ravendel. Si me hubieran contratado a mí, en vez de a Darbon, esto no habría pasado.

—Yo no contraté a Darbon. Fueron los del Comité Organizador, que estaban alarmados —Ravendel tiró un sobre lleno de billetes sobre la mesa—. Le traje lo convenido, Arzaky, para que le sirva de inspiración. La otra mitad cuando el caso esté resuelto. Hemos logrado que la prensa presentara la muerte de Darbon como un accidente. Ese es otro dinero adicional que tenemos que gastar. Sobornar a políticos es mucho más barato, porque no tratan de parecer personas honestas; pero los periodistas siempre nos salen caros, porque tratan de simular que están dispuestos a llevar sus escrúpulos hasta el límite. Nuestras arcas no son inagotables; no somos ricos como esos ostentosos argentinos, que se sintieron obligados a construir un Taj Mahal.

Ravendel se marchó sin saludar. Arzaky lo siguió con la vista como para asegurarse de que realmente se hubiera marchado. Después metió la mano en el sobre y sacó un billete.

—¿Vale tu información un billete de estos?

—No lo sé.

—¿El cuerpo salió de donde yo suponía?

—Del Pabellón de los Taxidermistas, sí. El taxidermista que lo preparó se llama Nazar. Era un cuerpo donado por la morgue. Un hombre guillotinado. Nazar estaba orgulloso de haberle unido la cabeza.

—Vamos a la morgue, entonces. Tenemos que adelantarnos a las huestes de Bazeldin.

Arzaky, aunque no muy convencido de hacer lo correcto, me dio el billete.

Una hora más tarde atravesábamos un patio de piedra, cuadrado. Arzaky me había ordenado comprar una botella de vino y queso y embutidos, y yo cargaba la caja con los víveres. En el patio había dos ambulancias, verdes, con los caballos uncidos, preparados para ir en busca de algún cuerpo a los confines de la ciudad. Bajamos por una escalera hasta la sala de autopsias. Pasamos junto a una puerta abierta; Arzaky me hizo una señal de que guardara silencio. No pude evitar asomarme: el médico forense hablaba con Bazeldin y con un par de policías.

—En este instante están descubriendo lo que ya sabemos. Llevamos ventaja —dijo Arzaky en voz baja. Y como sonreí, cómplice, me advirtió:— Pero nunca, NUNCA, hay que confiar en las ventajas.

Abrimos una puerta que daba a una habitación desierta: el archivo de la morgue. Los estantes mostraban cajas de cartón y carpetas de las que sobresalían papeles; había muchos papeles atados con la cinta verde que en ese entonces era habitual en las casas de salud francesas. Sobre la pared había un grabado que mostraba un anfiteatro anatómico, con los estudiantes de medicina y los curiosos rodeando a un profesor que diseccionaba un cadáver. Sobre el único escritorio había fotografías de rostros y de cuerpos y órdenes judiciales con sellos del hospital y las firmas ampulosas de los médicos. Arzaky, que conocía bien el archivo, buscó en un mueble cuadrado que, por su cercanía al escritorio, parecía destinado a los papeles más recientes; después de mucho mirar sacó con aire de triunfo una hoja. Pero entonces se oyeron pasos pesados que se acercaban a nosotros; yo me asusté, pero Arzaky ni siquiera levantó la vista.

Entró al archivo un hombre inmensamente gordo. Vestía el uniforme de los empleados administrativos, pero su camisa estaba tan remendada que parecía un pordiosero.

—¡Arzaky! Si el doctor lo encuentra aquí, me despide. ¿Quiere que me muera de hambre?

—Eso me partiría el corazón, Brodenac.

Arzaky me hizo una señal para que pusiera sobre el escritorio la caja que había traído. Brodenac estudió la botella, el queso y los embutidos, y sonrió con satisfacción.

—Hay mejores lugares donde comprar, pero el burdeos no está mal. ¿Qué buscaba?

—Lo que ya encontré.

Brodenac estudió la hoja que Arzaky tenía en la mano.

—¿Usted también?

—¿Quién más?

—Esa muchacha de cabellos rojos… la hermana del muerto.

Arzaky me miró.

—El muerto no tenía ninguna hermana. Alguien más se nos adelantó.

—¿Ya sabe quién es el muerto? —pregunté.

Arzaky le sacó la hoja a Brodenac y me la mostró.

—Jean-Baptiste Sorel —leí. El nombre no me decía nada—. ¿Quién es?

—Un falsificador de cuadros. Condenado por robo de pintura y por asesinato.

—¿Lo conocía?

—Lo conocí en circunstancias difíciles.

Brodenac había sacado un cuchillo de mango de madera, y ya estaba cortando un pedazo de queso.

—¿Circunstancias difíciles? Difíciles para Sorel… Fue el gran detective Arzaky el que lo mandó a la guillotina.

4

Ya se había hecho de noche y Arzaky me pidió que entráramos a un café angosto, que se prolongaba hacia un fondo de humo. Pidió ajenjo y yo iba a pedir lo mismo, pero me lo impidió:

—La mente del asistente tiene que estar lúcida siempre. No hay que excitarla con este veneno.

Un mozo bajo, casi un enano, nos sirvió la bebida; un vaso de vino para mí, y para Arzaky la copa con el líquido verde, la cuchara perforada y el terrón de azúcar envuelto en papel azul. Arzaky puso el terrón sobre la cuchara y le agregó el agua, hasta disolverlo. A medida que perdía pureza, el pernod se volvía opalino; cuando quedaba quieto, antes de mezclarse del todo con el agua, parecía convertirse en un mármol veteado de verde.

Arzaky me contó:

—Sorel era un falsificador de poca monta. Su especialidad era la pintura académica, todos esos grandes cuadros con figuras mitológicas y un arbolito aquí, y una ruina allá, y en el medio una mujer desnuda. Pero esa moda pasó, y Sorel encontró que ya no podía ubicar más en el mercado esos falsos Bougerau y Cabanel. Estaba en la ruina, y Sorel se pasaba las horas endeudándose en la sala del fondo del café Rugendas. Una noche encontró, entre tantos perdidos, a Bonetti, un contrabandista siciliano. Hablaron de arte, repitieron los nombres de sus cuadros favoritos, intercambiaron información sobre cuáles obras famosas de los grandes museos de Francia y de Italia eran en realidad falsificaciones, y se hicieron amigos. Seis meses más tarde Bonetti sabía todo sobre Sorel, que era muy charlatán; así lo convenció de robar el cuadro que estaba en la casa de uno de los antiguos clientes de Sorel. Era un fabricante textil que se había beneficiado con la venta de uniformes sobrevaluados a destacamentos belgas enviados al Congo. Sorel entró con la excusa de venderle una falsificación, y Bonetti, vestido como un caballero, entró con él; Sorel lo presentó como un experto de la galería del Vaticano. Bonetti tomó nota de las medidas de seguridad, que eran casi inexistentes. Quince días más tarde ejecutaron el golpe, sin mayor audacia que la de entrar por una ventana abierta.

—Eso no basta para ir a la guillotina. ¿Mataron a alguien?

—No. Eran ladrones, no asesinos. Bonetti sabía lo que robaba; en aquel momento se habían publicado varios libros a la vez sobre *La Escuela de Atenas,* de Rafael, y ese interés por los cuadros de tema filosófico había beneficiado a pintores menores, que se pusieron a buscar en el fondo de su atelier todos los retratos de viejos barbudos con túnicas que hasta poco tiempo atrás nadie les había querido comprar. Bonetti pensaba vender el cuadro al presidente de la Sociedad Platónica de París, pero nunca llegó a hacerlo.

En el fondo del local, contra un espejo, dos hombres discutían a los gritos. Miré en esa dirección y me vi en el reflejo, sin reconocerme; a la distancia, y entre el humo del local, con la barba crecida y la vista cansada, parecía mayor. En un mismo instante tuve ganas de volver a Buenos Aires, y a la vez ganas de no volver jamás. Pero en caso de volver, ¿quién regresaría? ¿El hijo del zapatero enviado por Craig con un bastón y un secreto, o el hombre cansado que me miraba desde el espejo y el humo?

Arzaky esperó que terminaran los gritos para seguir:

—Sorel tenía un solo defecto: era muy celoso. Bonetti se

tomó la libertad de acostarse con la concubina de Sorel, una muchacha pálida, con aspecto de tísica. Sorel atacó a Bonetti con el cuchillo que usaba para cortar las telas y lo dejó en la calle, para que pareciera un robo callejero o una pelea entre borrachos. Cuando la policía lo encontró, Bonetti todavía estaba vivo y consciente; pero se negó a dar un nombre. Cinco días más tarde Sorel vendió a uno de sus clientes una falsificación, sin saber que la policía estaba tras sus pasos. El dueño del cuadro, que estaba al tanto del asunto, me llamó para que examinara la pintura: encontré, en una esquina del cuadro, la marca de un pulgar ensangrentado. Fue tan fácil probar su culpabilidad que no me molestaré en contarle el camino recto y veloz que lo llevó de su estudio subterráneo al cadalso. En su atelier encontraron la pintura robada.

—¿Había herido también a la muchacha?

—No, ni siquiera le pegó. La quería demasiado. Hace poco la encontré: vendía violetas en la calle. Compré un ramito, le di una suma exagerada, y me alejé antes de que me reconociese, por temor a que rechazara el dinero. No me gustó mandar a Sorel a la guillotina, pero los detectives nos empeñamos en saber la verdad, y cuando la descubrimos ya no nos pertenece. Son los otros hombres, los policías, los abogados, los periodistas, los jueces, los que deciden qué hacer con esa verdad. Espero que esa muchacha no se haya enterado de que el cuerpo de Sorel ha sido profanado y quemado.

—¿Y el cuadro robado?

—El empresario lo recuperó, pero poco después entró en bancarrota y terminó por venderlo a la Sociedad Platónica, lo mismo que había pensado hacer Bonetti. Todavía está colgado allí. Se llama *Los cuatro elementos* y por la tela pasean unos señores que son, según me han explicado, Platón, Sócrates, Aristóteles y Pitágoras. ¿Cómo saberlo? En los cuadros, todos los filósofos son más o menos iguales: túnicas, barbas, ojos pensativos.

5

Cuando llegué al hotel de madame Nécart, los asistentes estaban reunidos. Nunca se los veía de a tres o cuatro: o estaban todos o no estaba ninguno. Tal vez se ponían de acuerdo a mis espaldas para aparecer o desaparecer. Baldone me gritó desde lejos, con sobriedad napolitana:

—¡El argentino, por fin! ¡Venga, venga!

Me sentí cohibido. Hubiera querido desaparecer, pero tomé asiento al lado del japonés, que me miraba con severidad. Me saludó con una inclinación de cabeza, que le devolví, algo exagerada. Faltaban Tamayak y Dandavi.

—¿Y qué dice Arzaky de lo que ocurrió en la Galería de las Máquinas? —quiso saber Benito, el mulato.

Fui sincero:

—Arzaky no sabe qué pensar.

Baldone se apuró a decir, con suficiencia:

—Magrelli dice que los dos hechos están relacionados. Ocurrieron el mismo día: un miércoles.

Linker intervino:

—Su detective romano tiene una marcada tendencia a descubrir series en casos aislados.

—Esa es nuestra misión, ¿o no? —dijo Baldone—. Descubrir el patrón en el devenir caótico de las cosas. Que los policías vean hechos aislados; después los detectives trazan las constelaciones.

—Me alegro por Magrelli. Cuando se retire de la investigación podrá dedicarse a la astrología, que es, me han dicho, un negocio mucho más rendidor. Al menos en Italia.

Baldone prefirió quedarse callado. Benito parecía estar de acuerdo con Linker:

—Pero aquí no hay serie. En un caso, asesinato; en otro, robo e incineración de un cadáver. Si es una serie, va en camino decreciente, ya que quemar un cuerpo, por desagradable que sea, es menos grave que ejecutar un asesinato. ¿Qué puede seguir? ¿El robo de una billetera? El asesino podría cerrar la lista de sus crímenes con un último acto: marcharse del restaurante sin pagar.

—O del hotel Numancia —dijo Linker—. Los Doce Detectives son un club de detectives, pero también de rivales. Es inapropiado hablar de eso, pero sabemos que muchos se odian, y no deberíamos descartar que el asesino esté entre nosotros.

—Entre ellos, querrá decir —lo corrigió Baldone.

La cara redonda de Linker se puso roja, no sé si por haber sugerido que uno de los asistentes podía estar complicado en el caso, o si por haber incluido a detectives y asistentes en un grupo común.

—Entre ellos, por supuesto.

Hubo un silencio embarazoso. Todos querían hablar del tema, pero nadie se animaba a empezar.

—Me gustaría saber quiénes son los que están enemistados —los animé.

—Enemistades sobran —dijo Baldone—. Pero la grave, la más grave, mejor no decirla.

—¿No merezco ni siquiera una pista?

Benito se acercó a mi oído y dijo en un susurro:

—Castelvetia y Caleb Lawson.

Linker se puso rojo de indignación.

—Aprovechen a hablar mal de los detectives cuyos asistentes no están aquí.

Benito se encogió de hombros:

—Usted sacó el tema, Linker. Además no es nuestra culpa que el hindú no aparezca nunca, y que Castelvetia tenga un asistente invisible.

—Esa es una cuestión vieja y no tiene sentido recordarla. El argentino es joven; las impresiones que se forje ahora lo perseguirán toda la vida.

—Tiene tiempo para olvidar todo lo que corre el peligro de aprender —dijo Baldone.

—Quiero enterarme de todo lo que haya que saber de los detectives —insistí—. Además, es injusto que ignore lo que todos saben. Podría llegar a decir cosas inapropiadas delante de ellos.

Se miraron en silencio. Sabían que existían dos posibilidades: o me incluían en el grupo, de tal manera que se estableciera una fidelidad entre ellos y yo, o me excluían del todo. Porque, si yo estaba a medias, podía oír expresiones imprudentes, y luego comunicárselas a los detectives. Yo no era un soplón, pero ellos no podían saberlo. Tenían que decidir si yo formaba o no parte del grupo. Después de consultar con la mirada a los que aún no habían hablado, Linker dijo:

—Entonces, yo mismo lo contaré. Soy una voz imparcial, y detesto los chismorreos de Baldone y de Benito. Cuando ocurrió esta historia, Caleb Lawson era ya un famoso detective, miembro prominente de Los Doce; a Castelvetia, en cambio, no lo conocía nadie. El caso que los enemistó para siempre fue la muerte de Lady Greynes, cuyo padre había sido presidente de la North Steambouts Company, una compañía naviera. Lady Greynes sufría de problemas nerviosos y prácticamente no salía de una torre que le había hecho construir su marido, Francis Greynes, para facilitar su voluntario alejamiento del mundo. La gente del pueblo la llamaba La Princesa en la Torre. Lady Greynes abandonaba muy pocas veces su refugio, que ella misma aseaba; decía que no soportaba el contacto con otras personas, que los otros podían contagiarle enfermedades infecciosas y mortales. Su marido administraba la fortuna familiar, pero para todo necesitaba la firma de su esposa. Una noche de tormenta, la mujer cayó por la ventana este de la torre. Su cabeza golpeó contra un león de piedra, y murió de inmediato.

—¿Y su esposo? —pregunté.

—Estaba a varias millas de allí, en el castillo de Rutheford, en una fiesta: como reunión no estuvo nada bien, porque faltó el vino, el champagne, y la comida, pero sobraban testigos. El señor Greynes los necesitó, y fueron tan convincentes (apenas habían probado alcohol) que no se lo acusó formalmente de nada. Pero como los rumores corrieron de boca en boca, y quedaron impresos en los periódicos gracias a las malas lenguas de tres o cuatro corresponsales de la región, Francis Greynes decidió depurar su buen nombre y honor. Para eso llamó a su antiguo camarada de Oxford, el doctor Caleb Lawson, a quien pidió investigar el caso, y despejarlo de dudas.

—Acudir a la llamada de un amigo, y terminar acusándolo de asesinato, es impropio de la amabilidad inglesa —dije—. Espero que Lawson no haya hecho algo así.

—Por supuesto que no —siguió Linker—. Lawson entrevistó a los sirvientes, al médico que atendía a Lady Greynes y a los invitados sedientos y hambrientos de Lord Rutheford, y corroboró la coartada de Greynes. Dictaminó suicidio. Todos sabían que Lawson era el detective más famoso de Londres y el juez no iba a actuar contra su opinión. Y sin embargo el juez, que era un funcionario de provincia, cuando estaba a punto de dar por cerrado el caso... decidió esperar. Se vio obligado a hacerlo.

—¿Caleb Lawson se arrepintió?

—Nada de eso. Caleb Lawson jamás en toda su carrera reconoció un error. Pero Lady Greynes tenía una hermana, Henriette, que desconfiaba de la teoría del suicidio. Henriette estaba casada con un pintor flamenco, que conocía a Castelvetia y que le pidió que investigara. Castelvetia trabajaba en ese entonces con un asistente ruso, un hombre de una fuerza formidable, Boris Rubanov: este tal Boris había tomado la costumbre, cada vez que se presentaba un caso, de acercarse a la servidumbre sin preguntar nada; los dejaba hablar de su familia, de sus pequeñas miserias cotidianas, los invitaba copa tras copa, y después de unos días de confianza y alcohol ya no había secretos entre ellos. Gracias a Boris, Castelvetia resolvió un caso en el que, aparentemente, no había nada por resolver.

—¿Castelvetia contradijo a Caleb Lawson? —pregunté.

—¿Si lo contradijo? ¡Castelvetia casi acaba con la fama de Lawson! Después del caso, su asistente Dandavi tuvo que obligar a Lawson a practicar esos ejercicios de respiración que hacen los hindúes para que no sucumbiera a un soponcio. Boris había reunido la siguiente información: antes del crimen, una cocinera y un cochero habían oído ruido de muebles en la habitación de la torre. Estos ruidos nocturnos le permitieron al holandés resolver el caso. Lo que Castelvetia sostuvo frente al juez fue lo siguiente: Francis Greynes había planeado el asesinato de su esposa desde mucho tiempo antes. Había mandado construir la torre de tal manera que había dos ventanas iguales, una al Este y otra al Oeste. Una daba a un pequeño balcón de piedra, la otra al vacío. Ningún detalle arquitectónico quebraba la simetría del cuarto. Cada noche el gato maullaba y Lady Greynes salía al balcón a ver qué quería su gato. Esa noche, Greynes, duplicó la dosis de medicamentos, para que su esposa se quedara dormida en el comedor. Cuando la llevó en brazos a la torre, había tomado una precaución: había cambiado los muebles de lugar, de manera que la ventana del Este, en lugar de estar a la izquierda de la cama, estuviera a la derecha. Luego fue al castillo de Lord Rutheford, para contar con testigos de su inocencia. A la noche el gato maulló, como siempre, y Lady Greynes, atolondrada por los medicamentos, se asomó a la ventana equivocada.

—Pobre mujer —dije, por decir algo.

—Pobre Lawson —siguió Linker—. La prensa se burló de él, hasta se habló de soborno, y él juró odio eterno a Castelvetia. Antes de que Castelvetia informara los resultados de su investigación, Francis Greynes, alertado por alguna voz amiga, escapó. Se dice que huyó a Sudamérica. Esa fuga salvó a Lawson, porque la prensa le dio menos importancia al juicio que la que le hubiera dado si el acusado hubiera estado presente en la sala. Los juicios *in absentia* son más aburridos que las ejecuciones *in effigie*.

La enemistad entre dos detectives era un tema desagradable y delicado, y los asistentes permanecieron en silencio, meditando sobre las consecuencias de ese lejano episodio. Yo mismo me sentí un poco avergonzado de haber llevado la conversación a un tema tan difícil.

Afortunadamente Benito interrumpió el silencio:

—Pero además, los dividen cuestiones teóricas. Tengo información de que Castelvetia sostiene que un asistente, en determinadas circunstancias, puede ascender.

—Basta, Benito, eso ya lo hemos discutido —dijo Linker—. No sueñe con cosas imposibles. Son Los Doce, no Los Veinticuatro. ¿Quién recuerda haber visto, con sus propios ojos, el ascenso de un asistente? Nadie.

—Pero tal vez en las leyes diga que…

—¿Y quién ha visto las leyes? Son leyes orales, a las que ellos hacen veladas referencias cuando están a solas; no se las dirán ni a usted ni a mí. No tiene sentido discutir sobre lo que nunca hemos visto ni veremos.

—Pero yo sí las vi —dijo Okano, el japonés; y su voz, a pesar de que fue apenas el susurro de un papel de seda, nos sobresaltó a todos—. Yo vi el reglamento.

Linker atribuyó su frase a un problema idiomático:

—¿Sabe de qué estamos hablando?

Okano respondió en un perfecto francés, superior al de Linker:

—Mi señor es muy metódico, y cada vez que mantuvo correspondencia sobre las leyes, las escribió aparte. Tuve tiempo de leer los papeles, ante de que los quemara.

—¿Quemó las leyes?

—Para que nadie más tuviera acceso a ellas. Las quemó en el jardín de una posada en la que nos alojamos, durante una investigación que hicimos en un pueblo del sur. Era verano y se oía el canto de las cigarras: mi señor quemó los papeles en un farol de piedra.

—¿Quiere decir que leyó sobre el paso de asistente a detective?

—Así es. Mi señor no me pidió que guardara el secreto, por eso me atrevo a decirlo. Hasta pienso que Sakawa dejó que yo leyera a propósito esos papeles, para que supiera que existe esa remota posibilidad y para que otros algún día la conozcan también. Que exista esa posibilidad nos obliga a ser mejores asistentes; no porque tengamos ambiciones de ser detectives, sino porque el mero hecho de que esa posibilidad exista nos ennoblece.

El japonés había hablado en ese momento mucho más que en todas las otras jornadas anteriores, y ahora parecía que se había quedado sin aire. En su mano había una copa de ajenjo puro; probablemente se debiera a eso su brusca locuacidad. Pero ahora que el hada verde parecía haberlo abandonado, Linker se impacientó:

—Vamos. ¿Cómo se da ese paso?

Okano entrecerró los ojos para hablar, como si tuviera que recordar un hecho muy lejano.

—Se han establecido cuatro normas que autorizan el paso de uno a otro estado. La primera: cuando el detective propone a su asistente para que ocupe su lugar, porque él se retira por su propia voluntad. Debe estar dispuesto a cederle su buen nombre y también su archivo. El asistente se convierte en un continuador de su maestro, como si se tratara del mismo detective. Se exige la aprobación de nueve de los once miembros restantes. Es el principio de herencia.

—¿Y la segunda?

—La segunda norma recibe el nombre de principio de unanimidad. Es cuando todos los detectives, de común acuerdo, deciden completar una silla vacía con el nombre de un asistente que les parezca excepcional por su desempeño.

—¿Y la tercera?

—Es el principio de superación. Cuando un misterio haya desafiado a tres detectives, y haya un asistente en condiciones de resolver el caso, este puede presentar su solicitud de membresía. Su incorporación a los detectives se dispondrá según una votación positiva de los dos tercios de los integrantes totales, no de los presentes.

Benito sonrió, feliz con su triunfo.

—¿Y ahora, Linker, qué me dice? ¿No tenía razón yo?

Linker lo miró con fastidio:

—Pero son situaciones hipotéticas. Pura teoría. En la práctica no se ha aplicado nunca ninguno de esos tres principios. Pero… ¿no dijo que eran cuatro?

Okano ahora estaba arrepentido de haber hablado tanto. Baldone sostenía la botellita verde y Okano miraba su copa vacía. Tenía que hablar para recibir su premio.

—Había un cuarto principio, al que mi señor llamó principio de la traición inevitable. Pero Sakawa no anotó más que eso en el papel, como si le hubiera parecido tan escandaloso que ni aun entregando el papel al fuego podía borrar la infamia. Todas las cláusulas son secretas, pero esta lo es el doble.

Todos se habían quedado en silencio. Baldone sirvió dos dedos de ajenjo en la copa de Okano. Este lo bebió puro. Al rato, se quedó dormido.

—Sueñen —dijo Linker—. Sueñen con reglamentos susurrados al oído y cláusulas secretas. Sueñen con papeles quemados en la linterna de piedra de un jardín japonés.

Me despedí de los adláteres y subí a mi habitación.

6

A la mañana siguiente me despertaron los golpes en la puerta:

—¡Arriba, asistente! Sólo se tiene el derecho de dormir hasta tarde cuando se investigó toda la noche.

Era la voz de Arzaky. Salté de la cama y empecé a vestirme. Le dije que pasara, no quería hacerlo esperar afuera. Cuando Arzaky entró, me estaba poniendo las botas.

—Le envidio estas botas tan brillantes.

—Las cepillé ayer a la noche.

—Hago cepillar las mías, pero nunca quedan así.

—Lustro las botas con un ungüento especial que fabrica mi padre y cuya fórmula es secreta. —Abrí mi caja de lustrabotas y le mostré el frasco, con la etiqueta azul, donde se veía la imagen de un zapato y el nombre Salvatrio.— ¿Quiere un poco? Es ideal para los días de lluvia. Mi padre dice que tiene, además, la virtud de curar las heridas.

El detective tomó el frasco, lo abrió y aspiró el olor a humo de la pomada.

—¿Hay que poner el betún en la herida? Mi confianza en su padre no llega a tanto.

Arzaky corrió unos papeles de la única silla del cuarto y se sentó.

—Puedo dejar sus botas brillantes como las mías.

—¿Sí? Hagamos la prueba.

Busqué en la caja de lustrabotas un trapo ya renegrido y

un cepillo de pelo de marta. Me senté en el suelo y cubrí la superficie de las botas con la cantidad exacta de betún que necesitaban, y después las cepillé con energía. Pronto brillaron con el resplandor azul del betún Salvatrio.

—Creo que en el fondo usted se avergüenza de que su padre haya comenzado como zapatero.

—Es un hombre trabajador. No tengo nada de qué avergonzarme.

—Pero tampoco se preocupa por decirlo. ¿Acaso cree que los asistentes vienen de familias aristocráticas?

—Supongo que no. Si no, no serían asistentes. Serían detectives.

—¿Eso cree? Tampoco los detectives vienen de grandes familias.

—¿No pertenece Magrelli a una familia aristocrática de Roma? Eso lo leí en alguna parte. Castelvetia tiene un título nobiliario, conde o duque, y los Hatter son los dueños de los grandes diarios de Alemania...

—Condes, duques, millonarios, parientes del Papa... Me temo que estamos muy lejos de sus sueños. El padre de Magrelli era un policía romano. Zagala se crió en un pueblo de pescadores y su padre murió en una famosa tormenta que acabó con la mitad de los barcos de ese puerto. Castelvetia se inventó un título nobiliario, pero es falso. La familia Hatter era dueña de una pequeña imprenta de Nuremberg: imprimían papelería comercial e invitaciones a bodas. Los demás ya no recuerdo, los conozco menos, pero le puedo asegurar que Madorakis no aspira a la corona de Grecia, y que el buen Novarius vendía periódicos en la calle. Y en cuanto a mí, soy un hijo bastardo.

Di un respingo casi imperceptible, pero Arzaky lo notó.

—No tema, no voy a decir ninguna grave confidencia que amenace su pudor. Mi madre, cuando era muy joven, tuvo un romance con el cura del pueblo. El cura quedó en su parroquia, pero ella debió marcharse, llevándose el pecado consigo. El niño quedó sin bautizar. Después de mudarse, mi madre tuvo que inventarme un apellido. Había pensado en matarse, en cortarse las venas con un cuchillo afilado que siempre llevaba consigo. Leyó la marca grabada en el acero y ese fue el nombre que me puso: Arzaky. Los cuchillos Arzaky eran muy comunes en ese entonces. Tengo entendido que ustedes en la Argentina son muy católicos...

—Las mujeres; los hombres somos librepensadores...

—...entonces espero que a su madre no le moleste que su hijo trabaje para un detective sin bautizar.

Salimos a la calle y me apuré para no perder de vista a Arzaky.

—¿No me pregunta a dónde vamos? ¿O ya lo ha adivinado?

—No estoy en condiciones de suponer ni de adivinar.

—Tampoco le importa, me imagino.

—Dentro de diez minutos, si tomo una taza de café, todas las cosas del mundo volverán a importarme.

Arzaky caminaba a paso vivo con sus botas ahora relucientes. A la noche estaba despierto y a la mañana también; no sé cuándo dormía, no sé si alguna vez dormía. Hicimos unas quince o veinte cuadras y nos detuvimos en el frente de un edificio cuya placa de bronce anunciaba:

Sociedad de Estudios Platónicos

Arzaky golpeó con el llamador, que era un puño de bronce. Nos atendió el mayordomo, un hombre viejo, de ojos tan claros que parecía ciego.

—El secretario de la sociedad, el señor Bessard, me dijo que vendrían. ¿Es por el cuadro, verdad?

Nos invitó a subir por una escalera; él parecía tan viejo que no hubiera apostado por su subida, pero había bajado y subido la escalera tantas veces, que había hecho amistad con ella, y los escalones de roble lo empujaban hacia arriba; sus pasos eran leves, mientras que los nuestros sonaban pesados y marciales. La escalera nos condujo a un salón de reuniones: una mesa larga, cortinas sucias, estantes de biblioteca. Sobre una de las paredes, la pintura mostraba a cuatro hombres caminando entre ruinas y olivos. El más ancho, supuse que sería Platón, pero no había manera de distinguirlo de los demás, todos puras túnicas y barbas. Uno llevaba una antorcha, el otro una jarra, el tercero un puñado de tierra, el cuarto soplaba una hoja seca.

—Aquí está: *Los cuatro elementos.* Robado por Sorel.

—Un cuadro que provocó una muerte —dije.

—No, recuerde bien: fue la mujer la causa de la muerte, no el cuadro. Si hubiera matado por el cuadro, Sorel estaría hoy en los archivos dorados del crimen; pero en cambio cayó en la lista interminable y gris de todos los que matan por amor, por celos, por envidia, por ceguera. El amor inspira más crímenes que el odio y que la ambición.

Me quedé mirando el cuadro, tan solemne y estático.

—Quisiera encontrar una relación entre Sorel y Darbon —dijo Arzaky, como si hablara con los personajes de la pintura.

—¿Tuvo alguna relación Darbon con la recuperación del cuadro?

—Ninguna.

—¿Entonces?

—Entonces, nada. El primer hecho: la muerte de Darbon. El segundo hecho: la cremación de Sorel. ¿Qué tienen en común esos dos hombres?

—Nada.

—Algo sí. Yo los conocía a los dos. Los dos eran mis rivales. Estoy buscando la pieza del rompecabezas que me falta para unir a Darbon con Sorel.

—Usted dijo que una investigación no se parece en nada a un rompecabezas.

—¿Eso dije?

—Le dio la razón al japonés. Dijo que la investigación era una página en blanco. Que creemos ver misterios donde quizás no haya nada.

—Me parece bien que recuerde mis palabras; si llego a resolver este caso, a usted le tocará redactar el informe. Yo no recuerdo nada de lo que digo, pero me acuerdo de todo lo que dicen los demás. Entonces no buscaremos una pieza de rompecabezas, sino una línea en una página en blanco.

Me acerqué al cuadro.

—Usted conoce a mucha gente. Esa coincidencia tal vez no signifique nada. A Darbon lo pueden haber matado los criptocatólicos, y a Sorel lo puede haber quemado alguien relacionado con su pasado, con su crimen.

—Tal vez tenga razón. Nuestra mente siempre está buscando correspondencias secretas. Nos gusta que en el mundo las cosas rimen. No nos resignamos al caos, a la estupidez, a la propagación informe del mal. Nos parecemos más a los criptocatólicos de lo que creemos.

Como nos demorábamos frente a la pintura, el cuidador de la casa había venido a vernos.

—¿Alguien más vino a ver el cuadro? —quiso saber Arzaky.

—Una muchacha. Era bonita y parecía muy decidida.

—¿Dijo su nombre?

—Sí, pero no lo recuerdo. Se quedó mirando el cuadro. Yo la miraba a ella. Tenía el cabello del color del fuego.

—Una aficionada a la filosofía —dije yo.

El viejo, para mi preocupación, movió la cabeza.

—Aquí nunca vienen mujeres, solamente viejos, algunos más viejos que yo. Y de pronto entra esta muchacha. Me dijo que no dijera a nadie que había venido.

—Entonces está traicionando su secreto.

—Es verdad. Pero desde que vino me pregunté si había sido un sueño o no. Ahora que veo la cara de este joven, me doy cuenta de que no, no fue un sueño.

Arzaky me miró con severidad.

—¿Sabe de qué habla este hombre?

—No. Tal vez el señor tiene razón y fue un sueño. ¿Por qué iba a venir una muchacha a este lugar?

El viejo pareció pesar mis palabras.

—Entonces fue un sueño —dijo—. Eso no es tan malo, después de todo. Un sueño puede volver a soñarse.

Bajamos las escaleras. Al pie de la puerta agradecimos al viejo su amabilidad.

—Soy yo el agradecido —dijo el viejo—. He podido conocer al gran Arzaky. Dicen que es el único filósofo platónico que existe.

—Me temo que para un detective esa caracterización no sea un elogio. Son mis enemigos los que la han propagado.

—Usted mismo dijo que los enemigos siempre dicen la verdad y que solo las difamaciones nos hacen justicia.

—Si eso dije, soy menos platónico que sofista.

Temía que Arzaky me interrogara sobre la muchacha, pero, apenas se cerró la puerta, se alejó a paso rápido, porque lo esperaban en una reunión.

Mientras caminaba rumbo al hotel, pensaba que con mi silencio traicionaba la confianza que Arzaky había depositado en mí. Solo esto voy a ocultar, esto y nada más, pensé. Al llegar al hotel Nécart el conserje me tendió un billete doblado en dos. La tinta era verde, la letra de mujer:

Sé que usted sacó la fotografía de la casa de Grialet. Si no le ha avisado a Arzaky, no lo haga. Quiero verlo esta noche en el teatro, después de la función. La puerta del fondo estará abierta. Suba las escaleras. La Sirena

No era todavía el mediodía, y ya había encontrado otra ocasión de traicionarlo.

7

Faltaban cuatro días para la inauguración, y Viktor Arzaky ya podía mostrar las vitrinas de su salón llenas de objetos prestados por los detectives. La viuda de Louis Darbon había donado un microscopio, en cuyo portaobjeto brillaba, esmaltada por algún efecto químico, una gota de sangre. Hatter exponía algunos de sus juguetes, entre ellos un soldado mecánico a cuerda que contaba los metros a medida que caminaba. A Novarius no se le había ocurrido mejor idea que mostrar el revólver Remington con el que había matado al asaltante de trenes Wilbur Kanis, en la frontera con México. Arzaky al principio se había opuesto a mostrar un arma tan vulgar, que le parecía exactamente lo opuesto a lo que un detective significaba. A causa de la urgencia, se resignó:

—Algo vinculado a su pensamiento, le dije a Novarius, y él me respondió: Esa es mi forma de pensar.

Magrelli había llenado varias repisas con su gabinete portátil de antropología criminal, que lucía muy poco portátil; constaba de una infinidad de tablas comparativas, un archivo fotográfico, y diversos instrumentos de acero alemán preparados para medir la longitud de la nariz, el perímetro de la cabeza o la distancia entre los ojos. Algunos de los objetos necesitaban una ficha con explicaciones; tal "El caso del código espartano" de Madorakis, que constaba de un bastón corto, al que se enroscaba una tira de tela sobre la que se escribía un mensaje secreto: solo quien tuviera una vara semejante podía descifrarlo. Castelvetia había elegido un juego de cinco lupas holandesas, de distinta gradación.

Benito interrumpió mi recorrido.

—¿Leíste las noticias que llegaron de Buenos Aires?

—No.

—Caleb Lawson las está difundiendo por todas partes. En Buenos Aires están acusando a Craig de asesinato.

Me alarmé por motivos egoístas. Por más que ahora estuviera trabajando para Arzaky, yo era un enviado de Craig. Cualquier cosa que manchara a Craig alcanzaría por mancharme a mí. Mario Baldone llevaba un periódico. Se lo saqué de las manos.

—Tranquilo, Salvatrio. Hubo una acusación, pero Craig se ocupará de desmentirla.

La noticia aparecía redactada en términos vagos: la policía había dejado de buscar al asesino del mago en el ambiente del juego. Empezaron entonces a buscar al vengador en el círculo de la víctima. La familia de Alarcón no había tardado en señalar a Craig. El diario decía que no había prueba alguna para acusar al detective, pero que este, a causa de su convalecencia por una enfermedad no especificada, se había negado a defenderse.

—Estás pálido —me dijo Baldone—. Ahí viene Arzaky; el polaco se ocupará de frenar la embestida de Caleb Lawson contra Craig.

Seguí mirando las vitrinas, pero ya sin atención: ahí estaba el arcón de los disfraces del madrileño Rojo, que abundaba en afeites y pelucas y barbas postizas; las antiparras antiniebla de Caleb Lawson, con las que trabajaba en las noches de Londres; el guardarropa y los instrumentos marinos de Zagala, con los que abordaba barcos con la bandera a media asta, o naves abandonadas en el océano. Arzaky había aportado solo una serie de libretas negras, que se exponían abiertas, llenas con su letra diminuta. Una vitrina vacía aguardaba el bastón de Craig.

—Lo dejaré a último momento —me había dicho Arzaky—. Quiero usar por unos días el bastón de mi amigo. Como si él mismo me acompañara.

A mí me daba miedo ver al impulsivo Arzaky con el bastón de Craig, listo para ser disparado. Temía que en cualquier momento ocurriera un accidente.

El japonés había expuesto un cuadrado de madera lleno de arena, acompañado por unas piedras negras y blancas; lo llamaba *Jardín de las preguntas*, y le servía para estudiar las relaciones entre los hechos y las causas. A quienes le preguntaban el significado de su juego, respondía:

—Me siento en el suelo, contemplo el juego, y voy moviendo las piedras a medida que los pensamientos se mueven en mí; luego retiro las piedras y veo la forma trazada por los desplazamientos. Ese dibujo a veces me dice más que las pruebas y los testimonios y las pistas, y todas esas molestias a las que debemos enfrentarnos los detectives.

Ya estaban todos los detectives en el centro de la sala, sentados en los sillones; alrededor, nosotros, sus satélites, con excepción del adlátere de Castelvetia.

—Oiga, Baldone —le dije—. Ese que está allá, y que no se decide a entrar, ¿no es Arthur Neska?

Señalé a un hombre vestido de negro detrás de una columna. Baldone no se sorprendió:

—No ha dejado de rondar el hotel. Dicen que lo envía la viuda de Darbon para ver cómo sigue la investigación. Pero no creo que eso sea cierto; si no, buscaría conversación, trataría de tirarnos de la lengua. Y no dice nada. Se queda mirando fijamente a los detectives, sobre todo a Arzaky. Como si los adláteres no existiéramos para él.

La situación de Neska me llenaba de perplejidad, y a la vez, y a pesar de que no me simpatizaba en absoluto, de tristeza.

—Muerto su detective, ¿puede un adlátere seguir viniendo a las reuniones?

—Nadie lo ha relevado de su cargo. Es como un fantasma que dejó Darbon. Además, en estos tiempos de caos, ¿quién se atrevería a echar a alguien? Supongo que de los sucesos de París surgirán nuevos reglamentos.

Me atreví a decir:

—O tal vez tenga la esperanza de ser nombrado en lugar de Darbon.

Baldone negó con la cabeza.

—Neska nunca cayó bien a nadie. Tiene esa especie de carisma negativo, que lleva a que la gente sienta antipatía por él antes de que haya hablado. A su paso las mujeres dejan de reír y los pájaros de cantar.

Neska ahora se había acercado a las vitrinas y miraba, como una reliquia, el microscopio de Darbon. Ya Arzaky estaba pidiendo silencio, así que Baldone tuvo que hablarme al oído:

—Antes lo detestaba, pero ahora siento compasión por él: quiere mantenerse aferrado a su antiguo trabajo, quiere creer que existe todavía una misión. Cuando el encuentro termine, y cada uno regrese a su país, o a las ciudades a donde nos convoque el crimen, entonces se encontrará sin nada que hacer, excepto ordenar, entre lágrimas, el archivo de su maestro.

8

Arzaky volvió a pedir silencio en voz alta. Magrelli fue el primero en hablar. Sus palabras se impusieron a duras penas por encima de las charlas dispersas que continuaban. Todo el mundo sabía que lo importante era lo que se decía en los rincones, no en el centro de la sala. Las verdades son secretos, y los secretos se dicen al oído.

—Cuando hicimos nuestra primera reunión, hace diez años, solo estábamos presente cinco de nosotros. Craig entre ellos, hoy ausente. Estuvimos de acuerdo en proponer como el arte superior de nuestro oficio "El caso del cuarto cerrado". Pero esa clase de crímenes son cosa del pasado; hoy a nadie llaman la atención. Sin olvidar la gloria y el prestigio que nos dio el encierro, quiero que agreguemos a la lista de nuestros mayores desafíos el crimen en serie.

Lawson intervino:

—Yo estuve en aquella ocasión, Magrelli, y no estoy dispuesto a que cambiemos lo que con tanto esfuerzo nos costó imponer y que hizo posible la formación de Los Doce Detectives. Fundamos un orden, una ortodoxia, una suma de reglas; si empezamos a cambiar una, acabaremos por deshacer todas.

—Vamos, Lawson —se escuchó la voz de Castelvetia. No se había parado, y el hecho de hablar desde el sillón, agregaba una nota de desafío—. Lo que ocurre es que usted no quiere oír hablar de la serie desde "El caso del destripador de Londres".

Durante unos segundos el silencio fue perfecto. Sabíamos que era un tema difícil para Lawson; pero que fuera Castelvetia el que lo mencionara —justo él, que casi arruina, en el pasado, su reputación— hizo que en ese instante todos sintiéramos que Los Doce Detectives estaba en riesgo de desaparecer. ¿Qué asociación, qué club, podía contener el odio que había en la mirada de Lawson, y el desprecio que significaban las palabras de Castelvetia? Como tantas otras asociaciones, Los Doce Detectives había funcionado a la perfección a la distancia, a través de correspondencia y envíos de informes; funcionaba bien mientras era una promesa de una reunión futura, una suma de apretones de manos y abrazos que se enviaban a través del océano. Pero ahora, cara a cara, Los Doce Detectives aparecía en toda su fragilidad.

Todos sabíamos que Lawson había colaborado con Scotland Yard en la investigación de los célebres asesinatos de Jack el Destripador, que aún hoy, casi veinte años después, todavía se recuerdan (no falta una imagen del hipotético asesino en ningún museo de cera). Pero a pesar de sus esfuerzos por ayudar a la policía nunca se produjo un solo arresto fundado. Sospechosos sobraban, pero todos parecían insuficientes frente a la audacia y el encarnizamiento del criminal.

Caleb Lawson intercambió una mirada con su adlátere, y calló, como si obedeciera al hindú. ¿Por qué guardaba silencio, por qué no respondía a su agresor? Fue para todos evidente que si Caleb Lawson callaba era porque tenía preparada alguna clase de sorpresa para el holandés. El as en la manga —lo sabría después— era yo.

Arzaky habló:

—No veo por qué no podemos incluir también la serie entre nuestros desafíos mayores. La serie y el cuarto cerrado se complementan perfectamente. El crimen en el cuarto cerrado ocurre en un horizonte mínimo, pero con un poder de significación máximo, ya que cualquier elemento, circunstancial en apariencia, puede entrar en la cadena de pruebas: una caja de cigarros, una llave, una carta hecha pedazos, o filamentos de una cuerda, como en el caso que nos narró Castelvetia en nuestra primera reunión. El crimen en serie, en cambio, puede extenderse por la ciudad entera, un cadáver aquí y otro allá, y aún en un país entero, e inclusive en el mundo. Pero la cadena de señales es limitada y habrá de armar un patrón común, formado por la obsesión del asesino o por su inteligencia. En un escenario mínimo, la máxima posibilidad de combinaciones; en un escenario máximo, la mínima posibilidad de combinaciones. Propongo que consideremos de aquí en más las dos variantes; y que no juzguemos inferior la inteligencia del detective que se enfrente a una cadena de crímenes, que aquel que se encuentra frente a la famosa puerta cerrada.

—¿Y qué me dice de esta serie, Arzaky? —dijo una voz áspera. Madorakis, bajo y fornido, se había adelantado. Fumaba un puro, vestía un abrigo vulgar, raído y no se desprendía de una especie de valija de cuero gastada, y atada con una cuerda (el cierre estaba roto) de la que pugnaban por escapar papeles amarillentos, libros descuadernados y guantes zurcidos. Rodeado de caballeros, parecía un vendedor ambulante. Arzaky le llevaba dos cabezas al griego.

—¿De qué serie me habla?

—Me refiero a Louis Darbon, y a su amigo, Sorel, al que envió a la guillotina.

Se escuchó un murmullo de sorpresa. Varios de los presentes no estaban al tanto de la identidad del cadáver incinerado en la Galería de las Máquinas.

—No hay ninguna serie. La serie necesariamente se basa en una escena que tiene en mente el asesino, inspirada en el deseo de venganza o en la infancia del criminal. Este, con sus asesinatos, busca repetir esa imagen ideal. Aquí no hay nada de eso.

Madorakis se rió.

—Eso es platonismo puro, y creí que usted quería desterrar el platonismo de la investigación. No hay una escena inicial, arquetípica, que el criminal busca repetir. El criminal comete sus crímenes un poco al azar al principio, hasta que encuentra un elemento que le resulta especialmente significativo, y en los crímenes siguientes aspira a la repetición de ese elemento, de tal manera que, si hay algo que se parece al arquetipo, no lo encontramos al inicio de la serie, sino al final.

Arzaky se acercó, desafiante, aprovechando la impresión que provocaba su altura. Madorakis no retrocedió.

—No crea que me asusta con su pretendida filosofía. Eso es el argumento del tercer hombre aplicado al crimen. Usted piensa que la cadena entre las similitudes entre un crimen y otro, y el vago modelo que los inspira hace que en ninguna parte se encuentre el crimen verdadero, el crimen total que exprese por completo al asesino y que por eso…

Madorakis lo interrumpió:

—Por eso todos los asesinos puros, y así nos lo dice la historia, han seguido matando hasta que alguien los detuvo.

—¿Y qué serie puede haber en estos crímenes sin orden ni propósito?

Madorakis adoptó un aire misterioso.

—Cuando llegue el tercero, ya sabrá la forma de la serie.

—Habla del futuro, habla como un adivino, Madorakis. ¿Filosofía antes y ahora adivinación délfica? Nadie entiende su mensaje.

—Estoy seguro de que usted sí, Arzaky.

Madorakis y Arzaky no eran enemigos, pero se miraron como si lo fueran. ¿Qué había en el ambiente que hacía que las alianzas del pasado hubieran quedado canceladas? ¿Era la electricidad de la Exposición, los millares de lámparas preparadas para hacer que la vida continuara a pesar de la noche? Arzaky mismo parecía alarmado por la agresión del griego. No le molestaba enfrentar a Caleb Lawson, o a Castelvetia, o discutir a los gritos con su amigo Magrelli, pero la irrupción de Madorakis lo había desconcertado.

Saqué el reloj del bolsillo y miré la hora: la discusión proseguía, pero yo debía partir. Me abrí paso entre los adláteres, que ni siquiera me miraron, porque seguían con atención las discusiones cada vez más acaloradas de sus señores. Solo el sioux me saludó con una inclinación de cabeza. Pasé junto a Neska, que fingió no verme.

9

Aunque nadie podía tener interés en seguirme, caminé en la noche mirando hacia atrás cada dos pasos, como un conspirador. Era tarde: esa hora en la que ya no miramos el reloj, y nos cruzamos solo con gente demasiado alegre o demasiado triste. Distraído, estuve a punto de ser atropellado por un coche; oí un insulto, pero por una curiosa alucinación auditiva me pareció que era el caballo y no el cochero el que me gritaba. El insulto sonó con voz grave y tono sensato: no se podía evitar estar de acuerdo. Hay que hacer como los caballos, que nunca cierran los ojos.

Cuando llegué al teatro, los últimos espectadores abandonaban la sala. En las funciones de la ópera o en cualquier obra teatral, sea esta ligera o profunda, se observa siempre el mismo fenómeno: los primeros espectadores dejan la sala entre charlas y risas, y están apurados por abandonar el mundo de la ficción y reencontrarse con el mundo verdadero, con el que se sienten en armonía. Los últimos, en cambio, necesitan ser expulsados por los acomodadores o las luces de la sala o el silencio que sucede a los aplausos; si fuera por ellos, se quedarían a vivir en el mundo imaginario que les propone la función. Así salían los últimos espectadores, mudos, atribulados por abandonar una isla gobernada por La Sirena. No sabían cuál era su lugar allá fuera; en la vida real las butacas se venden sin numerar.

Encontré la puerta lateral de la que me había hablado el

mensaje y entré sin golpear. Decorados polvorientos, estatuas de cartón piedra, armaduras y disfraces de otras obras. Recordé el teatro Victoria, donde había actuado el mago asesino; pensé que de alguna manera todos los teatros son iguales, como si los arquitectos los dotaran de innumerables rincones, para que se sepa que por tan solo una escena de ilusión se necesitan cientos de artilugios de madera, de telones comidos por las polillas, de trajes cubiertos por telarañas.

Seguí por un pasillo el rastro de la canción de una mujer. Su voz era tan dulce que me hubiera quedado allí, sin voluntad para romper el encantamiento. Había ido un par de veces a la ópera y otra vez a un concierto, y las tres veces me quedé dormido. Prefiero la música inesperada, la que se oye por error, la música distraída que nos ignora por completo.

Mis pasos atenuaron la voz de la mujer; cuando estuve frente a su puerta, y leí su nombre, La Sirena, ya había dejado de cantar. Me recibió con una sonrisa nerviosa y se asomó al pasillo oscuro para ver si nadie me había seguido. Estaba vestida con un traje verde de sirena; alguna clase de aceite le daba a su pelo el brillo del agua.

—¿Trajo la fotografía?

Había esperado un saludo, una conversación amable: no el pedido imperativo. Entregada la fotografía, se terminaba mi poder. Se la tendí, pero no la solté de inmediato, y ella tuvo que dar un pequeño tirón. Me avergoncé de la actitud de mi mano, que actuaba por su cuenta, sin consultarme siquiera. La Sirena miró la foto para comprobar que era la que buscaba, la dio vuelta, y se quedó leyendo su propia letra:

He soñado en la Gruta donde nada la Sirena

Miraba y miraba su caligrafía verde como si se tratara de un mensaje imposible de descifrar.

—¿Sabía Arzaky de esta postal?

—No —mentí.

—Usted es un caballero, y ha hecho bien en devolverla. Le estaré siempre agradecida.

—No soy un caballero. Un caballero no la hubiera robado.

—¿Por qué la robó? ¿Pensó que le serviría para saber la verdad sobre ese crimen?

—No. No sé por qué la robé. Nunca antes había robado nada en mi vida.

—Eso no se lo creo. Nunca pecamos por primera vez. Siempre hicimos algo antes que anuncia lo que haremos después.

Apenas La Sirena dijo esas palabras recordé una pequeña falta: dos meses antes del viaje, había entrado a la cocina de la familia Craig y había encontrado sobre la mesa de madera un montón de ropa de la señora Craig, recién descolgada y todavía caliente por el sol. No había robado nada, pero había tocado aquellas prendas durante unos pocos segundos, hasta que oí los pasos de la cocinera. Si alguien me sorprendía, ¿qué hubiera podido decirle? Lo que me preocupaba de esa clase de actos no era que fueran los más vergonzosos, los más prohibidos, sino que me parecían más verdaderos que todas mis palabras, mis amabilidades, mis deducciones.

La voz de La Sirena me arrancó de mis recuerdos involuntarios:

—¿Le contará a Arzaky de nuestra conversación?

—No.

—Mejor así. Recuerde que yo trabajo para Arzaky, pero no puedo decirle todo. Arzaky no sabría qué hacer con todas las cosas que encuentro. Él me envía a las grutas y cavernas, para que le traiga las pistas que están sumergidas, las piezas gastadas de los barcos hundidos.

—¿Él la envió con Grialet?

—Arzaky tiene sus agentes. Pero a veces no cree en nosotros. Viktor cree que Grialet asesinó a Darbon.

—¿Y no es así?

—No.

Sentí su mano sobre mi brazo.

—Venga a la luz. Sus botas brillan. ¿Es cuero argentino?

—Sí, pero no brillan por eso. Las lustro con un ungüento que prepara mi padre.

—Está lloviendo. Pero sus botas siguen relucientes.

—Y dice mi padre que este betún sirve también para curar heridas.

—No me vendría mal un frasco.

—Le enviaré uno cuando regrese a mi país. ¿Tiene zapatos negros?

—No, pero ya conseguiré o zapatos o alguna herida para probar la eficacia del ungüento.

En el camarín se oyó un crujido. Había un perchero cubierto de prendas que formaban una montaña informe. Por un momento imaginé que la bailarina me llevaba a una trampa, porque era evidente que detrás se escondía alguien.

—Puede salir —dijo La Sirena.

Pensé en un amante escondido, pensé en Grialet, inclusive en Arzaky, pero era Greta. Sentí una mezcla de cólera y alivio.

—Estos teatros son un laberinto. Ella le podrá mostrar la salida.

Lamenté que la función terminara tan pronto. Empezaba a ser de los que querían salir últimos. La Sirena cerró la puerta de su camarín. Greta y yo caminamos juntos, al principio en silencio.

—¿Necesitaban bailarinas? Es bueno probar un nuevo oficio. No creo que Castelvetia pueda tenerte mucho tiempo como adlátere.

Su voz sonó despreocupada:

—Los detectives tienen cosas más importantes de qué ocuparse. Los secretos de Castelvetia no son temas urgentes.

—Caleb Lawson va a caer sobre él, tarde o temprano.

—A Castelvetia no le importa Caleb Lawson, ni su hindú. Lo venció una vez y va a volver a vencerlo. Le preocupa Arzaky.

—¿Por qué Arzaky?

—No quiso decírmelo. Pero lo menciona en sueños.

Me pareció que se arrepentía por haberlo dicho. No me animé a preguntarle por qué estaba al tanto de los sueños de Castelvetia. ¿Iría ella en secreto al hotel Numancia, para su cita clandestina? ¿O sería él quien la visitaría a ella?

Llegamos hasta el hotel, pero nos mantuvimos a prudente distancia, porque los detectives conversaban en la puerta. Los adláteres se organizaban para marchar en procesión rumbo al Nécart.

—¿Para qué fuiste a ver a La Sirena?

—Quería preguntarle sobre "El caso de la profecía cumplida".

—Es un caso viejo.

—Que quedó sin resolver. Castelvetia piensa que aquella vez fue Grialet el verdadero culpable, y que a pesar de que Arzaky envió a La Sirena con Grialet, no pudo probar nada. Tal vez La Sirena protegió a Grialet aquella vez. Tal vez lo esté protegiendo ahora.

—¿Y qué te dijo?

—Nada. Me habló de Arzaky y se puso a cantar una canción; ella había cantado esa misma canción la noche en que se conocieron. Pensé que después de la canción iba a estar dispuesta a hablar. Pero algo la interrumpió.

—¿Qué?

—Los pasos de un idiota.

Ahora Greta miraba a los detectives y asistentes, que ya se perdían en la noche.

—¿Es la primera vez que los ves?

—No. Ya estuve aquí antes. Me gusta mirarlos, imaginar

el día en que me toque entrar al círculo de los adláteres. Si entro yo, es como si mi padre entrara.

No puse objeciones a sus fantasías. ¿Quién era yo para distinguir, entre las ambiciones y las cosas del mundo, las posibles de las imposibles? Greta dio un paso hacia delante y la luz del farol la iluminó; pero su cara brillaba tanto que parecía ser ella la que iluminaba el farol. Era la cara de una niña que mira, detrás de una vidriera, los destellos de un juguete inalcanzable.

10

Al día siguiente, a las diez de la mañana, estaba de nuevo frente al teatro. Algunos adláteres estaban conmigo y también sus respectivos detectives: Magrelli, Hatter, Araujo. Después llegó Zagala, con una gorra que exageraba su aire de marino. Protestaba, decía que Benito debía estar allí pero que se había quedado dormido. Un policía intentó impedir el paso del grupo, pero Magrelli, acostumbrado a lidiar con los *carabiniere*, no tuvo problemas en sacarlo del camino: lo anuló a fuerza de párrafos incomprensibles, constantes señales con el dedo índice hacia arriba, para señalar su amistad con altísimos funcionarios, y la exhibición de papeles con firmas y sellos. Después nos explicó:

—Frente a los policías siempre hay que mostrar algún papel. Son muy sensibles a las cosas por escrito.

El inspector Bazeldin se puso blanco cuando vio a los detectives irrumpir en la sala, y luego subir las escaleras hacia el escenario. Yo seguí como un autómata la marcha impaciente y alegre de los detectives. Las peleas habían quedado atrás y de nuevo formaban parte de una comunidad, ahora que el crimen les hacía su oscuro llamado y les recordaba que tenían un destino.

—La obra está cancelada —dijo el inspector—. No necesitamos actores.

Pero no pudo detenerlos: lo rodearon como un coro, lo interrogaron todos a la vez, lo cubrieron de alabanzas y lisonjas con el solo fin de distraerlo. Sobre el escenario, grandes bloques de cristal imitaban alguna suerte de gruta helada; en el centro, en una laguna circular, estaba hundido el cuerpo de La Sirena. Los cabellos, negrísimos, flotaban a su alrededor. La sangre había dibujado sobre el agua vetas parecidas a las que cruzan el mármol. Tenía los ojos cerrados. Los labios estaban negros, como si conservaran el beso de la muerte. La miré sin pena ni horror, como si no hubiera relación alguna entre el espectáculo frío que ahora estaba frente a mí y la muchacha espléndida con la que había hablado la noche anterior. Todavía podía oler la mezcla de perfumes del camarín. Me miré las manos, las manos que habían tocado la fotografía; me pregunté si no había sido esa fotografía el salvoconducto hacia el país helado que ahora habitaba.

El inspector, que no podía contener a los detectives, intentó un último gesto de autoridad, y dio con gravedad la orden de retirar el cuerpo de ese país de hielo. Cuatro policías se agacharon y luego de remangarse hundieron los brazos en el agua. Alcanzaron manos y tobillos y tiraron, inseguros y bruscos, hacia arriba. Hundida, La Sirena había conservado su belleza; uno podía imaginar que toda su ardua insistencia en trajes verdes, grutas y su nombre de fantasía habían sido la preparación para la escena perfecta del sueño sumergido. Pero al ser arrancada del agua, con el cabello aceitoso y pegoteado y los miembros laxos, que adoptaban las poses descuidadas de una muñeca rota, todo nos alertaba de que ya no era una sirena; era una mujer muerta. Bazeldin se inclinó movido por la piedad, le pasó un pañuelo por la cara, y la limpió de aceite, de cabellos, de sangre: los labios ahora eran blancos.

La maniobra de rescate dejó al descubierto la nuca de la sirena, llena de sangre; sin darme cuenta de lo que hacía, di un paso hacia delante y estuve a punto de caer al agua. Benito, que acababa de llegar y que no había terminado de cerrarse los botones de la camisa, me sostuvo.

—¿Qué pasa? ¿La conocías?

Logré decir, luego de un gran esfuerzo:

—No.

—¿Y Arzaky? —preguntó Magrelli—. ¿Dónde está?

El jefe de policía respondió con fastidio:

—Fue el primero en venir. Estaba dispuesto a echarlo, porque me molesta su arrogancia, pero por suerte no fue necesario. Escapó solo. Apenas la vio se marchó con esos pasos gigantescos, como si lo esperara algún deber urgente. Este caso no tiene que ver con ustedes, así que si me permiten les voy a pedir que se retiren. La Exposición Universal los espera.

—Claro que tiene que ver con nosotros —dijo Hatter—. Esta mujer era la amante de Arzaky.

El inspector Bazeldin quiso decir algo, pero no le salió la voz. Dejó caer el pañuelo con el que había limpiado la cara de La Sirena. Tal vez pensaba en todos los agentes que había mandado tras Arzaky, todos los informes que se acumulaban en su escritorio, todos los soplones a los que compraba una información inútil y que ni siquiera eran capaces de comunicarle el nombre de la amante de Arzaky.

Zagala hizo un murmullo de desagrado. No quería que los secretos de Arzaky se ventilaran delante de la policía. Hatter se dio cuenta de que había hablado de más e intentó disculparse:

—¿Qué? Todos lo sabíamos. Por eso vinimos apenas oímos la noticia.

Baldone se hizo la señal de la cruz, muy rápido, para que nadie lo notara. Yo lo imité, sin avergonzarme: los detectives podían coquetear con el positivismo, pero los adláteres teníamos permitida la religión. Me arrodillé unos segundos junto al cuerpo, para recuperar el pañuelo que Bazeldin acababa de tirar. Recé en voz baja dos padrenuestros: uno por el alma de La Sirena; otro porque el jefe de policía no descubriera mi maniobra de escamoteo.

Madorakis se adelantó y se agachó junto al cuerpo. Tocó con un dedo el cabello aceitado de La Sirena.

—Primero Darbon, adversario de Arzaky. Después Sorel, enviado por Arzaky a la guillotina. Y ahora esta muchacha disfrazada de sirena, amante de Arzaky. El detective polaco tiene por fin su serie.

QUINTA PARTE

La cuarta cláusula

1

En los días siguientes al asesinato de La Sirena, nada se supo de Arzaky. Yo no tenía dudas de que había sido la conmoción provocada por la visión del cuerpo de la muchacha lo que lo había obligado a ausentarse. Había llegado al teatro, alertado por uno de los informantes que tenía en la policía, se había asomado para ver el cuerpo hundido de La Sirena, y luego, sin decir una palabra, había desaparecido por completo. Después de unas horas, los detectives empezaron a inquietarse: reunidos en el salón del hotel Numancia, formaban ahora una especie de cónclave perpetuo. Caleb Lawson me recomendó que permaneciera en el estudio de Arzaky, por si este aparecía de improviso.

La ausencia de Arzaky había causado más inquietud que el mismo crimen. Al día siguiente comenzaron a llegar representantes de las autoridades de la exposición, con mensajes urgentes que yo acumulaba sin prisa en una caja de cartón. Lo que yo había visto de la vida de Arzaky era una parte ínfima de su vida real, de las personas con las que trataba, de los múltiples asuntos que lo ocupaban: su ausencia hacía que ese mundo hasta entonces subterráneo saliera a la luz. Así desfilaron por la oficina mujeres desesperadas, hombres que le debían la vida, esposas de falsos acusados que purgaban condena, vendedores de información que esperaban ganar el día con la revelación de un secreto. A todos procuré despedirlos con tranquilidad y prisa:

—El señor Arzaky volverá de un momento a otro.

Me cansé de la espera y salí a buscarlo. Recorrí las tabernas que el detective frecuentaba, busqué informantes que me hablaban de otros lugares más secretos; dejé los terrenos del pernod para entrar en los fumaderos de opio. Cuanto más preguntaba, más lejano me parecía Arzaky; no me inquietaba la ausencia de pistas sino su abundancia. Arzaky discutió con un húngaro, Arzaky golpeó a una mujer, Arzaky le arrancó el puñal a un cocinero chino, esa sombra en la pared es la sombra de Arzaky. Un ciego, intoxicado de opio, abrió los ojos blancos y me dijo:

—Arzaky está muerto, y fue usted quien lo mató.

No podía recorrer esos cuartos sin probar lo que me ofrecían; así que a medida que los sitios se envilecían, yo también. Primero el vino, luego los licores improvisados en alambiques secretos, el ajenjo adulterado, que me hacía olvidar los sinsabores de la vida, y al fin el opio, que me hacía olvidar también todo lo demás. En pocos días se acabó mi capital: lo que Arzaky me había pagado, lo gasté en su búsqueda.

En mi peregrinar había notado que aquello que se predicaba de Arzaky podía predicarse de cualquiera. Una mujer me había susurrado al oído que Arzaky dormía en una casa de mala reputación, en las afueras; cuando entré, un marsellés entrado en años, borracho, me atacó con una cuchilla de carnicero. Pude escapar, pero regresé a la noche siguiente a preguntar por Arzaky. Me respondieron:

—Estuvo aquí ayer a la noche: un marsellés lo atacó con una cuchilla de carnicero.

Decidido a salvarme, estuve un día entero sin tomar nada y sin salir de mi habitación. No había pruebas de que Arzaky se hubiera abandonado a la congoja: podía estar trabajando en secreto, volviendo sobre viejas pistas. Al anochecer, ya lúcido, decidí visitar la casa de Grialet. Él me abrió en persona:

vestía una especie de largo atuendo negro. Me pregunté si habría interrumpido alguna ceremonia.

—Ah, mi amigo, el ladrón de fotografías. Tendrá que disculparme, no me queda ninguna.

—Estoy avergonzado. Ya devolví esa fotografía a su dueña.

—El dueño era yo. ¿Qué busca ahora?

—Preguntarle sobre Arzaky.

—¿Arzaky? Dicen que se fue, que desapareció, que está muerto.

—¿No le hizo una visita?

—No tuve el gusto.

—La Sirena era la amante de Arzaky —le dije, con algo de desafío. No se inmutó.

—Ya lo sé. Era mi amante también. Él la envió para investigarme. Y ahora lo envía a usted.

—Yo vengo por mi cuenta.

Grialet se rió.

—Cuando más creemos actuar por nuestra voluntad, más somos manejados por fuerzas que desconocemos. Pase. Estamos entre amigos.

En la sala estaban reunidos otros tres hombres. Reconocí el perfil de pájaro de Isel. Me saludó con una inclinación de cabeza, dando a entender que se acordaba de mí. Cerca del piano había un hombre en hábito sacerdotal. Tenía la cara redonda e infantil, sin indicios de barba. El otro, más joven, vestía una camisa blanca con el cuello abierto y miraba con los ojos ansiosos de los tísicos.

—Aquí nos ve: las bestias negras de Darbon. A Isel ya lo conoce, los otros son el sacerdote Desmorins y el poeta Vilando. Desmorins fue expulsado por los jesuitas por sus juegos de necromante; pero él no ha aceptado esa decisión y continúa usando el hábito.

Desmorins habló con voz aflautada:

—El Papa debería volver a Avignon: nuestra iglesia es hoy,

más que nunca, no una piedra, ni una catedral, ni la nave que toda catedral esconde: es un puente roto, que no conduce a ninguna parte.

—Desmorins se empeña en escribir esa clase de cosas. Empezó como Superior de todas las bibliotecas de la orden, y su trabajo consistía en quemar los libros imprudentes; hace tiempo que abandonó el fuego y se dedicó a la literatura. El joven Vilando, en cambio, ha seguido el camino opuesto: ha pertenecido al círculo del conde Villiers y de Huysmans, pero ahora todas las noches escribe y hace arder sus poemas. Quiere que solo existan en la mente del Dios desconocido.

Grialet hizo una pausa. Los cuatro me miraban, a los cuatro les gustaba ser observados por alguien de afuera: durante toda su vida habían cultivado el secreto, y ahora querían decir con sus rostros, con sus vestimentas un poco extravagantes, con sus gestos de conspiradores, la importancia de todo lo que callaban.

—Estos son los enemigos del progreso, de la Torre, de la Exposición —continuó Grialet—. Los discípulos de las enseñanzas secretas de Cristo. No somos tan peligrosos como Darbon sospechaba. ¿No cree?

Me señaló una silla vacía. Me senté con ellos. Pronto hubo frente a mí un vaso de vino con especias.

—Estamos en contra de la Exposición. Al menos en eso, Darbon no se equivocó —dijo Grialet.

—¿Por qué?

—Porque creemos que el mundo no vive sino por el secreto. La ciudad de París ha sido durante largos años un refugio para todos los saberes esotéricos. Ahora se han propuesto iluminarla. La luz eléctrica, el positivismo, la Exposición, la Torre: son formas de lo mismo. La ciencia ya no es un conjunto de respuestas, sino un exterminio de las preguntas.

Bebí hasta el final de la copa; como no era todavía un bebedor nato, me gustaba el sabor dulzón, el olor de la canela, y los otros gustos sin nombre que se superponían; cuando la copa de cristal de roca se vació, Grialet volvió a llenarla.

—Durante años los iniciados nos hemos enfrentado. Gnósticos, rosacruces, nostálgicos de la alquimia, valentinianos, fieles de la iglesia martinista, cristianos, anticristianos, satanistas. Pero ahora estamos unidos. Ahora todos tenemos un enemigo en común. El positivismo, el deseo de comprender todo, de explicarlo todo, es la enfermedad de la época. La torre, desde donde se ve la ciudad entera, y la Exposición, que quiere mostrar todo lo que existe, no son sino los signos mayores de un mundo sin secretos. Y sus detectives alientan a los constructores, alientan a los científicos; no saben que ellos también viven porque existe el secreto, y que cuando el secreto desaparezca ellos mismos se extinguirán.

Isel acercó a mí su perfil de pájaro:

—Grialet habla con la verdad: los detectives se han convertido, sin sospecharlo, en la señal más extravagante en esa confianza en que todo puede ser explicado. No hay salvación para ellos. Ninguno puede salvarse, salvo Arzaky.

—¿Por qué Arzaky?

—Porque es polaco —dijo Isel—. Porque no ha renunciado a la fe en Cristo, aunque la esconda. Porque cree en las fuerzas oscuras y en los límites de la Razón. Pero esa batalla tiene lugar en su corazón, y acabará por destruirlo. Se cree un racionalista, un materialista; pero es un soldado de Cristo.

El vino había empezado a marearme. Temí por unos segundos que se tratara de un brebaje, de un hechizo. Traté de ordenar las palabras que flotaban en mi boca; lentamente, las traduje al francés:

—Darbon los investigaba a ustedes. Darbon sabía que querían usar la torre para difundir sus creencias.

Grialet se rió:

—¿Difundir? ¿Cree que somos periodistas? —pronunció la palabra con infinito desprecio—. Hemos hecho todo lo posible para esconder nuestras creencias. Cristo predicaba a todos, pero su verdadero mensaje era un mensaje secreto: nosotros somos los destinatarios de ese mensaje, y lo trasmitimos según nuestras reglas. No importa que todo lo iluminen con luz eléctrica: cuanta más luz haya habrá más sombras; nosotros nos esconderemos en lo más oscuro, como los cristianos en las catacumbas.

Quise arrancar a Grialet de la superioridad con la que me hablaba. Quise llevarlo de nuevo al mundo de las acusaciones, las pruebas y las coartadas. Le pregunté de golpe:

—¿Cuándo vio por última vez a La Sirena?

Grialet se puso de pie. Pensé que lo había ofendido y que me echaría en ese mismo instante. Pero respondió con la voz más triste que he escuchado nunca:

—Ojalá fuera así. Ojalá hubiera dejado de verla. No puedo dejar de verla. Voy a la ventana y me parece que está a punto de aparecer.

—¿Usted la mató?

—¿Yo? ¿Por qué iba a matarla?

—Por celos de Arzaky. Porque trabajaba para él.

—La Sirena murió de lo que mueren las sirenas: el llamado de un mundo que no entienden.

La voz se le había quebrado a Grialet; se alejó de nosotros y fue hacia la ventana. El sacerdote Desmorins escuchaba todo con la mirada baja, sin intervenir. El poeta tísico clavó en mí sus grandes ojos húmedos. Parecía que estaba a punto de decir algo, y levantaba la mano, como si estuviéramos en clase y esperara la aprobación del maestro, pero enseguida, arrepentido, la bajaba. Debía ser cierto que quemaba los manuscritos, porque las puntas de sus dedos mostraban ampollas y cicatrices.

Isel me clavó sus dedos como garras en el brazo.

—Es verdad que somos los hombres oscuros, y que nuestras ceremonias acaban por contagiarnos cierto disgusto por la vida, que a veces nos lleva a perdernos. Entre nuestros antecesores, el número de suicidas es más elevado que entre el resto de los hombres. Dichosos los que mueren de una muerte rápida, de una muerte que la Iglesia reprueba, escribió el barón Dupotet. Pero no crea que sus detectives son los hombres de la luz. También ellos, sin saberlo, buscan en sus peligros una muerte a la altura de su leyenda. ¿Acaso no son habituales los riesgos sin sentido? Y también está la otra tentación, la de cruzar la línea.

—¿Qué línea?

—La que los separa del bando de los asesinos —dijo Isel.

Grialet me chistó desde la ventana. Tuve oportunidad de liberarme de la garra de Isel.

—¿Usted creía buscar a Arzaky? Yo creo que es Arzaky el que lo sigue a usted. Venga.

Miré a través del vidrio a un hombre que buscaba esconderse en la sombra. Miraba la casa-libro sin animarse a entrar. Estaba despeinado, no se había cambiado ni afeitado en días. El hombre que encarnaba a la Razón era un loco que no sabía qué dirección tomar, y ante la duda volvía al refugio de la sombra. A mis espaldas, la pared, en tinta negra, susurraba:

Yo soy el Tenebroso, —el Viudo, —el Inconsolado
El Príncipe de Aquitania de la Torre abolida...

Sentí una mezcla de alegría y decepción; porque así como me sentía feliz de encontrarlo, había tenido la esperanza de que Arzaky hubiera gastado ese tiempo en el develamiento final de todos los enigmas. Y el hombre que estaba abajo, desmañado y taciturno, no parecía saber siquiera en dónde estaba.

Cuando salí a la calle, con los brazos abiertos, había desaparecido.

2

Era el 2 de mayo: faltaban tres días para la inauguración. El hotel Numancia era un tráfico incesante de viajeros que llegaban y partían; muchos habían venido desde hacía tiempo a la exposición —delegados secretos de las coronas europeas, técnicos empeñados en anticiparse al porvenir, inventores en busca de fuentes de inspiración— y gracias a sus salvoconductos y permisos habían paseado a su placer por los grandes pabellones, habían viajado en los vagones que recorrían la exposición, se habían agotado en el ascenso a pie a la torre desierta. Pero todo privilegio estaba a punto de perderse: ahora se acercaba el día en que el tesoro sería entregado a la multitud. Para ellos era el momento de marcharse: atraídos por la promesa incesante del futuro, la exposición ya empezaba a parecerles una gastada feria de atracciones, un circo repetido, un remedo del porvenir.

Cuando llegué al Numancia, Dandavi, el asistente de Caleb Lawson, me advirtió:

—Lo están esperando.

—¿A mí?

—La sesión de hoy no empezará sin usted.

—Para qué me necesitan si ni siquiera soy un adlátere.

—Como falta Arzaky, usted tiene que estar presente. Usted será sus ojos y sus oídos.

—¿Y su lengua también?

El hindú me miró con sus grandes ojos rasgados y adoptó

el tono grave y ambiguo de quienes han aprendido que nada se parece tanto a la sabiduría como la imprecisión:

—Llegado el momento, todos encontramos nuestra oportunidad de hablar y de callar.

Entré al salón subterráneo. Caleb Lawson había ocupado el lugar de Arzaky. Parecía feliz de estar en el centro de la escena, pero a la vez avergonzado, como un actor suplente que, llamado de improviso, después de meses de espera, se da cuenta de que ha olvidado la letra. Ahora que La Sirena había muerto, ahora que el misterio continuaba sin ser resuelto, los instrumentos que llenaban las vitrinas parecían artefactos antiguos e inútiles. Era Arzaky, con su presencia, el que daba sentido a esos objetos. Busqué con la mirada el bastón de Craig, pero solo estaba la etiqueta que lo nombraba y definía: estuviera donde estuviese el detective polaco, se había llevado el arma con él.

Caleb Lawson dio palmadas para llamar la atención, quiso empezar, la voz no le salió, tosió, esperó la mirada de Dandavi, y al final habló, por sobre las voces que seguían murmurando en los rincones:

—No sabemos dónde está Viktor Arzaky, así que tendremos que empezar sin él. Quiero que recordemos que, a menos que tenga una buena razón, podemos considerar su ausencia como una grave falta a nuestro reglamento.

Magrelli intervino:

—Vamos, Lawson, respetemos el dolor de Arzaky. No es hora de aplicar el reglamento.

—Dicen que lo vieron en una iglesia —dijo Novarius, tímido.

—Y en la torre, asomado al vacío, a punto de saltar —susurró el español Rojo.

—Benito me ha contado que lo han visto al menos en siete lados distintos —dijo Zagala—. No hay que dar crédito a estas versiones.

Castelvetia habló:

—Es probable que no haya estado en ninguno de esos sitios. Así se ausentan los grandes hombres: en vez de faltar de un solo sitio, dejan de estar en todas partes a la vez.

Caleb Lawson, al ver que a su alrededor las menciones a Arzaky aumentaban, quiso apartarse del tema, como si de tanto nombrarlo las palabras acabaran por convocarlo:

—El primero que se anotó en la lista de oradores es Madorakis.

El griego, bajo y fornido, se adelantó.

—Esta reunión ha tenido como motivo la Exposición Universal. Arzaky ya nos había advertido: así como nosotros quisimos exponer nuestro saber, a través de nuestra pequeña muestra, de nuestras reuniones y de la publicación de nuestros pensamientos, también el crimen ha decidido exponer sus artes. Por eso los tres asesinatos han ocurrido aquí y ahora. Y aunque parezcan desconectados, forman una serie.

—Solo hubo dos asesinatos —lo interrumpió Lawson.

—Nos enfrentamos con una mente que busca dejar señales. Debemos considerar la incineración del cuerpo como el segundo elemento de la serie. Por eso digo que hubo tres y que habrá otro.

—¿Un cuarto?

—Y justo el día de la inauguración. Pasó una semana entre crimen y crimen: falta poco para que se complete el nuevo plazo.

Zagala preguntó:

—Y ya que parece saberlo todo, ¿quién es el asesino?

—El criminal es alguien que está obsesionado con Los Doce Detectives, pero sobre todo con Arzaky. Las tres víctimas estaban relacionadas con él. Su adversario legendario, su víctima (Arzaky envió al tal Sorel a la guillotina) y su amante.

—La vida privada de los detectives… —empezó a decir Magrelli.

—La vida privada se termina donde comienza el crimen —Madorakis buscó con el dedo entre los presentes y al final me señaló—. Y yo cuidaría a ese muchacho, porque el criminal puede usarlo para completar la serie.

Al instante todos me miraron, con una mezcla de sorpresa y compasión; era evidente que muchos de los detectives no estaban muy al tanto de mi existencia.

—¿Por qué cuatro? —quiso saber Zagala—. ¿De dónde saca el numero cuatro?

Castelvetia se apuró a decir:

—De *Los cuatro elementos,* por supuesto.

A Madorakis no le gustó que alguien se le adelantara. Miró a Castelvetia con desprecio. No había dos detectives más diferentes: las ropas toscas y raídas del griego, el elegante amaneramiento del holandés.

—Castelvetia tiene razón. Es posible que el criminal haya elegido una pauta al azar. Eligió esta. Sorel, cuyo cuerpo fue quemado, robó el cuadro titulado *Los cuatro elementos.* Y cada uno de los muertos estuvo vinculado a uno de los elementos. Sorel al fuego, la muchacha al agua, y en cuanto a Darbon…

—¡La tierra! —dijo Rojo con un grito, como si fuera Rodrigo de Triana—. El choque con la tierra fue lo que lo mató.

Zagala apagó el énfasis del toledano:

—No es la única posibilidad. El asesino puede considerar que lo que lo mató fue su desplazamiento en el aire.

Se oyeron voces a favor de uno y de otro. Al fin Madorakis hizo oír su vozarrón:

—Me inclino por la tierra, pero no sabemos cómo piensa el criminal. Por eso les propongo que el día de la inauguración vigilemos atentamente todo aquello que tiene que ver con la tierra y con el aire. Estuve recorriendo la Exposición y consultando el programa y encontré dos elementos que pueden seducir al asesino. Uno de ellos es el dirigible que paseará sobre los terrenos de la Exposición. El otro es el gran globo terráqueo que está a la entrada. El asesino bien puede haber identificado nuestro planeta Tierra con el elemento tierra.

—Hablando de tierra —dijo Zagala—, he visto que en el pabellón argentino ya han instalado un gran recipiente de cristal con tierra en la que los visitantes podrán hundir las manos para ver las bondades del suelo de la pampa y comprobar la existencia de lombrices.

—No se me ocurre quién podrá querer hacer algo tan asqueroso —dijo Castelvetia. Me miró a mí, como si yo, por el solo hecho de ser argentino, participara de ese acto abominable.

Caleb Lawson decidió retomar el control de la reunión:

—Agreguemos la tierra argentina al campo de nuestras sospechas. Solo nos queda decidir quién va a qué lugar. No hace falta que lo decidamos ahora. Y como ya terminamos de hablar de crímenes, pasemos a cosas importantes. Hablemos de Craig.

3

Caleb Lawson no había levantado la voz para mencionar a Craig, pero el nombre sonó como un trueno, como un grito irreparable. Sin saber por qué di un paso atrás, y hubiera dado otro pero choqué con Dandavi, que parecía puesto allí para vigilarme.

Ahora se había hecho un silencio perfecto, porque todos querían saber qué tenía que ver Craig con un asunto que le era tan ajeno:

—No quiero que lo que diga sea tomado como un ataque a Craig, sino como una defensa de nuestro oficio. Desde siempre, aun desde los nebulosos tiempos en que fue iniciada nuestra profesión (que algunos gustan situar en China, nebuloso origen de todas las cosas que carecen de origen conocido), siempre que pronunciamos la palabra detective murmuramos la otra, asistente o adlátere, palabra impuesta justamente por Craig. Aunque no los miremos, aquí están, junto a nosotros, silenciosos, nuestros asistentes. El uso de la razón nos precipita a veces a la locura; pero nuestros adláteres, con su constancia, nos devuelven a la realidad. Hay algunos que son una guía para los otros: mi fiel Dandavi, por ejemplo, o el viejo Tanner, que acompañó a Arzaky en la época de gloria del detective, ya lamentablemente terminada; también el mismo Baldone, aunque no cumpla siempre con la discreción que su oficio exige. Con su charla, a menudo sensata, a veces trivial, los adláteres nos recuerdan lo que piensan los otros seres humanos, y, por contraste, nos invitan a pensar distinto, a ejecutar con audacia nuestros silogismos, a despertar el asombro.

Imperceptiblemente, los adláteres se habían ido acercando al centro de la sala, vagamente admirados de que se los mencionase con tanta profusión. El inglés continuó:

—Craig, sin embargo, no estaba de acuerdo con eso. Él quiso ser distinto. Quiso improvisar un nuevo camino: investigar solo, narrar sus propias historias. Quiso ser Cristo y los cuatro evangelistas a la vez. Ahora nos llegan noticias que lo acusan de la mentira, del crimen, de la tortura. Su último caso, que debería haber sido la culminación de toda sabiduría, es un asunto turbio, lleno de hechos inexplicables, y que el mismo Craig se ha negado a aclarar. Y si se confirma la versión de que participó del asesinato del culpable, podemos estar seguros de que su acto es una amenaza para todo aquello en lo que creemos. ¿Quién se preocuparía por seguir pistas si están autorizadas la tortura y la ejecución sumaria?

Caleb Lawson dejó flotando su pregunta. Me mordía la lengua para no interrumpirlo; los adláteres teníamos prohibida la palabra. Arzaky lo hubiera hecho callar de inmediato, pero estaba ausente, y Lawson hablaba con la autoridad que le daba ese vacío. Castelvetia lo seguía sin interés, mientras se miraba las uñas esmaltadas; los otros estaban demasiado perplejos para actuar. Empresarios, criminales, jefes de policía, habían difundido sobre los detectives toda clase de infamias, pero nunca un detective había sido acusado de un crimen por otro detective.

—Pero quizás estoy siendo injusto con él y Craig merezca alguien que lo defienda, alguien que haya estado con él en esos días oscuros. Si nadie se opone, quiero autorizar la palabra a Sigmundo Salvatrio.

Dandavi me empujó y me adelanté a los tropezones. Caleb Lawson se acercó a mí.

—Salvatrio, ¿qué piensa usted de las acusaciones contra Craig?

Recordé el cuerpo del mago Kalidán, con los brazos abiertos. En mi memoria, la nube de moscas seguía zumbando, y temí que de tanto pensar en ella entrara al salón para rodearme.

—Craig fue mi maestro, y a él le debo todo. Para todos los que lo conocemos, es un hombre sabio. Jamás haría algo así.

—¿Nunca, en ningún momento, llegó a pensar que la ausencia de asistente podía llevarlo a olvidar el método y a perder la razón?

—Es cierto que Craig trabajó durante muchos años sin asistente. Pero en el último tiempo decidió fundar una academia dedicada a la investigación. Entre los estudiantes decíamos que había armado todo eso solo para que el mejor de nosotros se convirtiera en su asistente...

—O detective...

—No dijo nada de detectives. Eso lo quisimos creer nosotros.

—¿Y quién fue elegido para ser su asistente?

—Nadie. El mejor de nosotros murió asesinado. Eso todos lo saben.

—¿No era usted el mejor?

—No.

—¿Y entonces cómo llegó aquí?

—Porque resistí hasta el fin. Porque me quedé con Craig cuando todos los demás lo abandonaron.

Mis palabras despertaron un murmullo de aceptación. Si bien todos eran muy reconocidos en su profesión, muchas veces habían pasado por momentos difíciles: escándalos en la prensa, asesinatos irresolubles, trampas de los criminales. Nunca se valoraba más la fidelidad del asistente que cuando el detective caía en el descrédito.

—Y vino aquí como un mensajero.

—Sí. A traer un bastón.

—¿No es posible que el mensaje de Craig haya sido más complejo y no se haya limitado solamente a un bastón? ¿No es posible que la infección que dominó la mente de Craig se le haya contagiado a usted?

—¿Qué infección?

—La atracción por el crimen. La tentación por cruzar la línea. Todos sentimos alguna vez esa tentación.

—Me atrae la investigación. Desde niño leía las aventuras que muchos de ustedes protagonizaban y soñaba con hacer algo semejante algún día.

—Pero los niños dejan de ser niños. Y aquello con lo que soñaban se transforma, se borra, se corrompe.

—Yo sigo soñando con las mismas cosas —respondí, sin saber si mentía o decía la verdad.

—Los adláteres son silenciosos y buscan los rincones, y usted, el nuevo, es aun más invisible. Por eso quería conocerlo mejor, antes de pedirle que respondiera esta pregunta: ¿fue a visitar a Paloma Leska la noche del crimen?

—¿A quién? —pregunté, aunque sabía bien de quién hablaba.

—A La Sirena. ¿Creía que era una sirena de verdad? Se llamaba Paloma Leska.

—No lo niego. Fui a devolver un objeto robado.

—¿Qué era ese objeto? ¿Y quién lo había robado?

—Era una fotografía. Y lo había robado yo. Pensaba que podía servir para la investigación.

—¿Y encontró el cuerpo y no dijo nada?

—¿El cuerpo? No, La Sirena estaba viva. Todavía llevaba su traje verde. Nunca vi a una mujer tan viva como ella.

—¿Y puede probar que no la mató?

—¡No! ¿Pero por qué iba a matarla?

Caleb Lawson dejó de mirarme y se dirigió a su público:

—Quiero que este joven sea suspendido aquí mismo y que se le niegue de aquí en más la entrada a nuestras reuniones.

—Es el asistente de Arzaky. A él le toca decidirlo —dijo Magrelli.

—Arzaky no está, y lo decidiremos nosotros. Este joven estuvo en la escena del crimen en el momento del crimen. Además estamos obligados a informar al jefe de policía...

Eso me sobresaltó. No me iría bien con Bazeldin, que haría cualquier cosa para acabar con Arzaky.

—Soy inocente. A Arzaky le bastaría un segundo para probar mi inocencia.

—Pero no está, y no tiene ningún testigo que confirme que, cuando se fue, La Sirena estaba con vida.

No solo se desvanecía mi pertenencia al círculo de asistentes, sino que me creí a punto de ir a la cárcel. Había entrado en el mundo de mis lecturas, pero la historia había cambiado, y ahora me rodeaban páginas rotas, palabras abominables. Entonces hablé sin pensar:

—Sí, tengo un testigo.

—¿Quién?

¿Tardé en hablar? Me pareció que se hizo un silencio larguísimo, pero el tiempo transcurre distinto en los sueños.

—El asistente de Castelvetia.

Castelvetia se paró. No lo miré. Venía hacia mí. Venía para hacerme callar.

—Ella les dirá la verdad. Greta...

Hubo un murmullo de sorpresa. Caleb Lawson sonrió. Su cuerpo, tenso, pareció aflojarse, y su postura de fiscal desapareció. En ese instante comprendí que había sido engañado, que no le importaban las acusaciones contra Craig. Lawson solo esperaba esa palabra, la prueba que necesitaba contra Castelvetia.

—*Ella. Greta* —repitió Lawson, triunfador.

Castelvetia miró a su alrededor. Ya no había en él rastros de amaneramiento. Había abandonado su papel, y sus gestos atildados se le habían desprendido como una capa que cae al suelo. Las manos, que habían parecido solo un objeto de contemplación, ahora eran garras. Su voz se había hecho más grave:

—No es una asistente en el sentido estricto. Además yo estaba a punto de informar a Los Doce Detectives sobre la presencia de esta colaboradora, una vez que se disolvieran los problemas que ahora nos preocupan.

Caleb Lawson habló:

—Poner a una mujer de asistente rompe con todas nuestras reglas. Propongo que Castelvetia sea suspendido. Les recuerdo que la votación es por simple mayoría...

Lawson levantó la mano. Madorakis y Hatter también.

Magrelli dijo:

—Apoyo la moción, pero solo como medida cautelar.

Eran nueve los detectives presentes: faltaba solo un voto para asegurar la suspensión. Rojo dudó, pero acabó por levantar la mano.

—Y ahora les pido su voto para la separación cautelar de Arzaky, y también la de su asistente...

¿Hubieran votado Los Doce Detectives contra Arzaky? No lo creo. No se hubieran atrevido a tanto. Antes de que alguno tuviera oportunidad de equivocarse, se oyó la voz de Arzaky.

—¿Qué está haciendo, Lawson?

El inglés se sobresaltó.

—¡Arzaky! ¿Dónde estaba?

—He estado en muchos sitios malos durante estos días y durante mi vida entera. Pero de todos, este es el peor. En todos los antros hay reglas de conducta; aquí parece que la indignidad es la única norma. ¿Quería su venganza contra Castelvetia? Ya la tiene. ¿Por qué terminar también con mi ayudante?

—Porque no tenía a nadie a quien asistir. Además, conocía el secreto de Castelvetia y no lo dijo.

—Es un asistente, no un delator.

—Pero nuestro juramento de honor...

—Su honor no es el mío, Lawson. Declaro que Salvatrio

queda libre de culpa y cargo, y preparado para seguir ayudándome en este caso.

Lawson se había puesto pálido. Quiso impugnar las palabras de Arzaky, pero calló, tal vez obedeciendo una orden del hindú. No quiso abandonar, sin embargo, el centro de la escena, y le dijo al polaco:

—Ya nos hemos dado cuenta de lo que usted sabe hace mucho: que el asesino sigue un esquema basado en *Los cuatro elementos*. Solo nos falta decidir si el primero fue tierra o aire, y de acuerdo con eso…

Arzaky levantó las cejas, exagerando su sorpresa. Había adelgazado durante su ausencia, y ahora todos sus rasgos estaban más marcados. Una máscara de sí mismo.

—*¿Los cuatro elementos?* ¿Quién les dijo que de eso trata el asunto?

—Es lo que usted quería ocultarnos.

—¿Falta la tierra o el aire? Entonces vigilemos el planeta entero, porque aire y tierra hay en todos los rincones.

Lawson anunció:

—No sigamos con esta discusión. Tomemos un descanso. Anders Castelvetia: usted queda suspendido. Y le agradecemos al señor Salvatrio su colaboración en este asunto. Su lugar de asistente no queda afectado en absoluto.

Me retiré avergonzado hacia el fondo del salón. Ya nadie me miraba, porque todos los ojos estaban clavados en Arzaky. Magrelli se había acercado a estrecharle efusivamente la mano y Zagala esperaba su turno. Novarius miraba la hora en el reloj de pared, como si solo le preocuparan los días y horas y minutos que faltaban para huir de las complicaciones europeas.

Aproveché la distracción y abrí una vitrina para sacar el microscopio de Darbon. Era un instrumento pequeño, de origen suizo, con piezas de bronce y de acero. Cuando cerré la puerta de cristal del mueble noté que había alguien a mi lado: temí que fuera Neska. Estaba a punto de dar una explicación por mi maniobra, cuando vi que se trataba de Castelvetia.

—Tuve miedo. Hablé sin pensar —le dije.

Me miraba con tanta fijeza que temí que fuera a abofetearme. Me habló con desprecio.

—A los tontos no se les piden explicaciones. Al menos cuentan con ese privilegio.

—Pero quisiera explicarle a Greta...

Castelvetia sonrió, como si tuviera derecho a una módica venganza.

—No la volverá a ver. Mañana dejamos París.

Castelvetia me dio un empujón para apartarme de su camino. El primer expulsado en la historia de Los Doce Detectives abandonó a paso veloz el salón subterráneo del hotel Numancia.

4

Fui al hotel, me encerré en mi cuarto e intenté en vano poner al día mi correspondencia. Empezaba una carta y la abandonaba; accidentalmente cayó una gota de tinta en el papel, y comencé a expandirla, como si se tratara de un pequeño pulpo. En mi habitación había una guía de ferrocarriles: consulté la salida del próximo tren a Amsterdam. Si Castelvetia me había dicho la verdad, tal vez tuviera una última oportunidad de ver a Greta.

Puse en el microscopio el pañuelo con el que Bazeldin había limpiado la cara de La Sirena. Por la ventana llegaba un tenue rayo de sol: era suficiente para iluminar el pequeño espejo que a su vez daba luz al cristal. Ya empezaba a dibujarse una forma, cuando golpearon a la puerta. Por las dudas, escondí el microscopio, que me había llevado sin permiso.

Era Arzaky. ¿Tenía que decirle que sentía la muerte de La Sirena? Recordé a mi madre escribiendo cartas de pésame, o abundando en lamentaciones cuando algún conocido perdía a un pariente; mi padre, en cambio, no sabía nunca qué decir, y se limitaba a bajar la cabeza, a mirar los zapatos de la gente, el único terreno que conocía por completo.

—No se preocupe por Castelvetia. Siempre ha sido un arrogante. Venció una vez a Caleb Lawson y pensó que lo podría vencer siempre. A usted el inglés lo hizo caer en una trampa. Pero lo importante es que no delató a Craig. Esa historia que usted me contó estaba destinada a mí y a nadie más.

—Pero la delaté a ella…

—No lo hizo solo por miedo; lo que pasó es que estaba ansioso por nombrarla. Aunque el mundo se venga abajo, no hay mayor felicidad que decir esa palabra. Cualquier excusa sirve para pronunciar por fin el nombre amado. Caleb Lawson lo sabía. Pero no consiguió lo que hubiera sido su trofeo mayor: que usted delatara a Craig. No hay peor delación que esa: que un asistente delate a quien fue su detective, su maestro.

Arzaky me miraba con una extraña gravedad. Sentí lo mismo que había sentido frente a los ataques de Caleb Lawson: que algo me arrancaba de los rincones y los escondites y la invisibilidad, para dar una gran importancia al menor de mis actos y de mis palabras; pero esa importancia no era algo bueno para mí.

—¿Qué tengo que hacer ahora? Dijeron los detectives que mi vida corre peligro.

—Nada de eso. Espere instrucciones. Falta poco para que este caso acabe. Tal vez necesite de sus servicios una última vez.

—¿Y después?

—¿Después? Usted volverá a Buenos Aires, me imagino. Con la tranquilidad de conciencia del que ha cumplido su misión. Craig necesita que le cuente todo esto que pasó, que está pasando, que pasará. Lo envió aquí con un bastón y una historia; pronto le tocará a usted contarle otra historia, y devolverle el bastón.

Cuando Arzaky se marchó quise volver a trabajar con el microscopio, pero la luz se había ido.

El 5 de mayo se inauguró la Exposición Universal.

El mundo no había conocido hasta entonces una actividad mayor concentrada en un solo punto. Aun desde la cama me llegaba el ruido de los pasos: todos iban a ver los tesoros y las sorpresas. La multitud agotó las entradas y empezó a errar, feliz, por los pabellones, sin saber si ver primero esto o aquello; a todos ganaba esa ansiedad de pensar que lo más importante no es lo que se tiene ante los ojos, sino lo que está más allá; y aun los que habían obtenido una plaza para subir a la torre estaban convencidos de que en realidad habían errado el camino, y que lo más importante estaba en otro sitio, minúsculo, secreto. Solo lo que nos es negado tiene verdadera importancia.

Después de aprovechar la luz de la mañana me encaminé hacia el hotel Numancia. Envuelto en papel de estraza y atado con un cordel amarillo llevaba el microscopio de Darbon. Era temprano y la sala estaba vacía. Devolví el microscopio a su lugar y eché el envoltorio en el cesto de papeles.

En la puerta del hotel estaba Tamayak, acompañado por Baldone, Okano y Benito, todos con sus mejores ropas. Por un momento pensé que estaban allí porque habían descubierto que faltaba una pieza de la vitrina.

—Saqué un momento el microscopio para lustrarlo —les expliqué.

Se miraron entre ellos. No sabían de qué les hablaba.

—Desde lejos te vimos entrar en el hotel. Queremos que vengas con nosotros —dijo Benito—. Vamos a la Exposición.

—¿Como se repartirán? —pregunté.

—Novarius está en el dirigible. No se moverá de allí.

—¿Y usted no lo acompaña? —le pregunté a Tamayak.

—No. Si los dioses hubieran querido que volásemos, nos hubieran dado alas.

—¿Y los demás?

—Rojo y Zagala están haciendo guardia frente al globo terráqueo. Caleb Lawson fue a vigilar el pabellón argentino, junto con Madorakis.

—Entonces ustedes no van…

—Tenemos otra misión. Nos encargaron pasear por la Exposición. Mirar aquí y allá. Ver si notamos algo raro. Si

Arzaky no le ha indicado otra cosa, haría bien en venir con nosotros.

Fui con ellos, porque adiviné que no quedaba otro remedio. En las conversaciones ya había un aire de despedida: Baldone comentaba que había encontrado un sombrero para llevarle de regalo a su madre, Okano preguntaba dónde comprar un cajón de ajenjo a buen precio. Mostramos nuestros salvoconductos a la entrada. Era tal la multitud que resultaba difícil mantener al grupo unido. Los cuatro asistentes hacían lo imposible para no despegarse de mí.

Faltaba una hora para que partiera rumbo a Amsterdam el tren de Castelvetia. A veces me parecía que había quedado solo, que me rodeaban desconocidos, pero a pocos pasos aparecían mis guardianes, que se fingían distraídos. Para poner distancia, yo simulaba entusiasmos fervorosos: así me apuré hacia el pabellón de los Estados Unidos; pero el sioux estaba en la puerta, tan quieto que los visitantes lo admiraban, pensando que era parte del decorado; giraba los pasos y buscaba la Galería de las Máquinas, pero Baldone aparecía a mi lado, convidándome un refresco de menta que acababa de comprar. Vi mi oportunidad cuando una delegación china se abrió paso entre la múltitud: llevaban un dragón que se contorneaba, habitado por cientos de personas. La cabeza, gigantesca, se inclinaba hacia un lado y a otro. La coreografía era perfecta, pero el dragón no había tenido en cuenta a la multitud y sus movimientos ciegos chocaban una y otra vez con los visitantes, echándolos por tierra. Era tal el entusiasmo por la inauguración que aun pisoteada y contusa la gente se reía. Yo no podía esperar ocasión mejor: entré bajo las escamas del dragón, y compartí la oscuridad con mis compañeros chinos. Caminaba a ciegas, como los demás; sentí una gran tristeza por los integrantes del dragón, que estaban en un reino de maravillas, pero condenados a no ver nada. Escondido en las entrañas del dragón, escapé de mis cuatro guardianes.

5

Las locomotoras ronroneaban en la estación del norte. Corrí hacia el andén número cuatro, desde donde, según la guía de ferrocarriles, debía salir el tren de Castelvetia. Avancé por el interior del vagón, tropezando con los viajeros que acomodaban su equipaje y con los guardas que daban instrucciones y gozaban por unos minutos del poder que les daban el uniforme gris, la gorra y el silbato. En el tercer vagón encontré a Greta y a Castelvetia. Todos los pasajeros parecían nerviosos por la partida, menos ellos, como si pertenecieran al personal del ferrocarril, y su trabajo consistiera en ofrecer a los demás pasajeros una imagen de tranquilidad. Estaban juntos, sin tocarse, los dos serios, como si no se conocieran. Ella estaba sentada junto a la ventanilla y miraba hacia fuera a un grupo de palomas grises que picoteaban unas migas de pan.

Avancé hacia ellos y casi tropiezo con Castelvetia, que en ese momento se paró para sacar un libro de la valija que había acomodado en el portaequipajes. Al verme, el holandés suspiró con fastidio.

—¿Acaso piensa acompañarnos?

Yo había hecho una larga carrera; llegado el momento de hablar, no tenía aire. Castelvetia miró perplejo mi catálogo de señas, que querían reemplazar las palabras que no me salían. Greta, seria, me miraba con sus grandes ojos grises.

Castelvetia habló:

—Una sola cosa podría disculparlo de su traición. Una sola cosa. Que lo que dijo Lawson sea cierto.

—Lawson dijo muchas cosas.

—Sabe a qué me refiero. El crimen de Craig.

No dije nada. Dejé que mi fatiga me venciera, para excusarme de hablar.

El dedo índice de Castelvetia se clavó en mi pecho.

—Por su culpa me quedé fuera de Los Doce Detectives…

—Ya sé. Por eso vine a disculparme.

—No, vino a despedirse. Además, no quiero una disculpa. Quiero la verdad.

Yo bajé la vista, incapaz de sostener su mirada. Entonces me di cuenta de que Castelvetia creía que la respuesta sería negativa, y que esperaba ansioso mi defensa del buen nombre de Craig.

—Diga: Craig no torturó al asesino. Diga: Craig no lo mató.

No pude decir nada, y el silencio habló por mí. El holandés sacó un reloj de su bolsillo y midió la duración de mi silencio.

—Más de treinta segundos. Ahora sé lo que quiere decir.

El holandés estaba pálido. Se acercó para hablarme al oído, como si sospechara de los pasajeros que nos rodeaban.

—Mi expulsión no importa, Los Doce Detectives están acabados.

Castelvetia tocó el hombro de Greta, que se había quedado mirando por la ventana.

—Greta, querida, puedes hablar con el muchacho.

—Nos traicionó —dijo ella, sin apartar la mirada del cristal, como si no quisiera mirarme.

—Ya no tenemos nada contra él, porque nos han expulsado de un sitio que es nada. La ofensa queda borrada.

Ese permiso contrarió a Greta, que se puso de pie con fastidio. Muda, se abrió paso entre los últimos viajeros que llegaban. Bajé primero y traté de darle la mano para ayudarla con los escalones de hierro, pero la rechazó. Llegué a rozar sus dedos, que estaban helados.

—Sabía que no tenía que nombrarte, pero por un momento fui feliz al decir tu nombre. Después me di cuenta de lo que había hecho.

Greta había renunciado a tutearme.

—Ahora puede decir el nombre tantas veces como quiera. Callado, tenía cierto poder. Una vez pronunciada la palabra mágica, ya no vale nada.

—La palabra mágica todavía no ha perdido su poder.

Me miró durante unos segundos. Era mujer, al fin y al cabo, y se sintió halagada por mi insistencia, por mi desaliño, por la carrera insensata que me había llevado hasta allí.

—¿No debería estar trabajando? Hoy esperaban el cuarto crimen.

—Todos los detectives están en sus puestos, custodiando todas las versiones posibles del aire y de la tierra.

Señaló hacia la ventanilla del tren. Castelvetia leía una novela de tapas amarillas, con ornamentos de rosas entrelazadas: una novela sentimental.

—Castelvetia se ríe de sus preparativos. Dice que todos están equivocados, que no se trata del aire ni de la tierra.

—Castelvetia sabe tanto como los demás. Ellos al menos están en sus puestos. Él se va.

—Se va porque lo echaron. Se va porque no tiene otro camino. ¿Imagina las cosas que dirá la prensa de Amsterdam sobre esta expulsión?

—Castelvetia podría quedarse igual. Investigar por su cuenta. Si sabe tanto, debería quedarse, resolver el crimen y negociar después su regreso.

—Usted debería confiar en que va a ser Arzaky quien resuelva el enigma. La fe de un asistente debe sostenerse hasta en los peores momentos.

—Soy un fantasma para él. No me dice qué hacer. No sé qué piensa. Después de la muerte de Paloma...

Dije su nombre verdadero para tomar distancia del traje verde, del cuerpo en el agua, de los versos húmedos de Nerval: dije su nombre para no decir nada. Greta se quedó mirando como si le hubiera dicho una blasfemia inesperada.

—¿Quién?

—Paloma Leska. La Sirena.

—No sabía que se llamaba Paloma.

Yo era joven: mi vanidad pensaba por mí. Me pregunté si estaba celosa de que yo hubiera pronunciado su nombre verdadero, en lugar de su nombre artístico. ¿Iba a recibir en esa estación, entre el vapor y el olor a aceite de las máquinas, la dádiva de sus celos? El tren rugió. Los últimos pasajeros se apuraban a subir con su equipaje, y empujaban sus bultos como podían. Un guarda gritaba, otro hacía sonar con insistencia una campana de bronce. La miré: supe que no había celos. Temblaba. Los dos, casi al mismo tiempo, habíamos comprendido. Nos miramos por última vez.

—¿Hablabas de palabras mágicas? No es mi nombre la palabra mágica. Este es el instante que esperabas cuando fuiste a la cita con Craig, este es el instante que justifica tus demoras y tus traiciones. Este es el instante que justifica que ahora me digas adiós, Sigmundo Salvatrio. Rápido. Rápido.

Greta me empujó y esa fue su despedida. Subió a los saltos la escalera, cuando el tren ya empezaba a moverse. Esperé que el tren desapareciera por completo, como si no tuviera fuerza para moverme. Junto a mí, unas palomas se habían reunido para comer los mendrugos que le tiraba una vieja vestida con harapos; cuando pasé junto a ellas se echaron a volar hacia las grises alturas de cristal.

6

Hay gente que necesita estar quieta para pensar, yo pienso mejor caminando y aun mejor corriendo. Sabía adónde iba, pero no sabía por qué iba hacia allí. Contra la opinión de Craig y la de los otros detectives, sentí que el enigma no era ni un cuadro de Arcimboldo, ni una "pizarra de Aladino", ni una esfinge ni una página en blanco; era lo que había sido desde mi niñez: un rompecabezas. Mi padre entraba a casa con la gran caja envuelta en papel de seda azul; junto a la ventana, yo desgarraba el papel, volcaba las piezas en el suelo y disfrutaba durante unos segundos de ese caos brillante que esperaba que pusiera orden y encontrara, tras las formas, La Forma. Ahora tenía frente a mí las grandes piezas: el cuerpo de Darbon, caído desde la torre; el cadáver de Sorel, antes ejecutado con guillotina y luego vuelto a ejecutar por el fuego; y la otra pieza, la única que dolía, la silueta fatal de La Sirena. También había otras piezas: el aceite negro que había empujado a Darbon al vacío, las palabras de los testigos, el fuego, las citas oscuras en las paredes de la casa-libro de Grialet. Había leído los versos de Nerval, que no me podía sacar de la cabeza, pero eran otras palabras las que valían, las que explicaban:

Llegará el día en que Dios sea la reunión de un anciano, un ajusticiado y una paloma...

La solución estaba escrita en la pared de Grialet, a la vista de todos. Ahora sabía con certeza que los detectives, distribuidos por la Exposición en busca de la Tierra y el Aire, esperaban en vano: la serie no era de cuatro, sino de tres. No se trataba de los cuatro elementos, las cuatro raíces que los griegos veían detrás de todo, sino de la Trinidad. El anciano era Darbon, el ajusticiado, Sorel; la paloma, la Sirena...

Llegué sin aire al frente de la casa de Grialet. Subí los escalones de mármol y estaba por golpear, cuando Desmorins, el sacerdote, abrió la puerta. Él también estaba agitado y transpiraba, como si hubiera llegado hasta mí a través de una simétrica carrera.

—Tiene que detener a Arzaky —me dijo.

—¿Dónde está?

—Arriba. Cree que Grialet es el asesino. Voy a buscar a la policía.

Él no llegó a salir y yo no llegué a entrar. Era tarde para todos: el disparo hizo temblar las paredes. Sonó como un pistoletazo, más que como un tiro de revólver o de carabina. Había en el ruido mismo algo de irreparable, como si se tratara de la explosión de una bomba. Un disparo se puede errar: una explosión siempre habrá de tener consecuencias para alguien. Subí las escaleras: ni tan rápido como lo exigía la escena, ni tan lento como pedía mi cansancio. Mientras subía me acompañaban las palabras de las paredes, que no leí.

Arzaky estaba de pie en una habitación que la mañana no se decidía del todo a iluminar. Sostenía en su mano el bastón de Craig, que humeaba; parecía menos un arma de fuego que el báculo de alguna eficaz mitología. En el suelo, sentado, con la espalda apoyada sobre la pared escrita, estaba Grialet. El disparo le había dado en el cuello y le había desgarrado la carótida. Durante unos segundos, Grialet puso la mano sobre la herida, negra de pólvora; pero después, por debilidad o resignación, abandonó. Quiso decir algo, pero no pudo. Sus piernas se agitaron dos o tres veces, y quedó quieto.

Arzaky hizo entonces algo inesperado: se persignó. En nombre del Padre, del Hijo y del Espíritu Santo; en nombre del Anciano, del Ajusticiado y de la Paloma. Se quedó mirándome, como si tratara de esforzarse por recordar quién era yo. Dijo después:

—Grialet era el asesino. Esta noche daré los detalles.

Arzaky me tendió el bastón. Al principio no me animé a tocarlo. Yo había traído el bastón como una reliquia, y ahora era el arma que acababa de matar a un hombre. El bastón estaba caliente.

—Devuélvalo a la vitrina. Ya puede ocupar su lugar.

7

Arzaky había prometido exponer el caso esa misma noche, pero los detectives y los asistentes lo esperaron en vano. Al principio creyeron que se trataba de una nueva fuga, pero llegué a tiempo para informarles que el jefe de policía lo había retenido para que diera explicaciones de la muerte de Grialet. Eran famosos los largos interrogatorios de Bazeldin, que duraban hasta el amanecer. El jefe de policía sostenía que la claridad de la mañana, después de una noche entera de hostilidades, estimulaba las confesiones. La reunión de los detectives se pospuso para las siete de la tarde del día siguiente.

El 7 de mayo, los detectives llegaron puntuales al encuentro. Nadie quería perderse la explicación de Arzaky. También estaba presente Grimas, el editor de *Traces.* El único que faltaba era Arzaky, que llegó dos horas más tarde. Se abrió paso entre detectives y asistentes sin saludar ni disculparse. La barba crecida estaba moteada de blanco y parecía no haber comido en días. Tenía esa mezcla de energía y debilidad que da la fiebre. A su alrededor crecía una especie de halo invisible hecho de silencio y expectación. El único que parecía desinteresado de Arzaky era Neska, que estaba cerca de la puerta, como un espectador que teme que la conferencia sea aburrida y no se decide a entrar o a salir. Yo casi no podía contener los nervios, pensando en las palabras que serían pronunciadas esa noche; mis dedos se cerraban sobre el pañuelo que tenía en el bolsillo.

Los detectives hablaban de la exposición: recién inaugurada, ya parecía vieja, como si los pies de los incontables visitantes la hubieran gastado. Arzaky pidió silencio, pero fue innecesario, porque ya todos se habían callado.

—En abril de 1888 Renato Craig visitó París; se alojó en este mismo hotel, como siempre hacía, y aprovechamos para dar largos paseos y para hablar de crímenes. Fue entonces cuando se nos ocurrió (no sé si fue a él o a mí, o si, como lo prefiere mi memoria, a los dos a la vez) la idea de reunirnos en la Exposición Universal. Conseguimos que el Comité nos invitara. Pensábamos en compartir nuestros conocimientos, nuestros adelantos científicos, discutir sobre la teoría de nuestro oficio. Queríamos descansar, durante un mes o dos, de los crímenes, de los sospechosos, de las pruebas y testigos. ¿No quisieran ustedes vivir en un mundo sin crimen? —nadie respondió—. ¡No, por supuesto que no!

La broma de Arzaky despertó solo algunas sonrisas. Nadie estaba de ánimo para chistes.

—Pero en estos días, mientras la exposición crecía, se completaba y se afirmaba, nosotros entramos en un veloz proceso de descomposición. Craig ausente, enfermo y difamado, Darbon asesinado, Castelvetia expulsado. No soy capaz de restaurar la armonía perdida, pero puedo al menos cerrar el enigma que nos ha desvelado las últimas noches. Puedo decir que las muertes de Darbon y de La Sirena y la incineración del cuerpo de Sorel obedecieron a un patrón común.

Algo interrumpió a Arzaky: en la entrada había una discusión. Baldone estaba tratando de detener a un hombre bajo y rechoncho que avanzaba resuelto hacia Arzaky.

—¿Qué pasa ahí? —preguntó Arzaky.

—Soy el sacerdote Desmorins. Usted mató a mi amigo Grialet. Quiero saber por qué.

—Es una reunión de Los Doce Detectives. Nadie que no

pertenezca a la orden puede estar presente —intervino Caleb Lawson.

El sacerdote porfió, pero Baldone empezó a sacarlo a la rastra; bastó que Okano oprimiera con dos dedos a la altura de la clavícula derecha para que el cura cediera. Alcanzó a gritar:

—¡Lo espero afuera, Arzaky! ¡La calle sirve de confesionario!

Arzaky le habló a Baldone y a Okano:

—Déjenlo permanecer en el salón. Que se siente y que no hable. No nos gustan los sacerdotes, ni siquiera los expulsados. Si abre la boca, aunque sea una vez, a la calle.

El cura se sentó, cerca de la puerta. A sus espaldas estaba Arthur Neska. Arzaky continuó:

—Mi trabajo no ha sido más que la continuación de la investigación que comenzó Darbon y que lo llevó a la muerte. Las autoridades de la exposición le encargaron a él la pesquisa sobre algunas amenazas que habían recibido los constructores de la torre. Fueron pequeños atentados sin mayores consecuencias; las pistas condujeron a Darbon a las cuevas donde se esconden los ocultistas de París. El viejo detective se encontró con diversas sectas, enfrentadas entre sí: iglesias clandestinas, necromantes, martinistas, rosacruces. Pero sus sospechas se centraron en un grupo que compartía el interés por la mística y la literatura. No tenían un nombre oficial, pero Darbon los llamaba los criptocatólicos. Ese grupo había reconocido que no tenía sentido seguir considerando a la Iglesia de Roma como un adversario, porque el único enemigo verdadero era el positivismo. Los criptocatólicos se sentían herederos de las enseñanzas secretas de Cristo.

"Varios fueron los integrantes de este grupo; el sacerdote Desmorins, a quien ustedes acaban de conocer, echado por los jesuitas; el joven escritor Vilando, el millonario Isel. Sé también de una mujer de origen ruso, y de un ex oficial belga que se hace pasar por egipcio, pero no estaban en París en el momento de los hechos. Darbon investigó los atentados y se acercó al grupo. Y yo creo que fue la insistencia de Darbon lo que inspiró a Grialet, el líder, la idea de desafiarnos a todos nosotros, los detectives, y de desafiar a la vez a la Exposición Universal y a la Torre. Una y otra han sido hechas para mostrar: y Grialet concibió un crimen que diera la idea de que no todo se puede mostrar. Ejecutó un crimen para recordarnos que debemos dejar lugar para el secreto. Es probable que no haya sido su único crimen; yo mismo investigué el asesinato que di en llamar "El caso de la profecía cumplida", cuyo autor fue un envenenador llamado Prodac. En esa oportunidad sospeché que Grialet había actuado como inspirador del asesino, pero no pude probarlo".

El cura Desmorins había intentado pararse para decir algo, pero Baldone lo había hecho sentar de un empujón. Arzaky miraba el suelo, como si no supiera por dónde continuar:

—Grialet se mudó a una casa que perteneció a un impresor y librero y se entregó a una nueva manía: escribió en las paredes citas de diversa calaña, para tener siempre presente esas palabras. Tal vez buscaba la sensación de vivir dentro de un libro. Esa casa es un compendio del saber y de la superstición; de la sabiduría, pero también de la trivialidad a la que conduce esa nostalgia por el sentido último de todas las cosas, típica de los aficionados al ocultismo. Aprovechando un viaje de Grialet, entré a la casa y leí todas las frases, sin encontrar nada que las vinculara a la muerte de Darbon; ahí estaba sin embargo la clave para desentrañar el misterio. La clave estuvo desde el principio pintada en la pared, pero la vi solo cuando era demasiado tarde.

"Los crímenes no tenían relación alguna: nuestro viejo Darbon, un cuerpo quemado, una bailarina. La única relación entre ellos es que los tres habían tenido relación conmigo. Grialet había elegido para una de sus paredes una frase inspirada de Elipha Lévi, un ocultista cuyas obras Napoleón intentó, con buenas razones, prohibir. La frase postulaba a Dios como la unión de un anciano, un ajusticiado y una paloma; el Padre, el Hijo y el Espíritu Santo. Darbon, Sorel y La Sirena fueron los tres elementos de este mensaje".

Zagala, que había estado todo el día de la inauguración bajo el sol, a la espera del cuarto crimen, parecía molesto:

—¿Y *Los cuatros elementos*? ¿Esa pista no tenía ningún sentido?

—Grialet dejó que creyéramos en la pista de *Los cuatro elementos;* existían los elementos, pero eran otros, que no supimos ver a tiempo. Los elementos no eran cuatro, sino tres: los tres elementos del bautismo. El primero: el óleo de los catecúmenos, como el que usaban los antiguos luchadores para poder zafarse del enemigo, y que simboliza la capacidad del bautizado para rechazar al mal. El segundo, la llama que ilumina, y el tercero, el agua que purifica. Darbon murió bañado en aceite, como los antiguos luchadores, que se pintaban el cuerpo para no ser asidos por el adversario. El cuerpo de Sorel fue quemado; La Sirena, a quien un golpe dejó inconsciente, se ahogó.

"Después del crimen de La Sirena pensé en abandonarlo todo. Abrumado por el dolor, me retiré a pensar. Para pensar bebí, y entonces dejé de pensar. Y en esos instantes de delirio y ebriedad, cuando el mundo parece descomponerse en imágenes y frases que nadie puede unir, mi caprichosa memoria me mostró las palabras que explicaban todo. Fui a buscar a Grialet; quise sacarlo de la casa pero se resistió. Yo tenía en mis manos el bastón de Craig, como un modo de tener presente al amigo; confieso que no conocía muy bien su funcionamiento y en medio de la lucha se disparó. El resto ya lo conocen.

Arzaky se retiró a un costado y Caleb Lawson ocupó el

centro. Iba a decir algo, pero algún detective empezó a aplaudir, creo que fue Magrelli, y lo siguieron algunos asistentes, y pronto estuvieron todos aplaudiendo las palabras de Arzaky. Aun Madorakis aplaudía. A Lawson no le quedó otro remedio que hacer lo mismo, pero su aplauso era tan débil que las palmas no llegaban a rozarse. Después dijo:

—Muchos tienen ya el equipaje preparado para volver a sus ciudades. Robos y crímenes los esperan. Esta es la noche de nuestra despedida. Antes de que cerremos la reunión y vayamos a cenar, ¿alguien tiene algo más para decir?

Nadie quería que nadie hablara; los asistentes, en el fondo, ya empezaban a buscar la salida. Era ya hora de la cena y de los brindis interminables y de la promesa de una nueva reunión, que nunca se haría. Solo un aguafiestas se atrevería a hablar. Entonces levanté la mano derecha; como había estado apretando el pañuelo en mi bolsillo, saqué el pañuelo también. Oí algunas risas: parecía que me estaba despidiendo desde un barco.

—Solo quiero dar mi versión de los hechos.

8

Caleb Lawson me miró con fastidio.

—Necesita una autorización para hablar. Y no está en mi ánimo dársela. Ya sabemos: es inocente, está libre de culpa y cargo y etcétera y etcétera.

Arzaky se había derrumbado en una silla, y me miraba con extrañeza. Evité su mirada y dije:

—Con alguien voy a hablar: si no es con ustedes, con la prensa.

Había hablado en voz alta, y los que ya habían llegado a las escaleras ahora regresaban.

—¿Acaso va a agregar algo nuevo a lo que dijo Arzaky? —preguntó Magrelli—. ¿Algo que no hayamos escuchado? ¿O se trata de una conferencia sobre su extendida experiencia en el mundo del crimen?

—Quiero exponer la verdad tal como yo la entiendo.

—Que hable de una vez —dijo Madorakis—. Pero que sea breve. Si le permitimos a un asistente parlotear, muy pronto todos querrán hacer lo mismo.

—Hasta Tamayak —dijo Caleb Lawson.

Todos miraban a Arzaky. Su opinión era la única que importaba.

—No sé qué secretos tendrá guardados mi asistente, y que hable sin haberme pedido permiso antes está fuera de toda norma. Pero, ¡qué importa! Al fin de cuentas, ya estaba a punto de despedirlo.

Todos se rieron con una risa forzada. Mi intervención, cuando ya todo había concluido, representaba el máximo temor de los detectives: cada vez que terminaban un caso, luego de exponerlo de manera racional y contundente, siempre temían la aparición de algún elemento (un objeto, un testigo, un detalle que no encajaba) capaz de desbaratar toda la deducción.

Me costó hablar por encima del murmullo:

—Llegué a París con dos cosas para Arzaky: el bastón de Craig y un mensaje. Ese mensaje era una historia que no contaré aquí. Arzaky fue generoso al tomarme como asistente, más aún teniendo en cuenta que yo era un novato y que me tocaba reemplazar a Tanner, uno de los asistentes más respetados. Para mí fue un honor ocupar ese lugar; y por eso, ahora que hablo, me siento un traidor hacia Arzaky y hacia Craig y hacia Los Doce Detectives. Y sin embargo, es imprescindible que hable. A mí no me importa la muerte de Darbon, a quien apenas vi una vez; no me importa que ardan todos los cadáveres de París; pero la muerte de La Sirena es algo intolerable, que tendré presente toda mi vida.

"Nunca sentí que me acercaba al enigma; cuando vi la verdad, la vi de golpe y de un modo azaroso. Por eso creo que no debo la solución a mi habilidad, sino a mi suerte. A mi mala suerte, debo decir, porque yo preferiría seguir con los ojos cerrados. Los hechos se dieron de este modo: Arzaky supo, por algo que yo, sin saberlo, trasmití, que el mundo de los detectives se estaba desmoronando y que pronto no quedaría ni una huella de Los Doce Detectives. Entonces ideó un plan que le devolviera al mundo la confianza en los detectives y en sus métodos y que a la vez lo librara de sus enemigos. Mató a Darbon, que era su competidor, mató a La Sirena, que había sido su amante y que lo había traicionado con Grialet. Al resolver el crimen, acabaría también de un modo u otro con Grialet. Y, a la vez, se aseguraría la gloria: resolver un crimen con todos los detectives presentes. Su hazaña no sería olvidada. Era como volver a fundar Los Doce Detectives.

Lawson, que había querido desplazar a Arzaky de su lugar central en Los Doce, ahora estaba dispuesto a defenderlo:

—Lo que usted está diciendo tampoco nadie lo va a olvidar jamás. Échenlo de la sala.

—¡No! —gritó Madorakis—. Que siga. Algo nos habla a través de él.

El murmullo se había detenido. Ahora sí querían escucharme.

—En esta sala se expusieran las diversas concepciones de lo que sería el enigma perfecto. Castelvetia habló de los rompecabezas, y yo me siento inclinado a aceptar que esa imagen tan común es la que más conviene a la naturaleza del enigma. Magrelli habló de los cuadros de Arcimboldo, que cambian bruscamente la perspectiva del que los mira. Madorakis nos propuso la imagen de la esfinge, a quien interrogamos y que nos interroga. Y Hatter, la pizarra de Aladino, ese juguete donde todo se borra, pero que conserva las palabras grabadas con más fuerza, así como nuestra memoria guarda los hechos remotos. Pero hubo una intervención más…

—Sakawa —recordó Rojo.

—Sakawa, el detective de Tokio, habló de una página en blanco. Y Arzaky estuvo de acuerdo con él. El enigma, el mejor de los enigmas, es una página en blanco. El que la lee, el que la descifra, es el verdadero constructor del crimen. Arzaky tuvo su enigma perfecto.

Todos esperaron que Arzaky hablara. Sentado, pero ya no derrumbado, sino como si se preparara para saltar sobre mí, Arzaky sonreía.

—¡Que lo echen! —gritó Magrelli, con la voz quebrada por la emoción. Otras voces aprobaron la moción de expulsarme. Pero Arzaky se puso de pie, para tranquilizar los ánimos:

—Damos por sentado que todo es un delirio de su imaginación juvenil. ¿Pero acaso esa imaginación lo llevó también a imaginar pruebas?

Hablé sin mirar a Arzaky.

—Soy hijo de un zapatero. Mi padre me dio un ungüento que deja las botas más brillantes que ninguna otra poción. Yo mismo lustré las botas de Arzaky. El ungüento es resistente al agua.

Mostré el pañuelo, que los labios muertos de La Sirena habían besado.

—Cuando Arzaky fue a ver a La Sirena, ella supo que la iba a matar. Se tiró a sus pies, le suplicó, besó sus botas. Y lo hizo a propósito, porque sabía que quedaría la marca en sus labios. Ese beso condenó a Arzaky. Esta es la prueba. Yo estudié la sustancia en el microscopio de Darbon.

Mostré el pañuelo, besado por los labios muertos de La Sirena.

Magrelli palmeó la espalda de Arzaky.

—Vamos, Viktor. ¿Es una broma tuya este monólogo de tu discípulo? ¿Tenemos que aplaudirlo también a él? ¡Desmiéntelo de una vez, y echémoslo a patadas! Tenemos muchas cosas de qué hablar antes de irnos.

Arzaky se acercó a mí. Era tal vez el momento más importante de mi vida, pero si me hubieran dado elegir habría preferido estar en la cama con la cabeza tapada con la almohada. Y lo mismo habrían preferido los demás. Ahora, pensé, ahora Arzaky levantará su dedo acusador. Ahora llega el momento en que el nuevo, el advenedizo, es desenmascarado; las audacias que simulaban perdonarle ya no le son perdonadas.

Pero el silencio de Arzaky continuó; duró unos minutos, y durante ese tiempo las caras, rojas de ira, palidecieron, y ya no hubo gestos airados. Todos estaban inmóviles y silenciosos, como alumnos a la espera de un examen. Magrelli parecía estar al borde del llanto.

Al final, el polaco habló:

—No espero ninguna clase de perdón. Ahora me iré, y nunca volverán a saber de mí. El muchacho tiene razón, y él vio la verdad, y fue el primero que la vio, porque estuvo cerca de Craig, porque asistió a la caída de Craig. Estamos perdidos, hace tiempo que estamos perdidos. Intentamos en vano aplicar nuestro método a un mundo cada vez más caótico; necesitamos criminales ordenados para que nuestras teorías resulten, pero solo encontramos males sin orden, males sin fin. ¿Resolvió Darbon los crímenes del ferrocarril? ¿Los resolví yo? ¿Terminó Magrelli con los asesinatos de curas de Florencia? ¿Atrapó Caleb Lawson a Jack el Destripador? Tenemos logros menores, que no pueden competir con los grandes casos; hasta los policías son a veces más hábiles que nosotros. Necesitábamos de un caso que conservara la simetría, un caso que devolviera la fe en el método. Me di cuenta de que ya no podíamos contar con los asesinos. Crucé la línea, como muchos de ustedes hubieran querido hacer. Soy el hijo bastardo de un sacerdote, por eso no fui bautizado: yo elegí mi propio bautismo con el óleo de los catecúmenos, el fuego y el agua...

—Pero La Sirena... ¿cómo pudo? —le pregunté—. Era tan hermosa...

—¿Y cree que la belleza es un impedimento para el crimen? La belleza es la gran inspiradora de los crímenes, aun más que el dinero.

Arzaky dejó de mirarme y volvió la vista hacia los detectives y los asistentes. Todos estaban quietos, salvo uno, que subía a paso veloz las escaleras para salir del hotel. Era Arthur Neska.

—Solo les pido un cuarto de hora antes de que avisen a Bazeldin. Sé dónde esconderme. Me iré, y nunca volverán a saber de mí.

Nadie dijo que sí, pero tampoco nadie se opuso. Detectives y asistentes le abrieron paso. Arzaky empezó a subir a grandes trancos la escalera. Pero no lo hacía rápido, sino como si contara con todo el tiempo del mundo.

Quise seguirlo, pero Magrelli me detuvo.

—Déjelo en paz. Ya hizo daño suficiente.

Traté de zafarme de sus manos, pero el romano, ayudado por Baldone, me empujó contra uno de los muebles acristalados que encerraba los objetos de la exposición. Con el golpe, la puerta del mueble se abrió. Alguien había forzado la cerradura. Dejé de prestarle atención a Magrelli para concentrarme en un estante vacío. Antes que tuviera tiempo de recordar el objeto que habían robado, dijo el Ojo de Roma:

—La Remington de Novarius.

Las manos de los italianos me dejaron libre. Corrí tras los pasos de Arzaky.

9

Salí del hotel y miré a un lado y a otro. La luna brillaba con una luz amarilla: prometía agua para el día siguiente. Eché a caminar por un callejón y escuché delante de mí un resoplido: era Desmorins, que también perseguía a Arzaky.

—Quiero oír su confesión —me dijo.

Caminé en una dirección y en otra: no tenía indicio alguno para seguir. Estaba a punto de abandonar la búsqueda, cuando oí un estampido. Fue un solo disparo, pero fue suficiente. Guiado por el estruendo, doblé la esquina. La luz de la luna iluminaba a Arzaky, tendido en el piso. El asesino había dejado caer la pistola de Novarius.

Me agaché junto al gigante caído.

—Voy a buscar ayuda —prometí, vacilante, mientras el lago de sangre crecía a mi alrededor.

Me hubiera gustado ir en busca de un médico y alejarme así de la agonía de Arzaky. Pero el polaco me retuvo:

—Es tarde. Neska sabe hacer su trabajo.

—Es culpa mía, debí hablar en secreto…

—No, fue mi error. Craig me envió un detective, no un asistente. No supe verlo a tiempo. Hizo bien en decir la verdad.

—¿La verdad? Yo no dije la verdad.

—¿No?

—No. Usted tampoco. No creo que haya cometido los crímenes ni para vengarse de Darbon, ni para conseguir la gloria, ni para salvar a Los Doce Detectives. Fue por amor. Solo quería matar a La Sirena, porque lo había traicionado. Cuando yo le mostré la foto, usted ya sabía que Grialet y ella se seguían viendo. Hizo lo demás para esconder ese único crimen, el único que importa. Si lo atrapaban, explicaría que todo lo había hecho por el bien de Los Doce Detectives. No le importaba quedar como asesino, pero no quería que se recordara a Arzaky envuelto en el peor de los crímenes: el crimen pasional.

Arzaky intentó sonreír.

—Bien resuelto. Pero eso seguirá siendo un secreto entre nosotros, detective.

—¿Detective? Ni siquiera soy un asistente.

—A partir de ahora sí. Invoque la cuarta cláusula: Si un detective usara todo su conocimiento para cometer un crimen y su asistente lo descubriera…

Pronto apareció Demorins, sin aire. Detrás se oían los pasos de los detectives.

—Voy a darle los santos óleos.

Desmorins se abrió la sotana y sacó del cinturón un pequeño frasco con agua bendita. También Magrelli había llegado junto a nosotros.

—No es un sacerdote de verdad —dije.

—Que importa eso ahora —dijo Arzaky—. Bajo esta luz, ninguno es lo que antes era. Pero simulemos que él es un sacerdote, yo un detective, y usted mi fiel asistente.

El sacerdote respiró hondo y dijo:

—In nomine Patris et Filii et Spiritus Sancti…

10

Arzaky había dicho la verdad, la cuarta cláusula —aquella que el japonés había quemado en un jardín— permitía que fuera miembro de Los Doce aquel asistente que descubriera que un detective era también un asesino. Supuse que los detectives habían puesto aquella norma pensando en que nunca iba a llegar a cumplirse. Estaban tan abatidos por las acciones de Arzaky, que creyeron que al nombrarme miembro del grupo expiaban el pecado de haber errado el camino.

Volví a Buenos Aires dos meses más tarde. Mi familia me encontró distinto.

—Hay que sacarte las palabras con sacacorchos —decía mi madre.

Mi padre ya se imaginaba que no quería seguir en la zapatería, y se preocupó de preparar a mi hermano menor para el negocio.

Demoré tres semanas en hacer lo que debía: visitar a Craig, devolverle el bastón, y contarle la historia de la caída de Arzaky. Me escuchó durante horas, me pidió detalles, me exigió que volviera a puntos del relato que para mí no eran importantes. Para ese entonces ya nadie lo importunaba por "El caso del mago", que había sido archivado; sin embargo, había mantenido su decisión de abandonar el oficio. Le propuse alquilarle la planta baja y aceptó: ahí puse mi oficina. Heredé los viejos clientes de Craig, y desde entonces, cada vez que acudí a resolver un robo o un crimen, no cesaban de alabar las habilidades de mi maestro, comparándolas desfavorablemente con las mías.

Cuando Craig murió sentí, debo confesarlo, alivio, como si por fin se me abrieran las puertas del mundo, como si el secreto que había pesado sobre mí ya dejara de tener efecto. Aun sigo trabajando en la parte baja de la casa y me ocupo de que a la señora Craig no le falten el azúcar ni las latas verdes de té inglés. Por las mañanas, Ángela, la cocinera, me prepara el mate cocido y las torrejas, mientras da su veredicto, siempre desfavorable, sobre el estado del tiempo. Después salgo detrás de alguna pista o rumbo a la escena del crimen, para ver al hombre que se colgó en el sótano, el pasajero envenenado en el hotel, la muchacha ahogada en la fuente del jardín.

Tengo en mi estudio, en una vitrina, el bastón de Craig. A veces, cuando un caso me obliga a permanecer hasta tarde en el estudio, saco el bastón, lustro la cabeza de león y me pongo a imaginar en lo que se sentirá al cruzar la línea, al probar el sabor del mal. El juego dura solo unos segundos: enseguida cierro la vitrina y vuelvo a mis pensamientos. Aún no tengo asistente. ¿Lo tendré alguna vez? Sobre mi cabeza suenan, insomnes, los pasos de la señora Craig.